HELGE WEICHMANN

Schwarze Sonne
Roter Hahn

BRIEFGEHEIMNIS Maja leidet an Heuschnupfen und hasst frühes Aufstehen. Damit ist der neue Briefträgerjob im rheinhessischen Gertelsheim eigentlich eine denkbar schlechte Idee: Der Wecker klingelt um fünf, es folgen endlose Fußmärsche in pollengesättigter Sommerluft. Einziges Trostpflaster ist ihr ehemaliger Dozent Wern, der im Ort wohnt und sie herzlich willkommen heißt. Doch die drückende Hitze macht nicht nur Maja zu schaffen, auch die Stimmung im Dorf heizt sich auf. Anonyme Briefe machen die Runde, ein Brandanschlag passiert, dann geschieht sogar ein Mord: Wern wird erschlagen im Wald gefunden. Die Polizei stochert im Trüben, die Gertelsheimer sind merkwürdig uninteressiert an der Aufklärung. Also nimmt Maja zwischen Niesattacken und Briefchaos die Ermittlungen auf und kämpft sich durch ein Dickicht aus Lügen und Halbwahrheiten. Als sich weitere Todesfälle ereignen, wird ihr endgültig klar, dass das hübsche Dorf sehr hässliche Geheimnisse birgt – und dass die offensichtliche Lösung nicht immer die richtige ist. Aber damit ist sie einen Schritt zu weit gegangen.

Helge Weichmann wurde 1972 in der Pfalz geboren und ist seit zwanzig Jahren in Rheinhessen zu Hause. Während seines Studiums jobbte er als Musiker und Kameramann und bereiste zahlreiche Länder, bevor er sich als Filmemacher selbstständig machte. Er erlangte seinen Dr. phil. mit einer Abhandlung über den Wirklichkeitsbegriff und betreibt eine Medienagentur. Seine Kreativität lebt er in vielen Bereichen aus: beim Moderieren, Fotografieren, Filmen, Zeichnen und Schreiben. Er ist begeisterter Hobbykoch, Weinliebhaber und Sammler von Vintage-Gitarren. Nebenbei bleibt noch Zeit, die Geschichte(n) der Region in Büchern einzufangen und dabei Fakten und Fiktion unmerklich ineinander fließen zu lassen.

Bisherige Veröffentlichungen im Gmeiner-Verlag:
Schandkreuz (2016)
Schandgold (2014)
Schandgrab (2013)

HELGE WEICHMANN

Schwarze Sonne Roter Hahn

Kriminalroman

GMEINER SPANNUNG

Besuchen Sie uns im Internet:
www.gmeiner-verlag.de

Im Ehnried 5, 88605 Meßkirch
Telefon 07575/2095-0
info@gmeiner-verlag.de

1. Auflage 2017

Lektorat: Claudia Senghaas, Kirchardt
Herstellung: Julia Franze
Umschlaggestaltung: U.O.R.G. Lutz Eberle, Stuttgart
unter Verwendung eines Fotos von: © nattha99 / shutterstock.com
Druck: CPI books GmbH, Leck
Printed in Germany
ISBN 978-3-8392-2057-3

Personen und Handlung sind frei erfunden.
Ähnlichkeiten mit lebenden oder toten Personen sind
rein zufällig und nicht beabsichtigt.
Ebenso sind die genannten Firmen, Institutionen,
Universitäten, Museen und Forschungseinrichtungen
fiktiv oder, falls real existierend, in fiktivem Zusammenhang genutzt.

GERTELSHEIM IM LANDKREIS MAINZ-BINGEN

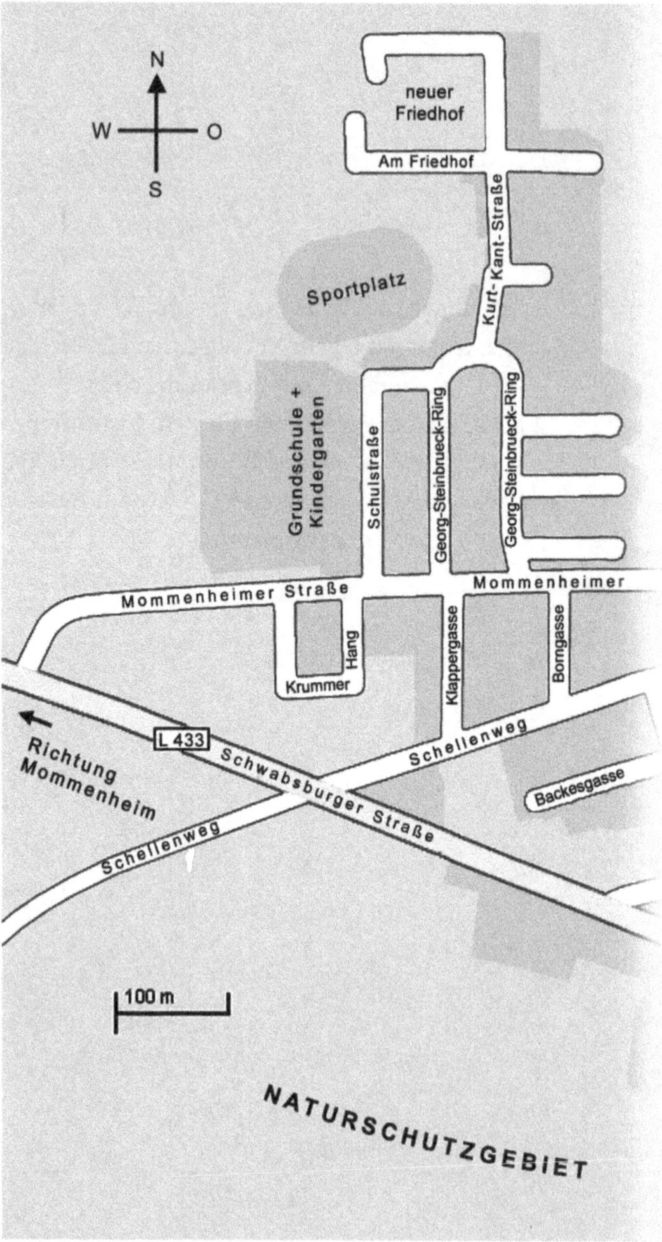

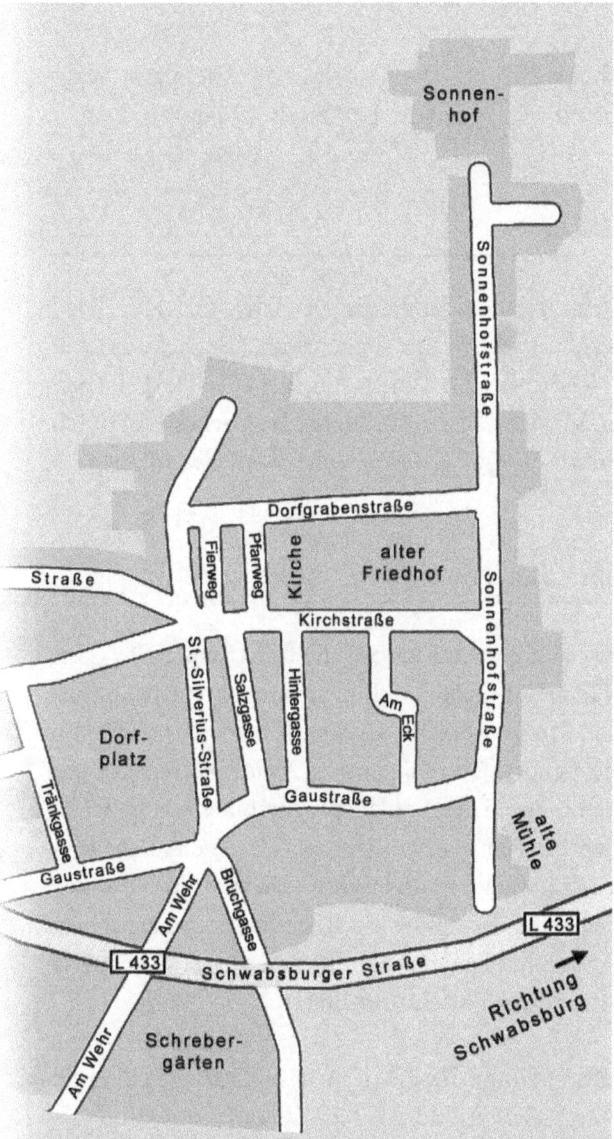
Sonnen-
hof
Sonnenhofstraße
Dorfgrabenstraße
Fierweg
Pfarrweg
Kirche
alter
Friedhof
Straße
Kirchstraße
St.-Silverius-Straße
Salzgasse
Hintergasse
Am
Eck
Dorf-
platz
Tränkgasse
Gaustraße
alte
Mühle
Gaustraße
Am Wehr
Bruchgasse
L 433
L 433
Schwabsburger Straße
Richtung
Schwabsburg
Am Wehr
Schreber-
gärten
"TEIFER BRUCH"

Gertelsheim, Landkreis Mainz-Bingen

http://de.wikipedia.org/wiki/Gertelsheim

Gertelsheim ist eine Ortsgemeinde in Rheinland-Pfalz, Deutschland. Sie ist Teil des Landkreises Mainz-Bingen.

Lage [Bearbeiten]

Gertelsheim liegt im rheinhessischen Tafel- und Hügelland zwischen Mainz, Alzey und Oppenheim. Die nächsten Orte sind im Nordwesten Mommenheim, im Süden Dexheim und im Osten Schwabsburg. Angebunden ist Gertelsheim durch die Landesstraße L 433 (Mommenheim – Schwabsburg).

Geschichte [Bearbeiten]

Der Ortsname geht zurück auf die fränkische Zeit (5. bis 6. Jh., »Heim des Geddel«). Eine urkundliche Erwähnung findet sich 816 im Lorscher Codex als »Geddelsheim«. Im Mittelalter gehörte Gertelsheim zum Mainzer Domstift, was nicht zuletzt durch den Bau der prachtvollen Kirche St. Silverius sichtbar gemacht wurde. 1797 wurde das Dorf französisch, 1816 wiederum deutsch und war als Teil des neu geschaffenen Regierungsbezirks Rheinhessen zunächst dem Großherzogtum Hessen zugeordnet. Seit 1945 gehört Gertelsheim zum Land Rheinland-Pfalz.

Bei der Begradigung des Flügelbaches wurde 1922 ein fränkischer Grabstein gefunden.
(→ Sehenswürdigkeiten).

Bevölkerungsstruktur, Schulen [Bearbeiten]

Gertelsheim hat ca. 800 Einwohner (Stand 2011). Die ortsansässige Grundschule ist vierzügig, daneben existiert ein Kindergarten.

Persönlichkeiten [Bearbeiten]

- Georg Steinbrueck (* 1812 in Ludwigsburg, † 1888 in Gertelsheim), Kartograf und Forschungsreisender, erkundete den Norden Afrikas und fand eine erste Möglichkeit zur verzerrungsfreien Kartendarstellung (»Steinbrueck-Streckung«).
- Kurt Kant (* 1912 in Gertelsheim, † 1996 in Gertelsheim), Mundartdichter und Lokalpoet, dessen humorvolle Possen noch heute auf Volksbühnen aufgeführt werden.
- Wern Ossfahl (* 1975 in Zürich, seit 2006 wohnhaft in Gertelsheim), zeitgenössischer Maler und Bildhauer, gestaltete 2007 den Dorfmittelpunkt von Gertelsheim mit der Brunnenskulptur »Durchs Jahr«. (→ Sehenswürdigkeiten)

Sehenswürdigkeiten [Bearbeiten]

An erster Stelle ist die prachtvolle katholische Kirche St. Silverius zu nennen, die um 1500 erbaut und nach mehreren Bränden und Umbauten heute wieder annähernd in den Originalzustand versetzt wurde.

Überaus bemerkenswert ist das Rathaus, das seit 1712 den Dorfplatz an der Gaustraße dominiert und nach umfangreichen Renovierungen als einer der am besten erhaltenen frühneuzeitlichen Bauten in Rheinhessen gilt.

Ebenfalls am Dorfplatz befindet sich eine traditionelle Viehtränke, die der lokal ansässige Künstler Wern Ossfahl im Jahre 2007 mit Bronze-, Sandstein- und Stahlmaterialien zu einer imposanten Skulptur umgestaltet hat. Als Brunnenanlage symbolisiert das Ensemble die vier Jahreszeiten im Wingert, wobei das fließende Wasser je nach Jahreszeit einen anderen Verlauf bekommt und somit individuelle Akzente setzt. Die Skulptur trägt den Namen »Durchs Jahr«.

An den beiden Ortseingängen im Westen und im Osten ist je ein Ortseingangsstein aufgestellt, ein Sandsteinmonolith mit stilisierten Abbildungen des Kirchturms und des Sonnenhofes sowie skizzierter Hauptstraße.

Am Anfang der Bruchgasse ist die Nachbildung eines fränkischen Grabsteins zu sehen. Das Original wurde 1922 im Bett des Flügelbaches gefunden und ist im Römisch-Germanischen Zentralmuseum in Mainz ausgestellt.

Überregional bekannt ist der herrschaftlich anmutende Winzerhof »Sonnenhof«, der durch seine schlossartige Architektur und das separate Pförtnerhaus im Volksmund »das Schlösschen« genannt wird. Der Gebäudekomplex gilt als eines der größten zusammenhängenden Gehöfte in Rheinhessen und gibt einen Eindruck der geschickten Heiratspolitik und der Hofzusammenführung im 19. Jahrhundert. Der »Sonnenhof« befindet sich in Privatbesitz.

Südlich von Gertelsheim fließt der Flügelbach, der bei Nierstein in den Rhein entwässert. Der Bach ist Teil des ca. 25 ha großen Naturschutzgebietes »Teifer Bruch«. Eine Webcam der Universität Mainz liefert seit Mai 2013 Bilder für biologische Untersuchungen aus dem Waldgebiet. In dem für den Kraftverkehr geschlossenen Areal sind zahlreiche schützenswerte Tierarten wie die Rohrdommel, der Haubentaucher und die Nutria heimisch geworden.

Weblinks [Bearbeiten]

Internetpräsenzen der Ortsgemeinde Gertelsheim

- www.gertelsheim.de
- www.grundschule-gertelsheim.de

Artikel in der »Allgemeinen Zeitung Mainz« zur Webcam im »Teifen Bruch« (20.5.2013):

- http://www.allgemeine-zeitung.de/region/oppenheim-nierstein/gertelsheim/453.htm

Allgemeine Zeitung

AZ Landskrone | Oppenheim-Nierstein | Montag, 20.5.2013

ELEKTRONISCHES AUGE IN DER NATUR

DOKTORAND ERRICHTET WEBCAM IM GERTELSHEIMER WALD

von Elmar Wissmann

MAINZ-BINGEN Seit letzter Woche fühlen sich die Rehe und Wildschweine im Gertelsheimer Naturschutzgebiet beobachtet. Der Grund: An einer versteckten Stelle im Wald wurde auf sechs Metern Höhe eine Webcam installiert, die am Donnerstag ihren Betrieb aufgenommen hat.

Initiator des Projekts ist der Diplombiologe Jérôme Zöller. Der 27-jährige Gertelsheimer ist Mitglied einer Arbeitsgruppe der Universität Mainz unter Leitung von Prof. Dr. Heinz-Herrmann Bohrand, die sich mit dem Verhalten von Wildtieren beschäftigt.

»Uns interessiert, inwieweit die Menschen im Wald und vor allem der vermehrte Aktivsport wie Walken oder Biken die heimischen Großtiere in Rheinhessen beeinflusst«, erklärt Zöller. Mit Hilfe der Webcam kann die Arbeitsgruppe in Zukunft genaue Zählungen vornehmen und das Verhalten der Tiere beobachten, ohne selbst zum Störfaktor zu werden. Die so gewonnenen Daten will Zöller in den kommenden Jahren in seiner Doktorarbeit auswerten.

Dem Aufbau der Kamera vorangegangen war mehr als ein Jahr Planung.

»Die Genehmigungen von der Gemeinde, vom Forstamt und vom Landkreis waren schwierig, weil der Teife Bruch eine Schutzzone ist und alle elektrischen Anlagen gesondert abgenommen werden müssen«, berichtet der Diplombiologe. »Auch die Spannungsversorgung des Gerätes über Solarzellen und Speicherbatterien brauchte eine eigene Freigabe.«

Die Szenen, die die Kamera beobachtet, sind allerdings nicht für die Allgemeinheit zugänglich. »Die Daten stehen nur unserer Arbeitsgruppe zur Verfügung«, so Zöller. »Es gibt bei öffentlichen Webcams immer wieder das Problem, dass sich alle möglichen Spaßvögel schlechte Scherze erlauben, davor Faxen machen oder sogar Vandalismus betreiben, nur um ein paar Minuten Internetruhm zu bekommen.«

Diese Art von Publicity wolle er vermeiden. Denn schließlich sei der Teife Bruch ein Naturschutzgebiet und kein Tummelplatz für Onlinefreaks. Die Rehe und Wildschweine sind ihm sicher dankbar dafür.

SONNTAG, 19. JULI 2015

DER ROTE HAHN IST DA.

»Roter Hahn« – so nannte man früher das Feuer, das ein Haus innerhalb kürzester Zeit in einen lodernden Mantel einhüllen konnte. Den Roten Hahn hatte jemand auf dem Dach, wenn die Flammen in den Himmel schlugen, und die Bewohner eilends versuchten, ihre Habseligkeiten in Sicherheit zu bringen. Bis der bimmelnde Leiterwagen der örtlichen Feuerwehr ankam und die Männer anfingen, per Muskelkraft Wasser aus dem Dorfteich zu pumpen, hatte der Rote Hahn das Haus meist schon komplett eingesponnen, seine 1000 Zungen leckten an den Balken und brachten die Fenster zum Zerbersten. Die Feuerwehrmänner wischten sich unter den Pickelhauben den Ruß von der Stirn und ließen ihre Wasserfontäne auf die Nachbarhäuser rauschen, um zumindest zu verhindern, dass der Hahn von Dach zu Dach springen und sein Vernichtungswerk fortsetzen konnte.

Dasjenige Haus aber, das den Roten Hahn zuallererst eingeladen hatte, verglühte zu einem schwarzen Skelett aus Gebälk und Streben, die zum Schluss in sich zusammenbrachen und eine Aschewolke wie ein riesiges Leichentuch aufwallen ließen. Dann erst war der Hahn zufrieden und schlief ein, bis er irgendwann irgendwo zu neuem Leben erwachte.

Heute ist der Rote Hahn in einem kleinen krummen Fachwerkhaus zu Gast. Genährt von Kleiderhaufen und Papierstücken hat er sich im Wohnzimmer eingenistet und füllt den Raum mit Hitze und Flammen, von Sekunde zu Sekunde gewinnt er an Kraft. Alles, was er sieht, gefällt ihm: trockene Balken, hölzerne Bodendielen und Decken, Polstermöbel, Läufer und Teppichvorleger, Bücher und Hefte und Zeitungen. Dutzende von Fotografien, die mit Stecknadeln an die Wände gepinnt sind, wellen sich in seinem glühenden Hauch, fangen Feuer und flattern wie sterbende Schmetterlinge zu Boden. Während sie zu Staub zerfallen, schlagen die Flammen höher. Der Hahn atmet gierig, er zieht Luft durch Türritzen und Fensterrahmen, um Energie zu sammeln für sein Vernichtungswerk.

Inmitten der wogenden Flammenzungen kommt eine weitere Bewegung dazu. Eine Gestalt fängt an sich zu rühren, langsam erst, dann kehrt das Leben schlagartig in sie zurück. Doch ihr Bewegungsspielraum ist gleich null. Denn die Gestalt ist an Armen und Beinen gefesselt, straff gezogene Schnüre pressen sie an die Holzfüße eines Sessels. Sie reißt ihre Augen in Todesangst weit auf, sodass sich ein winzig kleines Abbild des Hahns darin spiegelt. Die brennende Hölle um sie herum lässt sie panisch werden, sie windet sich wie ein Wurm in ihren Fesseln. Ihr Mund will schreien, doch als die heiße Luft in ihre Lungen fährt, wird ein krampfartiges Husten daraus. Nochmals und nochmals versucht sie zu rufen, bringt aber nur ein schwaches Wimmern hervor.

Der Rote Hahn breitet seine Schwingen aus und umarmt die Terrassentür, das Regal und die Küchenzeile. Näher und näher rückt er an die Gestalt heran, sein glühender Atem heißt sie willkommen in seiner Welt. Warte nur, zischt er mit unzähligen Stimmen, bald gehörst du mir. Ich bin ein treuer Freund – wer den Roten Hahn einmal zu sich eingeladen hat, den hält er fest und gibt ihn nimmermehr her.

DIENSTAG, 24. SEPTEMBER 1974

DER ROTE HAHN KOMMT IN EINUNDVIERZIG JAHREN.

Ein Gehöft kauerte in der Nacht einem schlafenden Drachen gleich. Die zahlreichen Nebengebäude ließen ihre Schatten miteinander verschmelzen und bildeten die stämmigen Glieder des Urwesens, das Haupthaus war sein Bauch. Die Rauchsäulen aus den Kaminen, die die glimmenden Öfen in den Nachthimmel schickten, stiegen empor wie Dampfschwaden aus einem Drachenschlund.

Im Inneren des Lindwurms herrschte Ruhe. Die Angestellten und die Erntehelfer schliefen in einem der Nebengebäude, auch die Gutsbesitzer im Haupthaus hatten längst schon das Licht gelöscht. Hier und da seufzte jemand im Schlaf, vielleicht von einem Alb gedrückt oder der Verdauung geplagt.

Leise Füße schlichen. Eine Gestalt schlüpfte aus dem Nebenhaus hinaus in die Nacht. Die junge Frau, in Arbeitskleidung gehüllt, stand einen Augenblick unschlüssig im Schatten und zog ihre Leinenjacke enger um sich. Testweise hauchte sie in die Luft. Tatsächlich, Atemfahnen. Die Herbstkälte kam früh dieses Jahr.

Dann nahm sie ihren Mut zusammen und ging zum Hauptgebäude hinüber. Das herrschaftliche Haus wurde größer, seine dunklen Fenster starrten wie allwissende Augen auf die Frau herab. Sie fröstelte.

Mit einem Mal griff ein Arm aus der Dunkelheit, packte das Mädchen und zog es in eine Ecke. Ein spitzer Schrei, kurz, dann lag eine Hand auf ihrem Mund.

»Sei still, du dummes Ding! Oder willst du alle hier wecken?« Die Männerstimme klang gepresst, unterdrückter Ärger wohnte darin.

Die junge Frau schüttelte den Kopf, vorsichtig nahm er seine Hand weg.

»Was hast du hier noch zu suchen? Du solltest doch schon weg sein. Schon längst.«

Ängstlich suchte ihr Blick die Augen des Mannes, aber seine schlanke große Silhouette war komplett schwarz.

»Ich ... ich wollte dich sehen und mit dir reden.« Ihre Stimme klang wie ein verlorenes Zwitschern auf dem leeren Hof.

»Es gibt nichts zu reden. Ich hab dir gesagt, du sollst verschwinden und dich nie wieder hier blicken lassen.«

Die Augen des Mädchens begannen zu schwimmen, es unterdrückte ein Schluchzen.

»Aber ... vielleicht ...«

»Oder willst du mehr Geld?«, unterbrach er sie barsch.

Ein scheues Kopfschütteln. »Ich will ... mit dir ...«

»Gar nichts! Du wirst hier abhauen, und zwar noch heute Nacht! Und dann will ich dich niemals wieder im Leben sehen, hast du das kapiert? Niemals!«

Er beugte sich herab, ein Schatten, der nach guten Kleidern und schlechtem Atem roch. Seine Stimme hatte einen aggressiven Beiklang.

»Hast du das kapiert, hab ich gefragt?«

Die junge Frau nickte und biss sich in die Hand, um nicht laut zu weinen.

»Hau jetzt ab.«

Der Schatten gab ihr einen Stoß in Richtung Nebengebäude und verschwand in der Dunkelheit. Das Mädchen, nun alleine, ließ den Tränen freien Lauf, die sich verschlungene Wege auf dem blassen Gesicht suchten.

Später, viel später wurde die Dienstbotentür neben der Hauptpforte des Gehöfts geöffnet. Die dünne Gestalt des Mädchens schob sich hindurch, ein Bündel Habseligkeiten an sich gepresst. Wie eine nächtliche Erscheinung huschte sie die Straße entlang, die vom Tor in Richtung Dorf führte.

Sie drehte sich nicht mehr zu dem schlafenden Drachen um.

MITTWOCH, 7. MAI 2014

DER ROTE HAHN KOMMT IN EINEM JAHR UND DREIUNDSIEBZIG TAGEN.

Die langen Flure des Gebäudes schwiegen, das Lachen der Kinder war längst verklungen. In den meisten Sälen waren die Stühle ordentlich auf die Bänke gestellt worden, nur hier und dort hatten Schüler es zu eilig gehabt, in den Nachmittag zu entfliehen, um an solche Nichtigkeiten zu denken. Der Lehrer musste lächeln, als er im Vorübergehen an einer Tafel ein hingekritzeltes Gesicht mit Vollbart und Brille entdeckte. Der Kollege Weinsberger, und gar nicht mal schlecht getroffen. Trotzdem wischte er die Tafel sauber, damit es am nächsten Tag keinen Ärger für die Klasse geben würde. Schließlich erreichte der Mann das Sekretariat, wo er Arbeitsblätter kopieren wollte. Überrascht stellte er fest, dass das Oberlicht eingeschaltet war und eine Stimme murmelte. Jemand telefoniert. Nanu, war er doch nicht der Letzte?

Fast wäre er eingetreten, da hielt ihn der Tonfall der Stimme zurück. Es war eine Frauenstimme, deren Intonation in dieser Umgebung merkwürdig unpassend klang. Worte waren durch die geschlossene Tür nicht zu verstehen, aber die Frau redete gefühlsbetont, zärtlich, neckend. Der Lehrer hob die Augenbrauen – das klang nicht gerade nach einem Diensttelefonat. Unschlüssig verharrte er vor der Tür, während der Tonfall noch lockender wurde, noch drängender. Schließlich endete das Gespräch mit einer gehauchten Verabschiedung. Gerade noch rechtzeitig huschte der Mann hinter eine Vitrine, als auch schon die Tür aufging, eine Frau herauskam und das Sekretariat abschloss. Sie lief mit klackernden Absätzen durch den leeren Flur, ein paar Sekunden später hörte der Mann die Eingangstür zufallen.

Ohne es zu wollen, hatte er die Luft angehalten und ließ sie nun entweichen. Er hatte die Frau erkannt. Das war ja eine überaus interessante Entdeckung. Im Geiste zählte er bis 100, um sicher zu sein, dass er nun alleine im Gebäude war. Dann schloss er das Sekretariat auf, trat an das Telefon und drückte die Wahlwiederholungstaste.

Die Nummer, die im Display erschien, kannte er. Und diese Entdeckung war noch viel interessanter.

DONNERSTAG, 2. JULI 2015

DER ROTE HAHN KOMMT IN SIEBZEHN TAGEN.

Ein Niesanfall kündigte sich an. Tief im Rachen wurde er geboren, wuchs hinauf ins Nasenhinterland und blähte die Nebenhöhlen wie Ballons. Einen schier endlosen Augenblick hielt sich das Gleichgewicht zwischen eingezogener Luft und bebendem Zwerchfell, dann explodierte das gesamte System. Die Eruption warf Maja vor und zurück wie ein Boot im Sturm, Tränen schossen ihr in die Augen, sie japste nach Luft und wurde schon vom nächsten Urknall gebeutelt. Als die Kaskade endlich nachließ, blinzelte sie erschöpft und tastete nach einem Taschentuch.

Sie hasste Heuschnupfen!

Zehn Schritte vor ihr drehte Jule sich mitleidig um. Sie kannte Majas Allergieattacken zur Genüge und hatte ihr im Laufe des Morgens schon geschätzte 1000 Mal »Gesundheit« gewünscht. Inzwischen sparte sie sich die Wiederholungen.

Maja schniefte. Der Pollenflug, den das hochsommerliche Wetter mit sich brachte, ließ jeden Aufenthalt im Freien für sie zur Qual werden. Eigentlich wäre es eine gute Idee, bei geschlossenem Fenster zu Hause zu sitzen, sich den Blütenstaub aus den Haaren zu waschen und einen kühlen Lappen auf die verquollenen Augen zu legen. Eine schlechte Idee war es hingegen, stundenlang zu Fuß unterwegs zu sein, einen gelben Postwagen zu schieben und dabei sämtliche Gräser-, Beifuß- und Brennnesselpollen des gesamten Umlandes einzuatmen. Leider war genau das seit heute ihr Job und würde es für die nächsten Monate auch bleiben. Großartig!

»Hier hast du alle Briefe und Karten für heute drin, und zwar in der Reihenfolge, wie wir sie vorhin in der Zentrale sortiert haben. Genauso laufen wir jetzt den Ort ab, und heute Nachmittag sind die Pakete dran. Kapiert?«

Jule riss Maja aus ihren Gedanken, als sie auf den prall gefüllten Wagen deutete und erwartungsvoll die Brauen hob. Maja nickte beklommen. Die letzten zwei Stunden hatten sie in Oppenheim im Postverteilungszentrum zugebracht, in dem scharenweise Briefträger und Postbeamte umher huschten. Dort wurden Briefstapel in klappernden Karren durch die Flure gefahren, ein nie versiegender Strom von Paketen polterte über Rollbänder. Maja war um fünf Uhr früh aus dem Bett gekrabbelt, um pünktlich in Oppenheim zu sein. Nun war es neun, die Sonne versprach ebenso schonungslose Temperaturen wie in den letzten Tagen. Entsprechend gesättigt war die Luft mit Pollen, sodass Maja gegen monströse Niesanfälle kämpfen musste. Alles in allem also nicht so ganz ihr Tag.

Das interessierte Jule herzlich wenig. Majas Freundin kannte Heuschnupfen nur aus der Apothekenillustrierten, war eine geborene Frühaufsteherin und erledigte den Job als Postbotin in Gertelsheim nun schon sechs Jahre. Klar, dass ihr jeder Handgriff in Fleisch und Blut übergegangen waren.

Maja beobachtete ihre Freundin, als diese davon marschierte und sowohl den gelben Postwagen als auch ihren Babybauch schwungvoll vor sich her schob. Juliane ›Jule‹ Schwamb war eine große, knochige Frau mit langen Armen und Beinen, hinter deren spröder Fassade eine überschäumende Herzlichkeit wohnte. Resolut, ein Organisationstalent, eine fantastische Köchin, seit zwei Jahren glücklich liiert, im sechsten Monat und deshalb im siebten Himmel.

Das war der Grund, weshalb Maja nun hinter ihrer Freundin hereilte. Jules zukünftiger Ehemann Benno war Computerspezialist bei einem Maschinenbauunternehmen in Aachen, die beiden hatten von Anfang an eine Wochenendbeziehung gehabt. Jetzt wollte die werdende Mama endlich ein richtiges Familienleben, hatte Mutterschutz beantragt und würde sich die kommenden Monate in Aachen von ihrem Herzallerliebsten verwöhnen lassen.

Als der Abschied näher rückte, suchte ihr Chef in Oppenheim händeringend nach einer Schwangerschaftsvertretung, weil die Zustelldienste ohnehin schon am Rande ihrer Kapazität arbeiteten. Prompt schlug Jule ihre Freundin Maja Rossi vor, und nach kurzem Beschnuppern war die Sache unter Dach und Fach.

Für Maja bedeutete der Job die allerletzte Rettung. Die vergangenen Monate hatte sie sich mit Aushilfsjobs im Supermarkt und Schichtdienst bei McDonald's über Wasser gehalten, erst Jules Postfrauen-Anfrage versprach endlich wieder einen längerfristigen Arbeitsvertrag. Gestern war Maja mit Sack und Pack nach Gertelsheim in ein Fachwerkhaus gezogen. Das hübsche Dorf zwischen Mommenheim und Schwabsburg kannte sie durch ein lange zurückliegendes Fotoprojekt und natürlich durch die Freundschaft mit Jule.

Heute war der große Tag der Einarbeitung. Mehr Zeit würde auch nicht bleiben, weil Jule schon am nächsten Morgen nach Aachen abschwirren wollte. Bis jetzt türmten sich zwar mehr Fragen als Antworten in Majas Kopf, aber sie schrieb tapfer auf ihrem Notizblock mit und sagte sich, dass es auch schon dümmere Leute als sie zum Postboten geschafft hatten. Hoffte sie zumindest.

Inzwischen war Jule schon ein ganzes Stück weitermarschiert.

»Kommst du, oder was?«, rief sie über die Schulter zurück. Maja antwortete mit einem explosionsartigen Niesen, wischte ihre tränenbeschlagene Brille am Ärmel sauber und trabte hinterher. Gemeinsam versorgten sie die Briefkästen in der Backesgasse und der Tränkgasse mit Briefen, Rechnungen und Zeitschriften. Im Georg-Steinbrueck-Ring deutete Jule auf ein zweistöckiges Haus mit Doppelgarage. In der Einfahrt stand ein alter, aber gepflegter Jaguar, ein grünes 80er-Jahre-Modell.

»Da, wenn dir mal die Heuschnupfenpillen ausgehen. Das ist unser Onkel Doktor.«

Jetzt erst bemerkte Maja das Messingschild am Eingang, das Sprechzeiten, Telefonnummern und Notfallinformationen verriet. *Dr. Hans-Peter Gaul, Allgemeinmedizin*.

Im Inneren herrschte das übliche Flair einer Dorfarztpraxis: Neonlampen, Stahlrohr-Schwingerstühle, zerfledderte Klatschmagazine und wartende Patienten. Als Jule die Tagespost bei der ältlichen Sprechstundenhilfe abgab, öffnete sich eine Tür, ein großer Mann trat heraus. Sein weißes Poloshirt und die weißen Hosen klassifizierten ihn sofort als Arzt. Oder als Tennislehrer, dachte Maja belustigt, wenn sich nicht der Bauch deutlich unter dem Stoff abgezeichnet hätte. Der Doktor erinnerte sie an einen Zirkusbären, alles an ihm war rund, der Kopf, die Knubbelnase, das Doppelkinn, die dunklen Knopfaugen, die Backen, sogar die Ohrform war irgendwie … bärig.

Dr. Gaul nickte den beiden grüßend zu und rief eine Patientin ins Sprechzimmer. Die Frauen traten wieder hinaus auf die Straße.

»Soso, sogar einen Arzt habt ihr hier in Gertelsheim«, meinte Maja. »Taugt er denn etwas, medizinisch?«

Jule zuckte nichtssagend mit den Schultern.

»Wie man's nimmt.«

Dann schob sie den Postwagen mit doppeltem Elan voran, als wäre das Thema für sie erledigt. Sie erreichten die Schulstraße und damit die Gertelsheimer Grundschule. Das Gebäude war ein kantiger Zweckbau, wirkte aber durch die lachenden Kinderstimmen einnehmend und freundlich. Direkt daneben stand derselbe Bau nochmals, nur maßstäblich geschrumpft. Der Kindergarten.

»Kindergarten und Schule haben eine gemeinsame Adresse, da musst du immer gut schauen, was wohin muss«, erläuterte Jule, während sie auf die Gebäude zuliefen. Maja kritzelte ins Notizbuch, putzte ihre frisch geflutete Nase und stolperte weiter. Neben dem Haupteingang der Schule war eine Bronzetafel angebracht. Sie blinzelte hinter ihrer Brille.

»Die Grundschule der Gemeinde Gertelsheim dankt Herrn Magnus Hieronymus Falkenreck vom Sonnenhof für seine großzügige Spende, mit der für alle Klassenräume neue Tische und Bänke angeschafft werden konnten. Gertelsheim, im Jahre 2006«, las sie vor und meinte halb belustigt: »Herr Magnus Hieronymus Falkenreck vom Sonnenhof, das klingt aber Ehrfurcht gebietend.«

»Den alten Falkenreck wirst du schon noch kennenlernen, der ist so was wie der Fürst von Gertelsheim.«

Es dauerte nur eine Minute, die Post für die Schule bei der dicken Sekretärin abzugeben, dann kehrten sie dem Gebäude den Rücken. Im Gehen lugte Maja über eine halbhohe Hecke, hinter der Kinderstimmen zu hören waren.

Unter der ausladenden Krone einer Kastanie verteilten sich zwei Dutzend Kinder. Sie waren verkleidet, Maja erkannte Ritter mit Schild und Pappschwertern, König und Königin mit roten Umhängen und einen Knirps, der grüne Plastiktüten an den Armen und Beinen festgeklebt hatte. Zwei Lehrer waren dabei, einer schminkte die Kinder mit Hilfe eines beeindruckend großen Make-up-Sets. Der andere erzählte eine Geschichte und dirigierte die Kleinen dabei hin und her. Sie spielten ihre Rollen mit Begeisterung, Lachen klang herüber. Maja schaute genauer hin, als der Mann eine professionell aussehende Kamera zur Hand nahm und die Kinder in ihren Verkleidungen fotografierte. Er trug legere Kleidung, hatte braune, ins Graue gehende Strubbelhaare und ein offenes Gesicht. Ein Gesicht, das Maja seltsam vertraut vorkam.

Sie stutzte. Tatsächlich, sie kannte den Mann, sie hatte bei ihm eine Ausbildungsklasse besucht, Porträtfotografie. Er hieß Wern Ossfahl, war freischaffender Künstler und Fotograf, hatte ein hervorragendes Auge für Proportionen und war ein guter Dozent gewesen. Ein Künstler – als Grundschullehrer?

In diesem Augenblick schaute Jule ebenfalls über die Hecke.

»Hey, Wern, hör auf, die Kleinen erdolchen dich noch!«, rief sie, was prompt eine Lachsalve der Kinder mit gespielten Attacken auf den Lehrer nach sich zog. Der Mann schaute amüsiert herüber, dann wurden seine Augen groß vor Überraschung.

»Maja?« Sein Lächeln wurde breiter. Ossfahl war ein gut aussehender Mann um die 40, den allerdings zahlreiche Falten um die Augen und auf der Stirn älter aussehen ließen. Maja konnte nicht sagen, ob es Lach- oder eher Sorgenfalten waren.

»Hi, Wern. Schön, dich mal wieder zu sehen.« Sie erwiderte sein Lächeln, schämte sich aber gleichzeitig für ihre nasale Aussprache. Ihre Nebenhöhlen waren wie zementiert. Der Mann beugte sich über die Hecke und begrüßte zuerst Maja, dann Jule mit Küsschen rechts links.

»Das ist ja eine tolle Überraschung!« Mit gelupften Augenbrauen warf er einen Blick auf Majas gelb-blaues Postfrauen-Dress. »Wirst du jetzt den Dienst von Jule übernehmen, damit sie mit gutem Gewissen Nachwuchs kriegen kann?«

Jule lachte und boxte Ossfahl spielerisch an die Schulter.

»Genauso sieht's aus. Maja wird in Zukunft dafür sorgen, dass deine Verweise pünktlich bei den Eltern ankommen.«

Er wandte sich an Maja.

»Na, da können wir endlich mal den Besuch in meinem Atelier nachholen. Ich wollte es dir ja schon immer mal zeigen, aber irgendwie hat's nie geklappt.«

Als sie seinen Akzent hörte, erinnerte sie sich wieder daran, dass Wern Ossfahl ursprünglich aus der Schweiz stammte. Sie nickte und wollte antworten, doch eine hinterhältige Niesattacke raubte ihr Stimme und Sicht. Erst nach Naseputzen und Augenwischen konnte sie sich wieder verständlich machen.

»Auf jeden Fall. Ich freue mich, ein bekanntes Gesicht hier im Dorf zu haben!« Dann deutete sie auf die Kamera, die Ossfahl in der Hand hielt. Es war eine professionelle, aber schon etwas in die Jahre gekommene Canon EOS 1D.

»Und dem Fotografieren bist du noch immer treu geblieben?«

Er winkte ab.

»Leider nicht mehr allzu regelmäßig. Heute schieße ich nur ein paar Fotos für die nächste Jahreschronik der Schule.«

»Was macht ihr da gerade? Ritterspiele?«

»Fast. Wir inszenieren die ›Nibelungen‹, natürlich ein bisschen kindgerechter. Aber mit allem, was dazugehört, mit Siegfried, Kriemhild, König Gunther und dem Drachen.«

Maja schielte zu den Kindern hinüber. Jetzt wusste sie, welche Figur der Kleine mit den grünen Plastiktüten darstellen sollte.

Die beiden Frauen verabschiedeten sich und ließen den Postwagen durch die Mommenheimer Straße rasseln. Jule musterte ihre Freundin neugierig von der Seite.

»Jetzt bin ich aber von den Socken! Woher kennt ihr euch denn, der Wern und du?«

»Von meiner Ausbildung. Er hat damals einen Fotografiekurs angeboten, den fand ich superinteressant. Wir haben uns dann ein bisschen besser kennengelernt, weil ich ein schwieriges Projekt gestaltet habe über die Mainzer Industriekultur, und da hat er mich unterstützt. Wir waren dann auch ein paar Mal was trinken und so.«

»Aha. Und lief was?«

Maja schmunzelte über Jules direkte Art.

»Nee. Ich fand ihn zwar interessant und auch alles andere als hässlich, aber ich war damals ja mit Nick zusammen.« Unwillkürlich rümpfte sie die Nase, als sie ihren Exfreund erwähnte.

»Na ja, dann kannst du jetzt dein Glück ja noch mal versuchen. Der Wern ist nicht verheiratet und wohnt alleine, und du bist jetzt auch solo.«

Maja schüttelte entschieden den Kopf.

»Lass mal gut sein. Von Kerlen hab ich im Moment die Nase voll.« Sie schniefte vernehmlich und musste gleichzeitig mit Jule über das unabsichtliche Bonmot lachen. Im selben Moment merkte sie aber, dass sie das unerwartete Wiedersehen mit Wern Ossfahl nicht kalt ließ. Sie fragte sich, ob ihm das Treffen vielleicht ein wenig peinlich gewesen war – immerhin hatte sie den Mann als Dozenten kennengelernt, und nun unterrichtete er Grundschüler in einer

Dorfschule. Andererseits hatte ihr eigener Lebensweg einen ähnlich unerwarteten Knick bekommen, nämlich von der freischaffenden Fotografin zur Schwangerschaftsvertretungspostfrau.

Sie hatte nach dem Abitur eine Ausbildung zur Fotografin absolviert, ein Jahr in Mainz in einem Fotoladen gearbeitet und sich danach selbstständig gemacht. Das hatte anfänglich gut funktioniert, doch in letzter Zeit waren die Aufträge immer spärlicher geworden, ihre Ersparnisse schmolzen dahin wie Eis in der Sonne. Nicht, dass sie schlechte Arbeiten ablieferte, aber die schwierige wirtschaftliche Situation ließ die Kunden vorsichtig und sparsam werden. Die inflationäre Verbreitung von Digitalkamera mit riesigen Speicherkarten tat ein Übriges dazu, denn damit hielt sich jedermann für einen begnadeten Fotografen und knipste Hochzeiten, Jubiläen und Firmenveranstaltungen in Eigenregie.

Irgendwann war Majas Verdienst bei null angekommen, sie war gezwungen, sich nach anderen Einnahmequellen umzuschauen. Von den Fotofachgeschäften hagelte es Absagen, so dass sie schließlich im Supermarkt Regale einräumte und bei McDonald's Burger briet. Sie verzog das Gesicht. Das Leben konnte manchmal ganz schön ungerecht sein!

Die beiden Frauen liefen über Haupt- und Seitengassen Richtung Osten. Maja schwirrte inzwischen der Schädel von den Informationen, die sie von Jule erhielt. Die Mittagshitze trug ein Übriges dazu bei, dass sie fast schon am Ende ihrer Kräfte war, ihre ständigen Niesattacken ließen sie torkeln wie angetrunken. Neidvoll fragte sie sich, wie ihre Freundin mit Babybauch die Tour scheinbar mühelos bewältigte.

Endlich erreichten sie den Dorfplatz, den Maja schon von ihren früheren Besuchen in Gertelsheim kannte. Der quadratische Platz mit Kopfsteinpflaster war umgeben von Häusern, deren Mauerstücke zwischen den Fachwerkstreben weiß im Sonnenlicht strahlten. Vor vielen Fenstern hingen Blumenkästen, die Geranien und Fuchsien darin wurden offensichtlich durch ausdauerndes Gießen vor dem Hitzetod bewahrt. Die größeren Gebäude waren durch Holztore zum Platz hin verschlossen, einige Höfe standen aber offen und gaben den Blick frei auf Sitzgruppen und Bauerngärten.

In der Mitte des Platzes befand sich eine Art Brunnenskulptur aus Stein und Metall, sehr groß und verschachtelt, Maja fühlte sich an ein überdimensionales Mikadospiel aus Röhren und Streben erinnert. Ein altes, aber gepflegtes Bruchsteinhaus dominierte die Ostseite des Dorfplatzes, zweistöckig, frisch mit Biberschwanzschindeln eingedeckt. *Rathaus*, verkündete der schnörkelige Schriftzug über der Tür. Das Ensemble sah so herrlich altmodisch aus, dass es Maja nicht gewundert hätte, wenn gleich der Dorfpolizist mit Backenbart und Pickelhaube aus der Tür getreten wäre. Jule nickte in Richtung des Hauses.

»Da ist das Büro vom großen Häuptling. Ortsbürgermeister Alfred Massing, ein ziemlich robustes Pferd. Kann auf dem politischen Parkett aber tanzen wie kaum ein anderer.«

Maja machte sich eine Notiz und befürchtete, gleich zum Händeschütteln ins Rathaus geschleift zu werden. Doch Jule gab ihr einen Schubs.

»Den Alfred, den findest du bei solchen Temperaturen nicht im Rathaus. Wir werden ihn nachher noch sehen, dann verstehst du, was ich meine.«

Die Reihenfolge der Briefe führte den Postwagen in die Kirchstraße, die von der gedrungenen und augenscheinlich sehr alten Kirche dominiert wurde. In der nächsten Querstraße blieb Maja wie angewurzelt stehen. Ein Stück außerhalb erhob sich ein wahrhaft gigantisches Gehöft, ein dreistöckiges Ensemble aus mehreren Einzelgebäuden, das sich nach hinten in einer Vielzahl von Erkern und Türmchen fortsetzte. Eine Eibe stand vor dem Portal und überragte zwei Fahnenmasten, an denen die Flaggen dank Querstreben trotz Windstille zu sehen waren: eine stilisierte Sonne, über der Gottes Hand sich segnend herabsenkte. Das Gebäude sah aus wie ein Schloss, das versehentlich nach Gertelsheim gezaubert worden war.

»Was ist denn das für ein Riesending? Disneyland in Rheinhessen?«

»Das, meine Liebe, ist der Sonnenhof. Das ›Schlösschen‹, wie wir hier sagen.«

»Wow!«, war alles, was Maja dazu einfiel.

»Der Sonnenhof ist hier schon immer das größte Weingut gewesen, solange die Leute zurückdenken können. Vor 100 Jahren und noch länger, da haben die Herren vom Hof immer schön die Frauen von den anderen großen Höfen geheiratet und alles einkassiert, und beim Vererben ging's immer nur an den ältesten Sohn und ist nicht wie anderswo unter allen aufgeteilt worden. Und damit sind die Falkenrecks reicher geworden und immer reicher. Bis heute. Das Schlösschen hat heute noch die besten und größten Lagen in allen Weinbergen in der Gegend, und Grundbesitz haben sie noch dazu hier im Ort. Die Falkenrecks haben nach dem Krieg niemals auch nur einen einzigen Wingert oder ein einziges Grundstück oder Gebäude verkauft, das sie im Besitz hatten.«

»Und wer … wem gehört das alles?«, fragte Maja. Das Gebäude sah trotz seiner beeindruckenden Fassade unbewohnt aus, viele Fensterläden waren geschlossen.

»Dem Herrn, der dir vorhin auf dem Schild in der Schule begegnet ist, Magnus Falkenreck. Er ist alleiniger Herrscher über das Schlösschen. Ein alter Knabe, über 80.«

Die beiden Frauen standen einen Augenblick bewegungslos vor dem Gebäude. Sogar Jules Kaltschnäuzigkeit schien angesichts des altehrwürdigen Sonnenhofes zu schrumpfen, sie machte keine Anstalten, die Glocke zu betätigen oder den Hof zu betreten.

Da erschien ein unerwarteter Farbtupfer in einem der Torbögen. Ein Mädchen in einem bunten Sommerkleid, vielleicht neun Jahre alt, lugte um den Pfeiler.

»Frau Schwamb!« Freudestrahlend rannte es auf Jule zu.

»Hallo, mein Engelchen, hui, nicht so stürmisch!«, lachte Jule und erwiderte die herzliche Umarmung der Kleinen. »Ist die Mami denn da?«

Die Kleine nickte eifrig. »Ich hol sie!« Und weg war sie.

»Was ist denn das für ein Feger? Die Enkelin vom Sonnenhof?«

»Nein, Magnus ist der letzte Falkenreck. Das ist Jasmin, die Tochter von Kathy Uelverkamp. Die beiden wohnen im Pförtnerhaus hier rechts vor dem Hof, Kathy pflegt den Alten. Das ist so 'ne Art Gentleman- und Gentlewoman-Agreement: Sie zahlt nur eine Minimiete, dafür hat er immer eine Pflegekraft in Rufnähe. Seit ein paar Jahren braucht er immer öfter den Rollstuhl und kommt alleine nicht mehr zurecht.«

Maja warf einen Blick auf das Pförtnerhäuschen. Es wirkte im Gegensatz zu dem erdrückenden Hof regelrecht putzig, mit rot umrandeten Kassettenfenstern und einem Garten davor. Hier hatte jemand viel Zeit und Mühe investiert.

Einer der Fensterläden am Haupthaus wurde aufgeklappt, eine Frau beugte sich heraus und winkte. Ihr Gesicht war hübsch, die blonden Haare hatte sie unkompliziert mit einem Tuch nach hinten gebunden.

»Hey, Jule, Jasmin hat mir Bescheid gesagt, dass du hier bist. Ich kann gerade nicht rauskommen, Herr Falkenreck braucht mich. Oder hast du was zum Unterschreiben?«

Helle Stimme, leichter Akzent irgendwo aus dem Norden.

»Nein, nein, alles gut«, winkte Jule ab, »ich wollte dir bloß meine Vertretung vorstellen, die Maja.«

Die blonde Frau hob die Hand.

»Hi, Maja, ich bin Kathy. Drück mal auf die Klingel, wenn du in der Straße bist, dann trinken wir 'ne Tasse Kaffee zusammen, okay?«

»Hallo, Kathy. Mach ich gerne«, rief Maja hoch. Die Frau winkte nochmals und verschwand, der Fensterladen klappte wieder zu.

Ihr Weg durch das Dorf führte die beiden Frauen weiter durch die Gaustraße in westliche Richtung. Es war, wenn überhaupt möglich, noch heißer geworden, die Gassen glühten. Maja suchte Schutz im Schatten, wo immer es möglich war. Ihre Schrift im Notizbuch konnte sie kaum mehr lesen, die Kleidung pappte an ihr wie ein nasser Sack. Ihr Taschentuchvorrat war längst schon aufgebraucht, sodass sie beim Naseputzen versuchte, halbwegs trockene Stellen an den bereits benutzten Tüchern zu finden. Das kann ja heiter werden, wenn die Hitze so bleibt und ich diese Ochsentour jeden Tag machen muss, dachte sie missmutig. Sie nieste herzhaft und fragte sich einen Augenblick, ob die Sache mit der Schwangerschaftsvertretung tatsächlich eine so gute Idee gewesen war.

Erst als der Rundweg sich dem Ende zuneigte und sie durch die Schrebergärten südlich der Schwabsburger Straße gingen, kehrten Majas Lebensgeister zurück. Hier, in direkter Nähe des Naturschutzgebietes, waren die Temperaturen ein klein wenig erträglicher. Der Wald ließ die Luft zumindest ansatzweise nach Feuchtigkeit schmecken und filterte die eine oder andere Polle heraus, worüber sie dankbar war.

Die Schrebergartenparzellen waren gepflegt, fast schon pedantisch in Ordnung gehalten mit Hecken, parallelen Beeten und gestrichenen Holzhäuschen. Die teutonische Abgrenzungsmanie hatte auch hier Einzug gehalten, sodass jede Parzelle durch Zäune oder Büsche von den Nachbargrundstücken getrennt war. Die Hitze machte den Pflanzen sichtbar zu schaffen, viel Grün war inzwischen verwelkt. Hier und dort hing ein matter Schrebergärtner im Stuhl und verdöste die Mittagszeit.

Vor einem der Gärten knuffte Jule ihre Freundin in die Seite und deutete mit dem Kopf hinein. Ein stämmiger Mann mit Walrossschnauzer und rotem Gesicht werkelte an einer Regentonne. Er trug Cordhosen und ein schweißfleckiges Feinrippunterhemd.

»Unser Ortsbürgermeister, Alfred Massing. Den wirst du bei solchen Temperaturen niemals im Rathaus finden, sondern immer nur hier in seinem Gärtchen. Letztes Jahr hat er urplötzlich seine Liebe zum Schrebergarten entdeckt, und seitdem wird die Politik in den Sommermonaten am Gartenzaun gemacht«, raunte Jule. Der Bürgermeister schaute von seinem störrischen Regenfass auf.

Alfred Massing kniff die Augen zusammen. Er hatte per Dorfklatsch erfahren, dass Jule Schwamb schwanger war und wegzog, und er wusste, dass eine Freundin von ihr den Job übernahm.

Nun musste er sich ein Grinsen verbeißen, als er die beiden Frauen nebeneinander sah: auf der einen Seite die große dünne Jule, deren Babybauch wie eine unter die Kleidung geschobene Melone hervorstand. Neben ihr reckte eine kleine pummelige Frau den Kopf, um besser über den Zaun schauen zu können. Neugierig trat er heran. Sie war nicht größer als 1,60, mochte Mitte 20 sein und hatte schwarze Haare, die zu einem Pferdeschwanz zusammengebunden waren. Das Gesicht war hübsch, wenngleich eine dicke Brille die braunen Augen etwas vergrößerte und die Frau dadurch wie ein neugieriges Kind aussehen ließ. Außerdem war sie entweder erkältet oder hatte Heuschnupfen, denn ihre Lider waren verquollen und die Nase lief.

Massing schüttelte den Frauen die Hand. Artig stellte sich die neue Postfrau als Maja Rossi vor.

»Schön, Frau Rossi, dann mal herzlich willkommen in Gertelsheim! Wenn Sie mal was auf dem Herzen haben, können Sie jederzeit bei mir vorbeigucken.«

»Danke, Herr Massing, das werd ich mir merken. Vielleicht können Sie mir ja bei der einen oder anderen Adress-Unklarheit helfen.«

Der Bürgermeister nickte unbestimmt und sah den beiden Frauen nach. Er wusste nicht, ob diese Frau Rossi das tatsächlich ernst gemeint hatte. Glaubte die denn wirklich, er würde den Fremdenführer für die neue Briefträgerin spielen? Kopfschüttelnd wandte er sich wieder seiner Regentonne zu. Seit über einer Stunde werkelte er nun schon daran herum, hatte sie erst vom Fallrohr losgeschraubt, dann wieder angeschraubt, wieder losgeschraubt und wieder angeschraubt. Jetzt, beim vierten Schraubvorgang, war er sicher, dass alle Schrebergartennachbarn ihn und seine Arbeit zur Kenntnis genommen hatten. Er packte das Werkzeug zusammen, streckte sich und gähnte. Wie der Koloss von Rhodos posierte er auf der Veranda vor seinem Gartenhäuschen, drehte sich um und trat durch den niedrigen Eingang. Leise schloss Massing ab, dann huschte er zu einem der Fenster, an denen blickdichte Vorhänge zugezogen waren. Durch einen Spalt beobachtete er die übrigen Schrebergärtner, denn immer wieder kam es vor, dass jemand zu ihm kam und einen bürgermeisterlichen Rat haben wollte. Doch nichts tat sich, alle gingen ihren Beschäftigungen nach oder saßen bewegungslos im Schatten. Gut so. Seine Show war überzeugend gewesen, alle glaubten, er würde nach der Arbeit mit der Regentonne ein verdientes Frührentnerschläfchen halten. So wie immer eben.

Massing drehte sich vom Fenster weg, bückte sich zur Rückwand der Laube und begann, mit geübten Fingern einige Holzbretter dicht über dem Boden zu lockern.

Ein Tropfen fiel auf steinernen Boden. In seiner 500-jährigen Geschichte hatte der Fußboden der Gertelsheimer Kirche schon viele Tropfen gesehen, Wasser, Wein, Speichel, Schweiß, Blut. Und natürlich Tränen. Tränen wie die, die soeben fielen. Die Frau, die in einer der Bänke kniete, die Hände zum Gebet verschränkt, war alleine mit ihrer Trauer. Eine weitere Träne tropfte auf den Boden.

Die Seitentür öffnete sich, ein Lichtstrahl fiel ins Halbdunkel des Kirchenschiffs. Gegen das grelle Licht zeichnete sich eine schmale, hohe Silhouette ab, die kerzengerade in der Tür stand.

Pfarrer Ansgar Jungbluth wartete, bis sich seine Augen an das gedämpfte Licht gewöhnt hatten. Vor mehr als zwei Stunden, als er das Gotteshaus verlassen hatte, war die zusammengesunkene Gestalt schon in der Kirche gewesen. Sie hatte ihre Haltung seither um keinen Zentimeter verändert.

Seine Schuhe scharrten über den Steinboden, der Pfarrer bewegte sich auf die Gestalt zu. Sie war von ihm weggedreht, er sah nur die grauen Haare, den schmalen Hals und den Kragen. Seine Stimme klang wie ein Fremdkörper in der Stille des Kirchenschiffs, misstönend und kehlig.

»Ich muss jetzt abschließen. Ich muss zur … Versammlung.«

Keine Reaktion. Der Pfarrer trat einen Schritt näher. Es fiel ihm schwer, die Frau aus der Kirche zu bitten, denn er kannte ihre Situation und wusste, dass es keinen anderen Trost für sie gab.

»Angelika, hören Sie zu. Was geschehen ist, ist geschehen. Sie können die Zeit nicht zurückdrehen. Alles ist Teil von Gottes großem Plan, auch wenn wir es heute nicht verstehen. Haben Sie Vertrauen in Gott. Soll ich Heribert holen, damit er Sie heimbringt?«

Sanft legte er ihr die Hand auf die Schulter. Sie zuckte zusammen, als hätte er sie geschlagen, und machte sich mit einer raschen Bewegung los. Nun weinte sie laut, ihre Klage wanderte als Echo durch den Raum. Pfarrer Jungbluth blieb einen Augenblick stehen, dann ging er zur Eingangstür zurück.

Dort stieß er fast mit einem Mann zusammen, der gerade die Kirche betrat. Er war um die 50, sein eingefallenes Gesicht, die harten Züge um den Mund und die traurigen Augen ließen ihn verhärmt aussehen.

»Heribert, bitte …« Der Pfarrer schaute den Mann an. Der blieb stehen und warf einen Blick in die Kirche. Als er die zusammengesunkene Gestalt seiner Frau sah, blieb sein Gesicht unbewegt, aber in seinen Augen wurde die Trauer von unbändiger Wut verdrängt.

Während der Mann auf seine Frau zu ging, verließ der Pfarrer das Gebäude. Die Kirche würde heute noch lange unverschlossen bleiben.

In der Arztpraxis von Doktor Gaul roch es nach Desinfektionsmitteln, nach verschwitzten Körpern und verbrauchter Luft. Lise Kissinger ordnete die Papierflut auf dem Empfangstresen. Die 55-Jährige arbeitete seit über zehn Jahren als Sprechstundenhilfe bei Doktor Gaul, aber einen solchen Ansturm an Patienten hatte sie selten erlebt. Nach dem verregneten Frühjahr war es im Juli zu schnell heiß geworden, sodass sich die Patienten die Klinke in die Hand gaben. Die meisten hatten Probleme mit der Hitzewelle. Wassermangel, Kreislaufschwäche, Sonnenallergie, Schlafstörungen. Gereiztheit.

Hinter Lises Arbeitsplatz öffnete sich die Tür zum Sprechzimmer, Doktor Gaul verabschiedete eine hagere Frau.

»Und denken Sie dran, viel trinken, und wenn der Kreislauf wieder flattert, erst mal hinlegen und Beine hoch für drei Minuten.«

Die Frau bedankte sich und verließ die Praxis, der Doktor ging zurück ins Sprechzimmer. Das Wartezimmer war nun leer, die Frau war die letzte Patientin vor der Mittagspause gewesen.

Lise stand auf. Sie wohnte ein paar Ecken entfernt in der St.-Silverius-Straße, deswegen konnte sie alle Pausen bequem zu Hause verbringen. Nur dem Doktor wollte sie eben noch Bescheid geben. Ein lauter Klopfton an der Sprechzimmertür, eine Sekunde später stand sie im Raum.

»Herr Doktor, ich …«

Lise stockte und sah den Arzt an, der erschrocken vom Medikamentenschrank wegzuckte. Sie brauchte nicht genauer hinzuschauen, um die orange-weiße Packung in seiner Hand zu erkennen. Ritalin.

Sie fing sich sofort wieder und kündigte ihre Mittagspause an. Doktor Gaul nickte verstehend und hielt die Tablettenpackung in der Hand versteckt. Sie kannten diese Farce beide schon seit langer Zeit, mal frühmorgens beim Aufschließen, mal nach Feierabend beim Lichtausknipsen, mal zur Mittagszeit wie jetzt.

Der Doktor murmelte etwas von anstehenden Telefonaten mit der Mainzer Uniklinik, Lise verabschiedete sich hastig. Tür zu, raus auf die Straße.

Doktor Gaul saß mit hängenden Schultern im Sprechzimmer. Zu seinem eigenen Erschrecken war es ihm inzwischen kaum noch peinlich, von der Sprechstundenhilfe am Medikamentenschrank erwischt zu werden. Er spürte das große Haus um sich herum und fürchtete sich davor, die Praxis zu verlassen und nach oben in den Wohnbereich zu gehen. In leere, stille Zimmer.

Vor Jahren hatte dort das Leben getobt, seine beiden Kinder spielten Fangen, seine Frau, die Halbfranzösin Madeleine, ging im Sommerkleid von Raum zu Raum, um Blumengestecke zu richten und kleine Accessoires zu verteilen.

Heute erinnerten die verwaisten Räume Doktor Gaul daran, dass er alleine war. Madeleine verabschiedete sich aus seinem Leben, 1994, an einem Januarmorgen, mit voller Absicht und ohne Rückfahrkarte. *Au revoir, Gertelsheim, bonjour, Paris.* Und die Kinder nahm sie gleich mit.

Er fing an, schlecht zu schlafen. Irgendwann war er so erschöpft, dass er die rastlosen Gedanken ausgeknipste. Eine Ausnahme, klar. Ein, zwei Mal. Drei Mal. Aus der Ausnahme wurde Gewohnheit.

Der Doktor sackte weiter zusammen. Diese verteufelte Gewohnheit bescherte ihm bald darauf die schlimmste Nacht seines Lebens. Die Bilder tauchten seither immer wieder in seinen Träumen auf, das junge blau angelaufene Gesicht, verquollene Augen, schweißnasse Haare, die heraushängende Zunge obszön wie ein fettiges Stück Fleisch. Seine eigenen Hände, fahrig, der Kopf wirr. Später dann die Seitenblicke des Notarztes, das Tuscheln der Rettungssanitäter.

Unbewusst spielten seine Finger mit der orange-weißen Tablettenpackung. Jetzt öffnete er sie.

Hüpf-hüpf- rechter Fuß, hüpf-hüpf- linker Fuß. Patsch – Hand an die Tür. Die Aufgabe war, den oberen Flur in diesem Rhythmus einmal zu umrunden. Wenn sie das schaffen würde, wäre sie frei. Wenn nicht, würde die böse Hexe sie in eine Kröte verwandeln.

Jasmin spielte gerne im riesigen Haus vom Herrn Falkenreck. Es gab so viel zu entdecken, geheimnisvolle Treppen, Zimmer und Galerien, dass sie den gesamten Hof mit einer Heerschar von Fantasiegestalten bevölkert hatte. Hier, im zweiten Stock, wohnte eine Hexe, die man nur durch die Schrittkombination und das Berühren der Türen überlisten konnte.

Eigentlich durfte sie hier nicht spielen, aber solange sie nicht allzu laut war oder Sachen von ihren Plätzen räumte, drückte die Mama ein Auge zu. Nur zwei Dinge waren streng verboten: den Keller betreten oder Freunde mit ins große Haus bringen. Deshalb war das Haus ihr ganz geheimes Spielparadies, in dem sie spannende, gruselige und romantische Abenteuer erlebte.

Nach drei Anläufen hatte Jasmin es geschafft, die Hexe zu besiegen und den Flur unbeschadet zu verlassen. Sie hüpfte die geschwungene Holztreppe hinunter in den Empfangsbereich und tappte über die Steinfliesen in den Küchentrakt. Dort stand ihre Mama und schnitt Obst in Stücke.

Die Küche war riesig und ebenso altmodisch wie der Rest des Hauses, wenngleich hier einige moderne Geräte ihren Platz gefunden hatten: eine Mikrowelle, ein Herd mit Ceranfeld, eine Kühl-Gefrier-Kombination und ein Kaffeevollautomat. Diese Neuerungen, das wusste Jasmin, hatte ihre Mutter dem Herrn Falkenreck wortreich angepriesen, und erst nach langem Hin und Her hatte er zugestimmt und sie die Sachen kaufen lassen.

»Na Schatz, warst du oben spielen?«, fragte Kathy, während sie das klein geschnittene Obst auf einen Teller legte.

»Mmh.« Jasmin stibitzte sich eine Apfelscheibe.

»Dann geh jetzt mal ins kleine Haus. Der Herr Falkenreck fühlt sich heute nicht so gut und will sich gleich hinlegen. Okay?«

Sie strich ihrer Tochter übers Haar.

»Okay«, antwortete das Mädchen, nahm noch eine Scheibe und ging zur Tür. Das »kleine Haus« war das Pförtnerhaus neben dem Eingangstor, in dem sie und Mami wohnten.

Dort hatte sie ihr Zimmer und im Garten ein Extrabeet, in dem sie ganz alleine Tomaten, Kartoffeln und Radieschen wachsen lassen durfte. Jasmin entschloss sich, einen Kontrollgang durch den Garten zu machen und zu schauen, ob die Unterirdischen, die tief in der Erde hausten, den Pflanzen schon wieder alles Wasser weggenommen hatten.

Kathy sah ihrer Tochter nach. Jasmins Tage bestanden aus Abenteuern mit fantastischen Gestalten, aber wirkliche Spielgefährten hatte sie nicht allzu viele. Obwohl sie beide nun schon acht Jahre in Gertelsheim wohnten, waren sie alles andere als akzeptiert. Noch immer waren sie »die Neuen«, »die Zugezogenen«, man begegnete ihnen höflich, aber reserviert.

Sie seufzte, schob die grüblerischen Gedanken beiseite und trug den Obstteller ins halbdunkle Wohnzimmer. Hier, inmitten alter Möbel und der Pracht vergangener Tage, thronte Magnus Hieronymus Falkenreck, der Herr des Sonnenhofes.

Der alte Mann im Rollstuhl beobachtete sie mit zusammengezogenen Brauen. Fast schien es, als sei der Patriarch ebenso eine Antiquität wie die gesamte Einrichtung. Seine hochgewachsene Gestalt war stets in einen schwarzen Anzug mit weißem Hemd gehüllt, sein Gesicht mit den eingefallenen Wangen, der Hakennase und den stahlgrauen Augen erinnerte tatsächlich an einen Raubvogel – einen Falken. Darüber wölbten sich weiße Brauen, auf dem Kopf dann, streng nach hinten gekämmt, das ebenfalls schlohweiße Haar. Wenngleich seine Haut dünn wie Pergament und voller Altersflecken war, die Hände knotig vor Gicht, so ließen die harten Augen doch erkennen, dass dieser Mann in seinem Leben viel erreicht und so manchen Widerstand gebrochen hatte. Nach wie vor war Magnus Falkenreck ein Gutsherr von altem Schlag, und Gertelsheim war sein Dorf.

»So, Herr Falkenreck, jetzt ist es Zeit für ein bisschen was Frisches, bevor Sie sich hinlegen.«

Der Alte beäugte das Obst abschätzig.

»Nein«, knurrte er einsilbig. Seiner hohen Altmännerstimme hörte man die Jahre an, aber ihr Ton war trotz allem befehlsgewohnt.

»Doch«, bestand Kathy. »Ihnen ist heute eh nicht gut, und denken Sie dran, was der Arzt Ihnen letzte Woche …«

»Papperlapapp!«, unterbrach Falkenreck sie grob, »Dieser Viehdoktor hat mir gar nichts zu sagen.«

Kathy holte Luft und wartete einen Augenblick. Dann schob sie den Teller ein Stück weiter zu ihm hin.

»Und selbst wenn Doktor Gaul nicht gerade der beste Arzt der Welt ist, kann ein wenig Obst nicht schaden, oder?«

Der alte Mann brummte etwas Unverständliches, nahm mit zitternder Hand eine Orangenspalte und steckte sie in den Mund. Kathy sah, wie Falkenreck nach und nach den Obstteller leerte. Schließlich hatte er alles aufgegessen, sie reichte ihm ein Tuch für die Finger.

»Prima. Jetzt bringe ich Sie ins Bett, dann ruhen Sie sich mal ordentlich aus. Ich mache derweilen die Einkaufsliste fertig für Frau Krott, die kommt ja nachher noch vorbei.«

Der Mann im Rollstuhl machte eine verächtliche Handbewegung. Elke Krott war die Zugehfrau, die dreimal in der Woche zum Sonnenhof kam, einkaufte, die Wäsche machte, in der Küche half und im Haus nach dem Rechten sah. Der alte Falkenreck mochte sie nicht, wie er mit fast allen Gertelsheimern auf Kriegsfuß stand. Es hatte lange gedauert, bis Kathy dieses seltsame Verhältnis begriff: Einerseits waren die Herren vom Sonnenhof schon immer die Gutsleute, fast schon die Schutzpatrone für Gertelsheim gewesen. Sie hielten mit ihrem Geld den Ort am Leben, spendeten viel für Ausbau und Instandhaltung der Infrastruktur, für karitative Zwecke und das Gemeinwohl. Andererseits waren sie aber die »Reichen«, die »Oberen«, denen man entweder mit Unterwürfigkeit oder mit Misstrauen begegnete. Und die Gutsleute trugen durch ihr herrschaftliches Gebaren ein Übriges dazu bei, dass das Verhältnis der einfachen Dörfler zu der Herrenfamilie nicht ungetrübt war. Es ging unter den Alten die Erzählung um, dass damals, als es noch die Eisenbahnverbindung »Amiche« zwischen Bodenheim und Alzey gab, der Zug entgegen jeder Abfahrtszeit so lange im Gertelsheimer Bahnhof wartete, bis die Herren und Damen vom Sonnenhof zugestiegen waren. Solche Geschichten blieben lange im Gedächtnis einer Dorfgemeinschaft haften und schufen böses Blut – bis zum heutigen Tag.

Da sind wir gar nicht so weit auseinander, der Magnus Falkenreck und ich, dachte Kathy, während sie den Rollstuhl ins Schlafzimmer schob. Mitten im Dorf daheim, aber mit der Seele nie richtig angekommen.

Ein entfernter Klingelton riss sie aus ihren Gedanken. Das war die Glocke des Pförtnerhäuschens, jemand wollte zu ihr. Sie trat an das Wohnzimmerfenster des Sonnenhofes und schaute hinüber. Jasmin hatte schon aufgemacht und plauderte mit dem Besuch. Ein Lächeln breitete sich über Kathys Gesicht aus, während sie Falkenreck ins Bett half.

Mit schleifender Kupplung quälte sich der gelbe Opel Vivaro rückwärts. Die heiße Luft war gesättigt vom Dieselgeruch, das Jammern des Keilriemens klang grell durch die Gasse.

Jule stand mit Engelsgeduld dahinter und winkte Maja zurück. Maja kurbelte am Lenkrad und verrenkte sich den Hals. Vor dem Postauto blockierte ein Tanklastzug die Enggasse, einer der Winzer ließ wohl seinen Wein von der Genossenschaft abholen. Schließlich hatte sie das Wendemanöver geschafft, Jule kletterte zurück auf den Beifahrersitz.

»Damit musst du hier immer rechnen. Die Winzer fühlen sich wie die Könige im Ort, jede Straße gehört ihnen, sie dürfen überall durchfahren und alles vollparken. Da ziehst du immer den Kürzeren.«

Maja nickte matt und brachte den Opel wieder zum Rollen. Die beiden Frauen waren auf der nachmittäglichen Pakettour unterwegs, hinten im Laderaum lagen mehrere Dutzend Postpakete. Maja hatte sich schon mit dem Scanner vertraut gemacht, auf dem die Empfänger unterschreiben mussten, nun lotste Jule sie von Adresse zu Adresse.

Die nächste Sendung sollte in die Sonnenhofstraße. Maja war stolz, dass sie sich an den Weg erinnerte und ohne Anweisungen hinfand. Während Jule anschließend mit dem Adressaten einen Schwatz hielt, wurde Majas Blick von dem Gebäudeensemble des Sonnenhofes eingefangen. Der Hof erhob sich am Ende der Straße wie eine Fata Morgana in der Nachmittagshitze. Was für ein seelenloser Kasten, dachte sie und fühlte sich an das düstere Haus des Norman Bates in Hitchcocks *Psycho* erinnert.

Eine Bewegung auf der Terrasse des Pförtnerhauses ließ Maja aufmerksam werden. Da saßen die blonde Frau und ihre Tochter, die sie beide heute Vormittag kurz kennengelernt hatte. Kathy, richtig, und die Kleine hieß Jasmin. Eine dritte Gestalt hockte bei ihnen, alle drei hampelten herum und hatten offensichtlich Spaß. Maja sah, dass es ihr ehemaliger Kursleiter Wern Ossfahl war. Sie spürte einen klitzekleinen Stich und runzelte die Stirn. Konnte es sein, dass ihr der Anblick der hübschen Blondine neben Wern missfiel?

Ein dunkles Auto näherte sich von der Ortsmitte. Maja erkannte den Wagen, es war der alte Jaguar von Doktor Gaul, den sie heute früh in der Einfahrt des Arztes gesehen hatte.

Der Wagen kroch die Sonnenhofstraße herauf. Maja winkte dem Doktor grüßend zu, aber er schaute stur geradeaus und nahm sie nicht wahr. Statt seines weißen Poloshirts trug er ein gestreiftes Hemd. Interessiert sah Maja zu, wie das Auto im Schritttempo in die kleine Stichstraße einbog, die zum Pförtnerhaus führte. Kaum war das Haus im Blickfeld des Fahrers, stoppte der Jaguar abrupt und blieb mit laufendem Motor stehen.

Aha, jetzt hat er entdeckt, dass schon jemand da ist, dachte Maja. Sie nestelte an einigen Paketen herum, behielt das Geschehen aber scharf im Auge. Nach ein paar Sekunden gingen die Rückfahrlichter des Jaguars an, der Wagen wendete und fuhr mit deutlich höherer Geschwindigkeit zurück Richtung Ortskern. Maja konnte einen Blick auf den Mann am Steuer erhaschen: Doktor Gaul sah grimmig aus und umklammerte das Lenkrad, als wolle er es zerbrechen.

Im Dämmerdunkel des Sonnenhofes kroch Magnus Falkenreck aus seinem Bett, erhob sich mithilfe seiner Krücken und zwang die steifen Glieder ans Fenster. Die Glasfront des Wohnzimmers gab den Blick frei auf den vorderen Hofbereich, den Garten, das Tor und das Pförtnerhaus. Mit unbewegtem Gesicht beobachtete er die Szene, die sich ihm bot: Kathy Uelverkamp und Wern Ossfahl saßen am Kaffeetisch, der Lehrer hatte seinen Stuhl zu ihr hingerückt, beide spielten ein Kinderspiel mit der kleinen Jasmin. Sie warfen in einem bestimmten Rhythmus die Hände in die Höhe, und immer, wenn einer einen Fehler machte, patschten die anderen dem Verlierer an die Stirn. Lachen hallte herüber, als Kathy zum wiederholten Male ihren Einsatz vergaß und die übrigen über sie herfielen. Außer Atem hielt sie Ossfahls Hand fest und pustete sich eine widerspenstige Haarsträhne aus dem Gesicht.

Der alte Mann verfolgte jede Bewegung auf der Terrasse, seine grauen Augen schweiften von einer Person zur anderen.

Zwei Stunden später waren die beiden Postfrauen am Ende der Paketrunde angelangt. Die letzte Lieferung musste in die Tränkgasse, eine Ecke von Majas neu gemietetem Häuschen in der Backesgasse entfernt. Aus der seitlichen Schiebetür angelte sie das Paket, eine Kleidersendung vom Otto-Versand, und suchte unter Jules wachem Blick den passenden Namen an der Klingel.

»Parken Sie immer den Gehsteig zu?«

Eine missgelaunte Stimme ließ sie herumfahren. Ein alter Mann mit Stock stand hinter dem Postauto, schaute auf den zugeparkten Bürgersteig und schüttelte den Kopf.

Im Prinzip hatte der Alte recht: Der Transporter blockierte den Gehweg. Aber Maja hatte sich an Jules Anweisung gehalten und den Opel weit von der Straße weggeparkt, um den Traktoren den Weg frei zu halten.

»Eh … ja … nein, also, ich bin ja gleich wieder weg. Ich gebe hier ja nur eh …«

Maja merkte, wie ihr das Blut in den Kopf schoss und ihre Hände feucht wurden. Sie mochte keinen Streit und war leicht einzuschüchtern, schlagfertige Antworten fielen ihr leider immer erst im Nachhinein ein.

Der Mann fuhr ihr über den Mund.

»Beim nächsten Mal sind die Spiegel ab!« Wie zur Bestätigung schlug er mit seinem Stock an den rechten Außenspiegel, sodass der Spiegel einklappte und der Schlag zwischen den Häusern hallte. Der Alte hatte schlohweißes volles Haar, buschige Augenbrauen und ein griesgrämiges Faltengesicht.

»Ach Herr Kurrweiler, jetzt seien Sie mal nicht so! Sie wissen doch genau, dass das Auto nie länger als zwei Minuten irgendwo steht!« Jule schob sich vor Maja. Sie hatte einen geduldigen Ton angeschlagen und nickte dem Alten freundlich zu. Dieser beachtete sie nicht weiter und verschwand humpelnd in der Backesgasse – in Majas Straße!

»Was war denn das für ein Ekel?«, fragte sie halblaut.

»Dein Nachbar«, antwortete Jule ungerührt. Auf Majas entsetzten Blick hin lachte sie. »Keine Angst, der ist eigentlich ganz nett, der Kurrweiler Wolfram. Im Moment steigt ihm wohl die Hitze ein bisschen zu Kopf. Geht ja vielen so.«

Gemeinsam traten die Frauen an die Backesgasse heran, eine schmale Stichstraße in der Dorfmitte. Am Ende standen zwei Häuser nebeneinander, getrennt durch ihre wild wuchernden Gartenparzellen. Das rechte Haus wirkte stattlich, aber leicht heruntergekommen. Der Putz bröckelte an vielen Stellen, eine triste Mauer grenzte den Garten zur Straße ab. Das linke war kleiner, ein Fachwerkhaus, krumm und geduckt, schwarze Balken und winzige Fenster saßen wie zufällig im Mauerwerk. Das Fachwerkhaus war Majas neues Zuhause, das Hoftor des rechten Hauses wurde gerade von dem alten Mann geöffnet.

Jule deutete mit dem Kinn in seine Richtung.

»Neben dir wohnen der Opa Kurrweiler und sein Enkel Tom. Den Tom hast du vorhin in der Schule gesehen, er hat die Kinder geschminkt. Die beiden sind vor vielleicht vier, fünf Jahren hier ins Dorf gezogen, kommen ursprünglich aus Siegen. Tragische Familiengeschichte, habe ich aber auch nur um ein paar Ecken mitgekriegt.«

Sie schwieg, bis Maja sie mit einer Handbewegung zum Weiterreden aufforderte.

»Vor ewigen Zeiten ist Kurrweilers Tochter missbraucht und umgebracht worden, sie war noch ein Kind, acht oder neun. Jahrzehnte später hat man dann mit dem genetischen Fingerabdruck festgestellt, dass es ihr eigener Onkel, der Bruder ihres Vaters, gewesen ist. Das hat die Familie auseinandergerissen. Der Vergewaltiger hat sich im Gefängnis umgebracht, die Eltern von Tom haben sich getrennt, und er und der Opa sind Knall auf Fall ausgezogen und hier gelandet.« Wieder machte sie eine Pause. »Sind aber alles mehr oder weniger Dorfgerüchte. Da wird wahrscheinlich die Hälfte dazugedichtet worden sein.«

Maja warf einen Blick auf das vernachlässigte Haus und nieste. Es passte zu ihrem glücklichen Händchen, dass sie sich die seltsamste Nachbarschaft im ganzen Dorf ausgesucht hatte.

»Das Haus der beiden kenne ich übrigens schon ewig«, fuhr Jule fort. »Meine allerbeste Grundschulfreundin Annegret hat damals darin gewohnt, und ich war oft dort, fast jeden Tag. Ihre Mutter, die Frau Runkel, hat die besten Pfannkuchen im ganzen Dorf gemacht. Und wir Kinder fanden die Geschichte vom Haus total spannend und gruselig … da gibt's eine alte Legende, dass der erste Besitzer nicht ganz richtig im Kopf war und seine Frau im Schlaf umgebracht und die Tote dann einfach im Bett liegen lassen hat. Und hat ihr monatelang in der Früh einen guten Morgen gewünscht und jeden Abend eine gute Nacht und hat ihr auch immer einen Kuss gegeben, selbst als sie schon verwest und vertrocknet war wie eine Mumie und ihr die Schmeißfliegen aus dem Mund gekrabbelt kamen. Brrrr!«

Jule schüttelte sich, Maja machte große Augen. Für solche Geschichten war sie empfänglich, trotz der knalligen Sonne überlief sie ein Frösteln.

»Heute weiß ich natürlich, dass das nur ein Märchen gewesen ist. Die Frau ist ganz normal im Schlaf gestorben, der Mann hat am nächsten Tag den Arzt gerufen, und das war's. Aber für uns Kinder war das damals die reine Wahrheit, wir haben uns oft in dem kleinen Keller unterm Gartenschuppen verkrochen und uns gegenseitig Gespenstergeschichten erzählt, bis wir uns fast in die Hosen gemacht haben.«

Maja musste wider Willen lachen, als sie sich ihre Freundin als bibberndes Mädchen vorstellte. Irgendwie passte das Bild nicht zu der resoluten Frau, die ihr gegenüberstand.

»So, jetzt hast du aber genug Dorfgeschichten gehört für heute«, schloss Jule und klatschte Maja die Hand auf den Rücken. »Komm, wir fahren den Transporter weg und machen uns bei dir einen Eiskaffee. Den haben wir uns verdient!«

Die dünne Gestalt des alten Mannes war inzwischen durch das Hoftor getreten und hatte es bis auf einen Spalt geschlossen. Seine Augen beobachteten, wie die beiden Postfrauen die Straße hinaufliefen, sich unterhielten und in seine Richtung deuteten.

Ein zufriedenes Lächeln erschien auf dem faltigen Gesicht.

FREITAG, 3. JULI 2015

DER ROTE HAHN KOMMT IN SECHZEHN TAGEN.

Maja unternahm heute ihre erste eigene Post- und Paketrunde. Was ihr Jule gestern mit fast spielerischer Leichtigkeit vorgemacht hatte, entpuppte sich nun als wahrhaft herkulische Aufgabe. Zuallererst verschlief sie über eine Stunde, dann quoll ihr Spind im Oppenheimer Postverteilungszentrum förmlich über vor Briefen und Paketen. Der zerfledderte Dorfplan ihrer Freundin zerfiel zwischen Majas Fingern, die Namensschilder der Leute waren versteckt, unleserlich oder am falschen Ort angebracht, kaum einer der Paketempfänger war zu Hause, zu allem Überfluss brannte die Sonne auch heute dermaßen, dass ihr der Schweiß in Strömen herunterlief. Ihre Allergie piesackte sie, trotz eines erweiterten Taschentuchvorrats musste sie die letzte Stunde mit durchtränkten und bereits benutzten Tüchern vorlieb nehmen.

Um fünf Uhr nachmittags war die Posttour endlich erledigt und Maja am Ende ihrer Kräfte. Doch damit war der Tag noch nicht vorüber. Vom Küchenstuhl aus schaute sie mutlos auf etwas, das aussah wie die Überreste eines Bombenanschlags. In Wirklichkeit war es aber ihr gesammelter Umzugshausrat: Kartons in allen Größen, dazu kreuz und quer stehende Möbelstücke, Tragetaschen, Werkzeuge, Bücher, Putzmittel, Küchenutensilien, Lampen in Einzelteilen, aufgerollte Teppiche und eine leere Raviolidose vom gestrigen Abendessen. Die Krönung des Chaos war zweifelsohne der Fernseher ihres Exfreundes Nick, ein gigantisches Röhrengerät, das seine besten Jahre schon lange hinter sich hatte. Maja hatte das Ding gar nicht haben wollen, es war jedoch auf geheimnisvolle Weise in dem Sprinter gelandet, den sie für den Auszug aus der gemeinsamen Wohnung gemietet hatte. Sie vermutete, dass Nick die Kiste schlicht und einfach los haben wollte, um sich einen nigelnagelneuen Flachbildschirm zu kaufen. Beim Umzug hatten zwei Helfer den bleischweren Fernseher gemeinsam tragen müssen und ihn ohne weiteres Nachdenken auf die Küchenanrichte gestellt. Dort thronte er nun wie ein dicker Gott über dem Durcheinander.

Maja seufzte. Rein theoretisch hätte sie jetzt endlich etwas Zeit gehabt, um die ersten Kisten auszupacken und Ordnung zu schaffen. Doch ihre Energie reichte einfach nicht, die Hitze im Haus lähmte sie. Ihre sehnlichsten Wünsche waren ein paar Schwimmzüge in einem Pool, ein Strawberry Margherita und ein Schläfchen in einem kühlen Himmelbett, und zwar in genau dieser Reihenfolge. Aber daraus wurde nichts, zum einen, weil keiner der drei Wünsche auch nur ansatzweise erfüllbar war, und zum anderen, weil in einer halben Stunde ihr Vermieter Jörg Wammel vorbeikommen würde. Also reichte es gerade einmal für eine schnelle Dusche, um sich die Pollen aus den Haaren zu waschen und den Heuschnupfen dadurch zumindest ein klein wenig einzudämmen. Maja tappte im ersten Stock ins Badezimmer und stellte sich unter die Brause. Das Wasser tat gut, aber ihre Lebensgeister wollten trotzdem nicht zurückkehren. Wie so oft am heutigen Tag wünschte sie sich die Energie ihrer Freundin Jule.

Die beiden Frauen hatten sich vor vier Jahren kennengelernt, als Maja im Rahmen ihrer Ausbildung Fotos von rheinhessischen Gärten machte. Einige Motive hatte sie in Gertelsheim gefunden, direkt in Jules Nachbarschaft. Aus einer

Plauderei am Gartenzaun war im Lauf der Zeit eine enge Freundschaft geworden.

Maja und Jule bestätigten das Sprichwort, wonach Gegensätze sich anzogen. Ihrer Freundin schien alles leicht von der Hand zu gehen, ihr Lebensweg war ebenso geradlinig wie erfolgreich: 29 Jahre alt, geboren in Mainz, aufgewachsen in Gertelsheim, Ausbildung zur Floristin, Anstellung im »Gertelsheimer Blumeneck«, gut im Job, beliebt bei Chef, Kollegen und Kunden. Der Laden machte zu, kurze Umschulung zur Postfrau, dann nahtlose Übernahme der Postverteilung in ihrem Heimatort. Auf dem Geburtstag einer Bekannten den Mann ihrer Träume kennen und lieben gelernt, seitdem oft in Aachen, jetzt schwanger, Heirat geplant, Punkt. So war Jule – alles einfach, alles direkt.

Und die Frau unter der Dusche? Deren Lebensweg war nicht so kerzengerade, ganz im Gegenteil, die Schicksalsgötter schienen für Maja stets ein paar Extrafallstricke ausgelegt zu haben. Ihr flog nichts zu, sie bekam nichts geschenkt, und wenn sich tatsächlich einmal ein Erfolg abzeichnete, konnte sie darauf wetten, dass der nächste Tiefschlag schon vorprogrammiert war.

Als Tochter eines italienischen Vaters und einer deutschen Mutter war Maja in einer turbulenten Atmosphäre groß geworden. Die alltäglichen Diskussionen gipfelten über die Jahre dann allerdings in handfesten Streitereien, sodass ihr Vater auszog, als Maja 16 war, und den Kontakt zur Familie radikal abbrach. Danach fiel Maja in ein tiefes Loch, wäre um ein Haar vom Gymnasium geflogen und schaffte das Abitur nur mit knapper Not.

Drei Attribute hatte sie von ihrem italienischen Vater geerbt: den Nachnamen, die schwarzen Haare und die braunen Augen. In allen anderen Bereichen hatte sich die deutsche Linie ihrer Mutter durchgesetzt, von allem bei der kleinen korpulenten Figur.

Schon als Kind war sie pummelig gewesen, obwohl sie nie über Gebühr futterte und Süßigkeiten zu Hause streng rationiert waren. Sie weinte oft, wenn sie von ihren Klassenkameraden gehänselt wurde, und noch heute hasste sie es, irgendwo im Mittelpunkt zu stehen und das Gefühl zu haben, von allen taxiert zu werden. Ihre Brille, die sie aufgrund einer Hornhautverkrümmung brauchte, trug nicht gerade dazu bei, dass Maja selbstbewusst mit ihrem Körper und ihrem Aussehen umging. Sie mochte es eher, im Hintergrund zu stehen und zu beobachten.

Vielleicht war es diese Eigenschaft gewesen, die sie zur Fotografie gebracht hatte. Denn ein Fotoapparat war genau das, was Maja brauchte: ein Guckkasten, durch den sie durchschauen konnte und alles sah, ohne selbst gesehen zu werden. Die Fähigkeit des Apparats, Augenblicke einzufrieren und für die Ewigkeit festzuhalten, faszinierte Maja so sehr, dass sie sich entschloss, das Fotografieren zu ihrem Beruf zu machen.

Die dreijährige Ausbildung machte ihr Spaß und zeigte, dass sie eine bemerkenswerte Begabung im Umgang mit Licht und Perspektive besaß. Doch ihr beruflicher Werdegang erwies sich letztendlich als Schlag ins Wasser, sie schaffte es nicht, ihren Lebensunterhalt damit auf Dauer zu bestreiten. Es tat weh, dieses Scheitern einzugestehen und auf Jobsuche zu gehen. Während ihrer Zeit bei McDonald's wäre sie ein paar Mal fast im Boden versunken vor Scham, als ehemalige Kommilitonen mit teurem Equipment auf dem Rücksitz durch den McDrive fuhren und sie ihnen Colabecher und Burgertüten anreichen musste.

Ein Klopfen an der Haustür, das sogar den Wasserstrahl der Dusche übertönte, riss sie aus ihren Gedanken. Verflixt, der Vermieter! Und er war zu früh!

Eilig trocknete sie sich ab, zog sich an und griff zu ihrer Brille. Vor der Tür stand der dicke Herr Wammel, Jörg Wammel, Besitzer des Hauses, hauptberuflicher Installateur und nebenberuflicher Allroundhandwerker. Blaumann, kurz und stämmig, pausbäckiges Gesicht, kaum Haare, Lücke zwischen den Schneidezähnen, kräftige Nase mit violetten Äderchen.

»Hallihallo, Frau Rossi, da bin ich! Wolle mer gleich emol enunner gehe? Komme Se, komme Se, hier geht's lang!«

Innerlich seufzend folgte Maja ihrem Vermieter. Beim ihrem ersten Treffen hatte er in aller Ausführlichkeit und im breitesten rheinhessischen Dialekt dargelegt, wie er quasi im Alleingang aus dem vom Vater geerbten Stall ein Wohnhaus gemacht hatte, doch Majas Ohren hatten irgendwann inmitten seiner detailverliebten Erklärungen auf Durchzug geschaltet. Heute brachte er den Schlüssel zum Gewölbekeller, den er bei der Übergabe vergessen hatte. Sie traten auf die Terrasse an der Gartenseite des Hauses.

»Gell, hier war nix, da habbe sich die Schweine gesuhlt, unn des hab ich alles uffgegrabe unn uffgeschütt' bis unner die Frostgrenz, gell, unn dann schöne Waschbetonplatte, tolle Terrasse jetzt, unn hier drum 'erum lauter Grün, alles Grün, wie im Urlaub, gell?«

Maja betrachtete den Wildwuchs um die Terrasse. Die grüne Wand erinnerte sie eher an Urwald als an Urlaub, aber immerhin besser als ein betonierter Parkplatz. Mit Grausen begutachtete sie die Armee von Gartenzwergen, die ihr Vermieter inmitten der Grünfläche angesiedelte hatte. Schaufelzwerg, Pickelzwerg, Lampenzwerg, Schubkarrenzwerg und der Rest der Bergwerksmannschaft. Und weil Jörg Wammel offensichtlich ein Mann von feinsinnigem Humor war, stand in einer Ecke sogar ein Pinkelzwerg. Wahnsinn.

Der Hausbesitzer zeigte auf das Gestrüpp hinter dem Haus.

»Hinne ist noch ein kleines Gartentürche, da gibt's en Trampelpfad zur Schwabsburger Straß'. Ist beim Nachbarhaus genauso, gell, die Grundstücke habbe ganz früher nämlich emol zusamme gehört.« Er ging voran zu einer steilen Steintreppe und drehte sich beim Reden halb um.

»Und jetzt habbe Se auch endlich den Schlüssel zum Keller, gell, komme Se, mir gugge mal enoi.«

Hinter einer bogenförmigen Holztür wurde ein Keller mit halbrunder Bruchsteindecke sichtbar. Maja folgte Wammel, die Temperatur sank um mindestens zehn Grad.

»Da könne Se Wein lagern oder Blumentöpf', lauter so Zeug ebe, gell. Und der ist schimmelfrei, der Keller, hunnertprozentisch, weil, gugge Se mal«, er deutete auf ein großes, rechteckiges Loch in der Decke, »des ist nämlich die alt' Kartoffelklapp'. Unn die ist obbe da, wo jetzt die Anrichte in de Küch' steht. Die Klapp' hab ich weggemacht, nur die Diele liegen drübber, keine Folie oder so. Und deshalb is immer en kleine Luftzug, gell?«

Wammel schaute Maja stolz an. Während sie die Kühle im Keller genoss, fragte sie sich, wie ihr Vermieter es geschafft haben mochte, all diese Renovierungen neben seinem normalen Job zu erledigen. Für sie sah das nach mindestens 100 Jahren Arbeit aus. An der plötzlichen Stille merkte sie, dass Wammel auf einen Kommentar wartete. Mit gespielter Begeisterung nickte sie:

»Toll! Das muss man erst mal können.«

Sichtlich geschmeichelt stieg der Vermieter wieder ans

Tageslicht. Am Gartenzaun drehte er sich stolz zum Haus um.

»Is doch alles schee, oder?«

Maja schaute sich das geduckte Häuschen mit den Fachwerkbalken, dem bröckeligen Bruchstein und den Fensterchen an. Na ja, wirklich schön war das Haus nicht, aber es hatte zweifelsohne Charme. Trotz aller Auswüchse des Wammelschen Heimwerkeraktionismus war sie froh, dieses Haus gemietet zu haben statt einer langweiligen 80er-Jahre-Wohnung, zumal die Miete geradezu winzig war. Sie drehte sich zu dem Mann um und schenkte ihm ein ehrliches Lächeln.

»Ja, es ist toll. Wirklich, wirklich toll. Danke, dass ich hier sein darf.«

Jörg Wammel strahlte über sein pausbäckiges Gesicht, als wären Weihnachten und Ostern auf einen Tag gefallen.

Die Nacht lag schwül und schwer auf den Häusern von Gertelsheim. Außer den nächtlichen Naturgeräuschen und einzelnen Autos auf der Schwabsburger Straße war nichts zu hören. Die allgegenwärtige Hitze, die selbst nachts kaum nachlassen wollte, dämpfte alle Laute unter ihrer klebrigen Decke.

Von einer Sekunde zur anderen war Maja hellwach. Sie brauchte eine Sekunde, um sich zu orientieren. Dann merkte sie, dass sie angekleidet in ihrem Wohnzimmersessel saß, sie musste wohl irgendwann einfach eingeschlafen sein. Kein Wunder, der lange heiße Tag und ihre Heuschnupfenattacken hatten sie völlig erschlagen.

Aber gerade eben, da war ein Geräusch gewesen. Sie lauschte in die Dunkelheit. Schon wieder! In der Ferne knallte es, Schläge und feines Klirren ertönten. Ein paar Sekunden Stille, dann rufende Stimmen.

Vielleicht ein Notfall? Maja sprang hoch, schlüpfte in ihre Straßenschuhe und eilte die Backesgasse hinunter zur Mommenheimer Straße. Aus dieser Richtung hörte sie Stimmen. Unterwegs sah sie andere Leute, die sich auf den Weg gemacht hatten, zum Teil im Nachthemd mit hastig übergeworfenen Kleidern.

Eine kleine Menschenmenge hatte sich bereits am Georg-Steinbrueck-Ring versammelt, wispernde Stimmen erfüllte die Straße. Maja erkannte das Haus, vor dem die Menschen standen, es war die Praxis von Doktor Gaul. Im Licht einer Straßenlaterne sah sie das Haus, den Garten, die Einfahrt und das Auto des Doktors, den grünen Jaguar. Oder vielmehr das, was davon übrig war. Jemand hatte den Wagen zertrümmert, das Blech hatte Dellen und Risse, die Windschutzscheibe bestand nur noch aus milchigen Spinnweben, die Scheinwerfer waren zerborsten, die Außenspiegel abgeschlagen. Glassplitter funkelten wie Edelsteine auf dem Asphalt.

Etwas regte sich im Eingangsbereich des Hauses. Die Tür ging auf, eine Gestalt schob sich nach draußen. Doktor Gaul. Er stand starr wie eine Statue und schaute mit merkwürdigem Gesichtsausdruck auf den Jaguar. Einen Augenblick lang dachte Maja, seine Züge wären verzerrt vor Wut.

Dann aber erkannte sie, dass es Angst war. Todesangst.

Die Handschellen waren mit Leder ummantelt, darauf hatte man wiederum Stoff gezogen, weichen, nachgiebigen Stoff. Das Material war unpassenderweise in Rosa gehalten, das konnte der Mann immer dann sehen, wenn die Falltür geöffnet wurde und ein wenig Licht in den Verschlag fiel. Denn ansonsten herrschte hier Dunkelheit. Ewige Nacht.

Und es passierte selten, dass die Falltür geöffnet wurde. Er hatte längst schon kein Zeitgefühl mehr, es hätte sein können, dass er jeden Tag etwas zu essen und zu trinken bekam, es konnte aber genauso gut nur jeden zweiten Tag sein. Er wusste es nicht.

Er wusste nur, dass er in einem gemauerten Raum war, dass seine Hände mit den merkwürdig gepolsterten Handschellen gefesselt waren und dass die Handschellen wiederum mit einem dünnen, aber widerstandsfähigen Kunststoffseil an einem Eisenring befestigt waren.

Das Seil schränkte seine Bewegungen ein. Er konnte den Raum bis zur Hälfte begehen, dann war Schluss. Nicht, dass der vordere Teil ein lohnendes Ziel abgegeben hätte. Der Raum war dort genauso kahl und leer wie hinten. Annähernd quadratisch, grob verputzte Mauern, Betondecke, Steinboden.

Die Luke in der Decke war seine einzige Verbindung zur Außenwelt. Immer, wenn sie geöffnet wurde – was, wie der schummrige Lichtschein verriet, stets in der Nacht geschah – hastete er in Richtung der Leiter, soweit das Seil es zuließ,

1000 Fragen auf der Zunge und ebenso viele Bitten. Doch sein Kerkermeister war immun gegen jedes Flehen, Versprechen, Fragen und Drohen. Er wechselte ein paar belanglose Worte, so, als würden sie sich zufällig auf der Straße treffen, schob ihm einige Pappteller mit Essen und Plastikflaschen mit Wasser zu und verschwand wieder. Mit ihm gingen Licht, frische Luft und die Hoffnung auf ein Ende seiner Gefangenschaft.

FREITAG, 10. JULI 2015

DER ROTE HAHN KOMMT IN NEUN TAGEN.

Maja saß auf der Terrasse ihres Hauses, der »Villa Wammel«, wie sie es inzwischen getauft hatte. Vor ihr standen ein Krug Apfelsaftschorle, eine Handvoll Kekse und eine Familienpackung Taschentücher.

Gerade machte sie Mittagspause – zumindest das, was sie so nannte. Es war den Postboten selbst überlassen, wie sie ihre Arbeit einteilten. Sie konnten das komplette Programm – Briefe, Päckchen und Pakete – auf einmal erledigen oder die einzelnen Versandarten getrennt zustellen. Maja hatte Jules Prinzip übernommen: vormittags die Briefe zu Fuß, nachmittags die Päckchen und Pakete mit dem Postauto. Die heißesten Mittagsstunden verbrachte sie deshalb zu Hause.

In der vergangenen Woche hatten Majas Posteinsätze, von den kleinen Tücken einer ungeübten Arbeit abgesehen, leidlich gut geklappt. Jeden Morgen um halb sechs (!) fuhr sie mit dem Vivaro nach Oppenheim zum Zustellstützpunkt. Dort kamen im Laufe der nächsten Stunde die Briefe aus dem Briefzentrum Hechtsheim und die Pakete aus der großen DHL-Zentrale in Saulheim an. Alles wurde ihr vorsortiert in eine Art überdimensionalen Spind gesteckt, von wo sie nach ihrem eigenen Verteilerplan den Wagen bestückte. Jule hatte einige Male angerufen und sich nach dem Stand der Dinge erkundigt, und Maja hatte sie beruhigen können, dass die Arbeit allmählich zur Routine wurde.

Sie hatte sich angewöhnt, auf den Posttouren ihre hochgeschätzte Nikon D3 mitzunehmen und Dorfimpressionen zu sammeln. Alte Hoftore, windschiefe Scheunen, Bauerngärten – es gab zahlreiche Motive, die Maja ansprachen und die sie mit ihrer Nikon einzufangen versuchte.

Sie nahm einen Keks und klickte die Fotos auf dem kleinen Monitor der Kamera durch. Wer weiß, vielleicht ließ sich daraus ja ein Kalender oder ein Bildband machen? Dass sie als Postfrau arbeitete, bedeutete schließlich nicht automatisch das Ende ihrer Fotografenpassion.

Gedankenversunken richtete Maja die Kamera auf die Rasenfläche, fokussierte eine kleine Figur mit dicker Nase und drückte ab. Das Foto zeigte einen debil grinsenden Gartenzwerg mit Spaten. Vor der Terrasse posierten die Wammelschen Zwerge, doch sie hatte die geschmacklosen Wichte inzwischen umdrapiert. Nun standen sich jeweils zwei Figuren Nase an Nase gegenüber, leicht nach vorne geneigt, als wollten sie gleich einen Streit vom Zaun brechen. Die Handwerkszeuge der Zwerge, Hammer, Axt, Pickel und Ähnliches, erhöhten den Eindruck einer gewaltbereiten Autonomendemo um ein Vielfaches. Und weil die Wichte allesamt in rot bepinselten Kutten steckten, nannte Maja sie die »Rote Armee«.

Die Rote Armee hatte heute einen wichtigen Auftrag: Sie musste Majas Wäscheleine bewachen. Die Leine führte von der Terrasse zu einem der Bäume im Garten und bestand ungewöhnlicherweise aus mehreren einzelnen Küchengarnschnüren, die zu einem dickeren Strick verdreht waren. Maja hatte für ihre Augenblickseingebung leider nichts anderes griffbereit gehabt, aber immerhin, es funktionierte. An der Küchengarnleine hingen in schöner Regelmäßigkeit Blusen, T-Shirts und Unterwäsche. MacGyver wäre stolz auf sie.

Ein Niesanfall kündigte sich an – wieder einmal. Maja spürte, wie sich ihre Lungen blähten und ihre Nase kitzelte, dann war es soweit. Mit der Kraft einer Atombombe knallten die Salven heraus, eine lauter als die andere. Durch ihre verquollenen Augen warf Maja einen hasserfüllten Blick auf das Gras, das im Wammelschen Garten wucherte und die Luft mit Pollen sättigte.

Schon seit jeher hatte sie mit Allergien zu kämpfen, alles, was grünte und blühte, marterte ihre Schleimhäute. Vor vielen Jahren war ein Test gemacht worden, der Arzt hatte ihren Arm gepikt und mit allen möglichen Allergenen eingepinselt. Danach kam sie sich vor wie ein Streuselkuchen, so schlimm regierte ihre Haut. Seitdem schluckte sie Antihistaminika, war mehrere Monate lang zur Desensibilisierung gegangen und hatte sämtliche Nasensprays durchprobiert – alles mit mäßigem Erfolg.

Hier in Gertelsheim stieß sie nun aber in bislang unbekannte Sphären der Qual vor. Ob es der extrem trockene Sommer war, die Baumbestände des Dorfes oder ihre täglichen Freiluft-Postwanderungen – so schlimm war es noch nie gewesen. Majas Hals kratzte wie ein Reibeisen, ihre Nase hatte vom andauernden Schnäuzen eine rostrote Färbung angenommen, die Augen waren dick und geschwollen. An ein dezentes Überschminken war gar nicht zu denken, der unaufhörliche Tränenfluss ließ sie innerhalb kürzester Zeit aussehen wie Frankenstein. Also blieben nur Naseputzen und Zähne zusammenbeißen.

Nachdem sie drei Taschentücher durchnässt hatte, schaute Maja auf ihre Armbanduhr: schon halb drei! Höchste Zeit für die Paketrunde. Denn am morgigen Samstag würde das Gertelsheimer Dorffest stattfinden, deshalb hatte sie heute unzählige Pakete auszuliefern – Dekoartikel, Druckwaren, Ersatzteile, Kleidersendungen und vieles mehr.

Das erste Paket des Tages, versandt von HSE 24, ging in die Weinstube »Zum Ulmenhof« direkt am Dorfplatz. Maja musste den Postwagen um Traktoren und Lieferwagen herumlenken, die Aufbauarbeiten für das Fest hatten schon begonnen.

Der Ulmenhof war das einzige Lokal in Gertelsheim, das nicht nur am Wochenende geöffnet hatte wie die übrigen Straußwirtschaften. Entsprechend galt der Hof bei vielen Einwohnern als eine Art Stammkneipe, wurde aber auch von Tagesgästen und Fahrradtouristen gerne besucht.

Das Wirtshaus war ein typisches rheinhessisches Weingut mit einem Innenhof, der drei umbaute Seiten hatte und seine vierte Seite zum Dorfplatz öffnete. Links erhob sich das Haupthaus, in dem die Innenräume der Gaststätte untergebracht waren – alt, aber mit Flair. Maja kam es wie ein Greis vor, der, gebückt von der Last der Jahre, sein ereignisreiches Leben jedem Besucher gerne mitteilte. In der Mitte des kopfsteingepflasterten Hofs erhob sich die namensgebende Ulme, deren Wurzeln das Pflaster hochdrückten. Im Schatten des Baumes standen Tische und Bänke. Zwei, drei Leute saßen dort und hatten Schoppengläser vor sich stehen.

Die Wirtin des Ulmenhofes, Frau Elweritsch, galt als die heimliche Tageszeitung des Dorfes und wusste bestens Bescheid über alles und jeden. Jule hatte Maja den Spitznamen der schwatzhaften Wirtin verraten: In Anlehnung an den bekannten pfälzischen Fabelvogel nannte man sie nur ›die Elwetritsch‹.

Ein Mann kam gerade aus der Lokaltür und murmelte eine Verabschiedung. Maja erkannte das breite Gesicht und den Walrossbart von Alfred Massing, dem Bürgermeister.

Er nickte ihr zu und stapfte davon. Die Frau, die hinter ihm aus dem Haus trat, war um die 50, dick, dorfschick gekleidet und übertrieben geschminkt. Dauerwelle, Lidschatten, Hängebacken mit üppigem Rouge. Blasse Augen, die zu eng beieinanderstanden, um sympathisch zu wirken. Eine Servierschürze war unter ihrem ausladenden Busen festgebunden. Als sie Maja sah, knipste sie ein Lächeln an.

»Ei, die neue Postfrau. Na, Frau Rossi, haben Sie sich eingelebt? Gefällt's Ihnen in Gertelsheim? Darf ich Ihnen ein Gläschen Wein anbieten, aufs Haus natürlich?«

Majas höfliche Kopfbewegung konnte alles und nichts heißen. Sie wollte nicht ausgequetscht werden, reckte das Paket wie ein Schutzschild nach vorne und suchte nach einem unverfänglichen Thema.

»Das war der Bürgermeister, oder?«

Die Elwetritsch schnaubte, während sie ihre Unterschrift auf den Scanner malte.

»Jawohl, das war unser rechtschaffener Bürgermeister, der immer und überall den moralischen Zeigefinger hebt – außer vor seiner eigenen Tür.«

Maja begann zu ahnen, was Jule mit ihrer Andeutung über die Schwatzhaftigkeit der Frau Elweritsch gemeint hatte.

»Na, vielleicht geht er ja gleich wieder in seinen Schrebergarten und macht ein Nickerchen. Wissen Sie«, die dicke Frau plusterte sich auf, »man sollte anderen gegenüber immer nur so selbstgerecht sein, wie man abends noch in den Spiegel gucken kann, gell?«

Der kryptische Vergleich der Wirtin erschloss sich Maja zwar nicht, aber sie hatte eh keine Lust auf Dorfklatsch. Also nickte sie nichtssagend und fragte nach einer Faltkarte. Sie hoffte, dass es im Ulmenhof einen Ersatz für Jules zerfledderten Ortsplan gab, vielleicht ein Straßenverzeichnis oder eine Broschüre für Tagesgäste. Die dicke Frau bugsierte sie zu einem Postkartenständer, der Ansichtskarten von Gertelsheim und Rheinhessen enthielt.

»Ei, da haben wir genau das Richtige.«

Sie zauberte ein grünes Kartenheftchen aus dem Postkartenständer hervor und breitete es wie eine Schatzkarte auf einem der Tische aus.

»Da haben Sie einen schönen Plan vom Dorf, gell, den schenk ich Ihnen, damit Sie auch immer wissen, wo die Briefe hinmüssen.« Die Frau gluckste über ihren eigenen Scherz und legte ihren Finger auf die Karte. »Ich zeig' Ihnen jetzt mal, was Sie alles kennen müssen im Dorf!« Ihr Ton duldete keinen Widerspruch, die kleinen Augen glitzerten boshaft. Halblaut fuhr sie fort:

»Sehen Sie, da ist die Backesgasse mit Ihrem Häuschen, gell, das hat Ihnen ja der Jörg vermietet. Na, der kann die Mieteinnahmen gut brauchen, sehr gut, glauben Sie mir. Ist eins von den ältesten Häusern im ganzen Dorf, gell. Ei, die Nachbarschaft ist vielleicht nicht so gut, gell, in letzter Zeit ist der alte Kurrweiler so biestig, richtig böse ist der manchmal, dabei war der immer so nett und ruhig, aber das Wetter, die Hitz', gell, da ist der wie ausgewechselt. Aber mit der schlimmen Vergangenheit, da kann ich's ihm nicht verdenken, dass ihm da manchmal die Nerven durchgehen, ts, ts, ts.« Mit einer mitleidig-vorwurfsvollen Miene schüttelte die Wirtin den Kopf. Maja war es unangenehm, den Klatsch anhören zu müssen, der sie im Grunde gar nicht interessierte. Sie konnte sich vorstellen, wie der liebe Gott die Elwetritsch erschaffen hatte: Der größte Teil der Knetmasse bestand aus Boshaftigkeit, dazu kamen eine üppige Portion Ego, eine Prise Selbstverliebtheit und ein gehäufter Esslöffel Dummheit. Diese Mischung wurde dann in einem

Sud aus Engstirnigkeit und Neid so lange aufgekocht, bis der fertige Homunkulus herauskroch und seinen Erdenplatz als Ulmenwirtin einnahm. Maja schüttelte sich innerlich. In der Zwischenzeit wanderte der dicke Finger weiter.

»Hier ist das ›Schlössche‹, haben Sie bestimmt schon gesehen, da wohnt der alte Falkenreck, der macht's eh nicht mehr lange, und das blonde Ding, das sich um ihn kümmert.« Der Ton wurde anzüglich. »Ha, ›kümmert‹, dass ich nicht lache, aber vom Geld sieht die nichts, das geht alles in den Süden, nach Bayern. Und hier«, der Finger wanderte, »ist die Kirche mit dem Pfarrhaus, da wohnt der Pfarrer Jungbluth und direkt nebenan das christlichste Ehepaar von ganz Gertelsheim.« Scheinheilig drehte sie die Augen zum Himmel. »So christlich, dass es vom Dachbalken in ihrem Haus gebaumelt hat, gell.« Der Finger ging wieder auf Wanderschaft. »Da wohnt der selbst ernannte ›Künstler‹, der unseren Kindern in der Schule alle möglichen Flausen in den Kopf setzt.« Süffisant fügte sie hinzu: »Aber das muss ich Ihnen ja nicht erzählen, Sie kennen den Ossfahl ja schon länger, gell.« Maja blieb der Mund offen stehen. Woher, um alles in der Welt, wusste die Elwetritsch von ihrer Bekanntschaft mit Wern? Doch bevor sie etwas sagen konnte, fuhr der Finger schon weiter. »Und hier ist der Doktor Gaul, der sich selbst die allermeisten Rezepte ausstellt. Dem haben sie ja vor ein paar Tagen nachts das Auto zusammengekloppt, da hab ich Sie doch auch gucken sehen in der ersten Reihe. Der schöne Jaguar! Aber wissen Sie: So geht's halt, irgendwann rächt sich alles auf der Welt, gell?«

Triumphierend schaute die Wirtin sie an. Maja war wie vor den Kopf gestoßen von so viel Bösartigkeit. In ein paar Sätzen hatte die Elwetritsch mehr Gift verspritzt als ein Skorpion, und auch wenn sie als Neubürgerin viele Andeutungen nicht verstand, wusste sie doch, dass selbst in den niederträchtigsten Gerüchten meist ein Körnchen Wahrheit steckte. Wortlos raffte sie die Karte zusammen und verließ den Hof. Frau Elweritsch rief ihr honigsüß nach:

»Und herzlich willkommen in Gertelsheim, Frau Rossi, herzlich willkommen!«

Maja stolperte zu ihrem Auto und hatte zum ersten Mal das Gefühl, die hübschen Häuser um den Dorfplatz herum würden sie erdrücken und ihr die Luft zum Atmen nehmen.

Ein Dutzend Pakete später hatte Maja sich wieder einigermaßen gefangen. Der nächste Adressaufkleber verpasste ihr allerdings einen neuen Tiefschlag: Backesgasse 3, ihr Nachbarhaus mit dem unsympathischen Opa. Na toll. Wenigstens ging das Paket nicht an den alten Herrn Kurrweiler, sondern an einen Thomas Hagen. Das musste wohl Tom sein, der Enkel, vom dem Jule erzählt hatte und der gemeinsam mit Wern bei den Schülern gewesen war. Hoffentlich nicht eine jüngere Ausgabe des alten Ekels.

Sie parkte den Opel und wuchtete ein sperriges Paket heraus. Auf ihr Klingeln tat sich zunächst nichts. Gerade wollte sie nochmals auf den Knopf drücken, da trappelten Füße, ein Schlüsselbund klimperte, das hölzerne Tor schwang auf. Der Mann vom Schulhof schaute sie an.

»Hallo, Paket für Sie«, begrüßte Maja ihn.

»Hallo, Frau Nachbarin. Schön, Sie mal kennenzulernen. Ich bin Tom Hagen.« Der Mann langte herüber und nahm ihr das schwere Paket ab. Erleichtert streckte Maja die Glieder und begutachtete ihn genauer. Mittelgroß, schmales Gesicht, wirre blonde Haare, blaue Augen. Eigentlich ein hübscher Kerl, vielleicht ein bisschen dünn und schlaksig. Er steckte in Shorts und einem lässigen T-Shirt. Und erfreulicherweise schien er deutlich netter zu sein als der Opa.

»Hallo, Herr Hagen. Ich heiße Maja Rossi.« Sie hob den Paketscanner. »Ich brauche schnell noch Ihre Unterschrift.«

Der Mann lugte hinter dem Paket hervor. »Kommen Sie 'ne Sekunde rein, ich lege gerade das Ding hier ab.«

Maja folgte ihm neugierig. Hinter dem Tor stand ein weißer Renault Espace, ein älteres Modell. Der Garten dahinter wies ähnlichen Wildwuchs auf wie ihr eigener, war aber ein gutes Stück größer und erbärmlich ausgetrocknet. Rechts erhob sich das Haus. Aus den offenen Fenstern im ersten Stock erklangen die Gesprächs- und Musikfetzen eines Fernsehprogramms. Links stand ein kleiner Schuppen, eine Art Lagerraum. Dorthin trug Hagen das Paket und ließ seine Last mit einem Ächzen zu Boden gleiten.

»Neue Lautsprechermembranen«, erklärte er. Maja sah, dass in dem Schuppen eine Menge Boxen, Kabel und technische Geräte standen. Der Raum sah aus wie ein Hi-Fi-Laden.

»Was ist denn das alles? Ich habe gedacht, Sie wären Lehrer.«

»Bewahre!«, lachte er und setzte seine Unterschrift schwungvoll auf ihren Paketscanner. »Ich bin DJ, lege hier in der Gegend und in Frankfurt auf. In Clubs und bei Partys und so. House, Hip-Hop, Acid. Haben Sie vielleicht schon mal gehört oder gelesen: DJ TomTom.«

Bedauernd schüttelte Maja den Kopf. Dancefloor war definitiv nicht ihre Musik.

»Und warum habe ich Sie dann letztens in der Schule gesehen?«

»Ich hab mal eine Ausbildung zum Maskenbildner gemacht, vor einer halben Ewigkeit. Das macht mir immer noch Spaß, und deshalb helfe ich dort aus, wenn Theater gespielt wird oder bei den Projekttagen.«

Maja erinnerte sich an das professionell wirkende Schminkset auf dem Schulhof und überlegte, ob sie DJ TomTom irgendwann einmal nach einem allergieresistenten Make-up fragen sollte. Das Fernsehprogramm, das aus dem Wohnhaus schallte, riss sie aus ihren Gedanken. Der Sender wechselte, jetzt klang es nach Fußball.

»Und hier wohnen Sie – also, Sie und Ihr Großvater?«

Hagen nickte, steckte die Hände in die Taschen und deutete mit dem Kinn zum Haus. »Das untere Stockwerk ist meins, da wohne ich und mache auch den Büro- und Steuerkram und so. Und oben hat der Opa eine komplette zweite Wohnung, mit Bad und Küche und allem, sodass wir …«

Eine Stimme aus dem oberen Stockwerk unterbrach ihn. Sie klang hoch und ein wenig zittrig über die Fußballgeräusche hinweg.

»Tom? Toooom?«

»Ja Opa, was ist denn? Ich hab gerade Besuch!«, rief er nach oben.

»Komm mal hoch!«

»Moment, Opa, ich komme gleich.« Zu Maja gewandt meinte er entschuldigend: »Der Opa ist schlecht drauf bei der Hitze. Dauernd will er was, und man kann es ihm beim besten Willen nicht recht machen.«

Maja blieb stumm und erinnerte sich an die Szene, die der Großvater wegen des Postautos gemacht hatte. Sie hatte keine Sehnsucht danach, dem alten Mann erneut zu begegnen, und wandte sich zum Gehen.

»Tschüss, Frau Rossi, hat mich gefreut. Sehen wir uns morgen auf dem Dorffest?«

Maja nickte. »Klar, ich will auf jeden Fall hingehen.«

»Schön, dann bis morgen!« Er hob die Hand zum Gruß und ging zum Haus. Maja trat durch das Hoftor und kletterte in ihren Transporter. Im Hintergrund hörte sie schon wieder die Stimme des Alten, der zeternd nach Tom rief, und der Enkel antwortete geduldig, er sei ja schon auf dem Weg. Netter Kerl, dieser DJ TomTom. Sie freute sich, dass ihre neue Nachbarschaft doch nicht so verkorkst war wie befürchtet.

Im Inneren des Hauses stand Tom Hagen im Flur und lauschte konzentriert, bis er den Postwagen wegfahren hörte. Mit einem Mal merkte er, dass er die Luft anhielt. Er ließ sie zischend entweichen, zündete sich mit bebenden Händen eine Zigarette an und lehnte sich an die Wand. Seine Nerven flatterten.

Maja lenkte den Vivaro um die Ecke des Dorfplatzes und wäre fast in einen Stapel Bierbänke gerauscht. Seit ihrem unerfreulichen Besuch im Ulmenhof hatte sich der Dorfplatz mehr und mehr gefüllt, inzwischen quoll er über von Leuten, Lieferwagen und Handkarren. Zahlreiche Hände stellten Tische und Bänke auf, der Bratwurstgrill wurde an Ort und Stelle gebracht, die Winzer des Dorfes errichteten Buden und schleppten Kühlschränke herbei. Die Vorbereitungen für das Dorffest liefen auf Hochtouren.

Maja kletterte aus dem Vivaro und spähte in die Menge. Sie hoffte, irgendwo den Ortsbürgermeister zu sehen, denn seit heute Früh trug sie ein an ihn adressiertes Übergabe-Einschreiben mit sich herum. Morgens hatte sie Massing nicht in seinem Büro im Rathaus angetroffen, am Anfang ihrer nachmittäglichen Paketrunde auch nicht, deshalb hielt sie jetzt nochmals nach ihm Ausschau. Aber sie konnte seine stämmige Figur nirgendwo entdecken. Also machte sie sich seufzend auf den Weg quer über den Platz zum Rathaus.

Maja schlängelte sich zwischen den halb aufgebauten Ständen durch und passierte die merkwürdige Skulptur, die sich in der Mitte des Platzes erhob. Bewusst hatte sie das Monstrum noch nie wahrgenommen, lediglich ein Abschnitt aus dem Wikipedia-Artikel über Gertelsheim war ihr im Gedächtnis geblieben: Die Skulptur umkleidete die alte Viehtränke und sollte das Jahr im Wingert symbolisieren. Sie schaute genauer hin und konnte inmitten von Stahlstreben und Wasserdüsen kaum die ursprüngliche Viehtränke ausmachen. Am Sockel war eine Zickzacklinie eingemeißelt, daneben prangte eine Bronzeplakette: *Gestiftet für Gertelsheim von Magnus Hieronymus Falkenreck im Jahre 2007.*

»Frau Rossi, gefällt Ihnen unser … Dorfschmuck?«

Maja fuhr zusammen, als eine kehlige Stimme direkt an ihrem Ohr erklang. Hinter ihr stand ein großer dünner Mann mit Halbglatze, der trotz der Hitze eine schwarze Soutane trug. Steinfarbene Augen, eine Landkarte aus Falten im Gesicht. Der Pfarrer. Sie hatte ihn schon einige Male auf der Posttour gesehen, aber noch nie mit ihm gesprochen. Jetzt wusste sie nicht so recht, was sie antworten sollte, aber der Mann fuhr bereits fort. Er hatte die Angewohnheit, seine Sätze zu dehnen und vor dem letzten Wort eine Pause zu machen, als wolle er ihm besonderes Gewicht verleihen.

»Seit seiner Installation ist dieses ›Kunstwerk‹ hier im Dorf ein Quell endloser … Diskussionen. Ich bin Pfarrer Ansgar Jungbluth. Herzlich willkommen in unserer kleinen … Gemeinde.« Er lächelte, doch seine Augen blieben steinern.

Maja suchte nach einer Entgegnung. Die strenge Gestalt des Pfarrers schüchterte sie ein.

»Oh … hallo, Herr Jungbluth. Sind … eh, sind Sie auch bei den Festvorbereitungen dabei?«, hörte sie sich stammeln. Der Mann in Schwarz nickte würdevoll und deutete mit seinen Habichtsfingern auf eine Bude, die gerade aufgeschlagen wurde.

»Das Fest findet schließlich zu Ehren von Sankt Silverius statt, dem Schutzheiligen des Dorfes. Deshalb ist die Pfarrgemeinde mit einem Stand … vertreten.«

Zwei Leute, ein Mann und eine Frau, traten auf den Pfarrer zu. Sie trugen übervolle Körbe mit Blumenschmuck. Der Pfarrer hob die Augenbrauen.

»Frau Rossi, darf ich Ihnen die Stützen unserer Gemeinde vorstellen, die unermüdlich dazu beitragen, dass die Kirchenarbeit fortgeführt werden kann. Heribert und Angelika Nestor.« Dann deutete er auf Maja. »Das ist unsere Postaushilfe, Frau Maja Rossi.«

Das Wort »Aushilfe« ärgerte Maja, schließlich war sie eine ordentliche Vertretung und nicht nur ein kleines Studentchen. Sie schwieg und betrachtete die Eheleute Nestor. Er schmalbrüstig, eingefallenes Gesicht, farblose Lippen, Alter irgendwo zwischen 45 und 60. Sie noch schmaler, fast schon dürr, Mausgesicht mit großen Vorderzähnen, graue Haare, die wie selbst geschnitten aussahen. Ein Hals wie ein Vogel, kein Schmuck, kein Make-up, traurige Augen. Maja kannte das Haus der beiden, es lag direkt neben der Kirche. Gepflegt, aber lieblos, keine Blumen, keine Farbkleckse, schwere Vorhänge. Dunkel erinnerte sie sich, dass die Elwetritsch bei ihrer Schmährede heute Vormittag etwas erzählt hatte über »das christlichste Ehepaar in ganz Gertelsheim«.

Die beiden murmelten einen Gruß, dann machte sich bleiernes Schweigen breit. Maja wusste beim besten Willen nichts zu sagen, schließlich nuschelte sie eine Verabschiedung und verzog sich ins Rathaus. Sie spürte mehr, als sie sah, dass die drei ihr lange nachschauten.

An der Tür des Rathauses drückte sie auf die Klingel des Bürgermeisterbüros. Nichts passierte, also war Massing immer noch nicht da. Wahrscheinlich steckte er unten am Bruch in seiner Gartenlaube. Sie drehte das Einschreiben unschlüssig in der Hand. Absender war ein Herr Horst Bebel, Ortsbürgermeister der Nachbargemeinde Mommenheim. Sah wichtig aus, sie würde wohl noch einen Abstecher zu den Schrebergärten machen müssen.

Vor ihrer Nase sah sie einen Glaskasten mit Ankündigungen und einem Plakat mit vielen Köpfen. Der Gemeinderat, soviel verriet die Überschrift. Sie trat einen Schritt näher. Aha, die Mitglieder des Rates hatte man nach absteigender Hierarchie angeordnet. Oben, einsam an der Spitze, thronte das Konterfei des Ortsbürgermeisters. In der nächsten Reihe waren drei Fotos angeordnet, wettergegerbte Winzergesichter, deren Kragen und Krawatten unpassend wirkten. Manfred Wollert, August Burggraf und Edgar Schwamb. Schwamb. War bestimmt irgendwie mit Jule verwandt. Darunter sank die Hierarchie noch weiter ab, nun gab es gleich fünf Bilder, in der Zeile darunter nochmals fünf. Das runde Gesicht von Jörg Wammel, ihrem Vermieter, grinste sie an. Soso, auch in der Dorfpolitik aktiv, der gute Wammel. Passend zur männerdominierten Dorfstruktur waren nur zwei Frauen dabei, Angelika Nestor geb. Krott, das war die farblose Frau, die sie eben beim Pfarrer kennengelernt hatte, und Annemarie Winder geb. Schwamb. Schon wieder ein Schwamb-Spross. Jule schien aus einer Ur-Gertelsheimer Linie zu entstammen. Schmunzelnd stelle Maja sich vor, wie Wern Ossfahl in der Grundschule streng »Schwamb!« rief, und ein halbes Dutzend Kinder aufschaute.

Erregte Stimmen mischten sich in ihre Gedankenspiele, Geschrei und Poltern. Auf dem Dorfplatz hatten sich die Aufbauhelfer versammelt, ihnen gegenüber stand ein alter Mann, der mit seinem Stock fuchtelte und Drohungen ausstieß. Erschrocken erkannte Maja den Opa aus ihrem Nachbarhaus, Wolfram Kurrweiler, der gerade vorhin nach seinem Enkel gerufen hatte. Die Umstehenden redeten beschwichtigend auf ihn ein, aber der Alte schüttelte störrisch den Kopf. Plötzlich holte er aus und fegte mit seinem Stock eine ganze Reihe Gläser von einem Weinstand herunter, die klirrend auf dem Pflaster zersprangen. Der Besitzer der Bude trat zornentbrannt vor, wurde aber von den anderen zurückgehalten.

Maja schlug einen Bogen um die Streithähne, hastete zurück zu ihrem Transporter und fuhr in Richtung Schrebergärten davon. Erneut musste sie daran denken, wie Kurrweiler am Postauto Streit gesucht hatte. Der Alte schien wohl nicht alle Tassen im Schrank zu haben, da konnte Jule hundertmal behaupten, er wäre eigentlich ganz nett. Tolle Nachbarschaft.

Die Parzelle des Bürgermeisters befand sich weit hinten und grenzte an den Wald. Ein dicker Mann auf dem Nachbargrundstück lag wie eine wabbelige weiße Qualle auf seinem Liegestuhl und hob den Kopf, als Maja den Vivaro parkte.

»De Alfred macht e Nickerche.«

Maja nickte höflich, winkte mit dem Einschreiben und klopfte an die Holztür der Gartenlaube. Nichts passierte.

Sie klopfte nochmals und versuchte, durch eines der Fenster zu schauen. Diese waren aber geschlossen und mit blickdichten Gardinen verhängt.

»Herr Massing? Hallo?«

Nichts rührte sich. Maja blieb ein paar Sekunden unschlüssig stehen, dann verließ sie das Grundstück. Der Bürgermeister musste einen Schlaf haben wie ein Toter. Na gut, dann würde er das Einschreiben eben morgen bekommen, basta.

Von der Qualle beglotzt ging sie zum Auto zurück. Der Laderaum ihres Lieferwagens war fast leer, lediglich drei Sendungen hatte sie nicht abgeben können, weil die Adressaten nicht daheim gewesen waren. Ein Paket hatte sie sich bis zum Schluss ihrer Runde aufgehoben und freute sich nun auf die Auslieferung.

Seit seinem Umzug nach Gertelsheim vor neun Jahren wohnte und arbeitete Wern Ossfahl in der Mühle, einem der ältesten Gebäude des Dorfes. Am südlichen Ende der Sonnenhofstraße verströmte das ummauerte Anwesen trotzige Verschlossenheit. Von Anfang an hatte der Künstler das Mühlengebäude geliebt, seine dicken Wände, die Kantsteine, den Sandsteinbogen mit dem Eichenportal, das den Innenhof gegen die Straße absperrte. Er mochte geschlossene Einheiten, Türen, die er hinter sich zuziehen konnte, Tore, die die Welt aussperrten. Das Eichentor zur Straße war stets verschlossen, der tatsächliche Eingang zur Mühle war eine unscheinbare Holztür rechts davon, eingelassen in die Bruchsteinmauer. Früher mochten hier die Dienstboten und die Lehrbuben durchgehuscht sein, heute war das Türchen die Grenze zwischen dem Universum da draußen und seiner ganz persönlichen Welt. Der *Terra Ossfahl.*

Der Künstler schlüpfte hindurch, schloss hinter sich ab und ging auf das Mühlhaus zu. Das zweistöckige Anwesen war klassisch geschnitten, rechteckiger Grundriss, klare Fensterlinien, überstehendes Dach. Hell verputzt, rote Laibungen an den Fenstern und der Tür. Schön. Klassisch und schlicht. Ossfahl hatte darauf geachtet, diese klare Linienführung im Inneren beizubehalten. Es gab eine strenge funktionale Trennung: Im Erdgeschoss waren sein Atelier untergebracht, seine Werkstatt und sein Lager, im ersten Stock befanden sich die Wohnräume. Das Dachgeschoss war nicht ausgebaut, Ossfahl nutzte die schrägen Balken, um einige seiner besseren Werke aufzuhängen oder aufzustellen.

Heute war aber kein Tag für bessere Werke. Heute war überhaupt kein guter Tag. In der Schule war er überraschend ins Büro der Direktorin gebeten worden, und wie immer bei solchen Gelegenheiten hatte er sich vor den Schatten seiner Vergangenheit gefürchtet, hatte Angst, dass sie ihn nach so vielen Jahren doch noch einholen würden. Aber Frau Gennes-Schultz hatte nur einmal mehr ihrem Unmut über seine ach so unorthodoxen Lehrmethoden Luft gemacht. Harmlos. Trotzdem war seine Stimmung danach trübe gewesen. In Situationen wie dieser hoffte er immer wieder inständig, dass die bösen Geister von früher tief genug vergraben waren. Denn manche Gespenster, das wusste er, fanden immer wieder einen Weg zurück ans Tageslicht.

Die Türklingel riss Ossfahl aus seinen Gedanken.

»Hi, Wern. Ein Paket für dich.«

Maja freute sich, ihren ehemaligen Kursleiter zu sehen. Wern Ossfahl trug ein legeres Hemd und Jeans, seine verwuschelten Haare ließen ihn jugendlich aussehen. Seine Miene war nicht besonders fröhlich gewesen, als er gerade die Tür geöffnet hatte, doch nun breitete sich ein ehrliches Lächeln auf seinem Gesicht aus.

»Hallo, Maja. Schön, dich zu sehen. Komm rein!«

Bewundernd ließ Maja ihren Blick über das stolze Mühlenanwesen schweifen, während sie hinter ihm ins Haus ging. Der Flur mündete direkt in einen großen Raum mit hoher Decke.

»Wow!«, entfuhr es ihr. Zahllose halb fertige Bilder standen auf Staffeleien oder lehnten an den Wänden. Skulpturen aus Wachs, Schriften und Lettern auf großen Bögen, großformatige Drucke und Schwarz-Weiß-Fotografien füllten jede Lücke. Die Luft roch würzig und handwerklich nach Farbe, Lack und bearbeitetem Holz.

»Das ist ja der Hammer!«

Ossfahl nickte geschmeichelt und fing an, ihr einzelne Werke zu zeigen. Bald schon waren beide in eine lebhafte Diskussion über Fotokunst und Perspektiven vertieft. Eine Stunde später saßen sie ein Stockwerk höher in Ossfahls minimalistisch eingerichteten Privaträumen, tranken rheinhessischen Weißburgunder und sprachen immer noch über Kunst. Maja genoss den Austausch, Ossfahl war ein intelligenter und humorvoller Gesprächspartner.

»Machst du denn auch Ausstellungen und so? Oder hast du eine feste Galerie für deine Arbeiten?«

Der Künstler schürzte die Lippen. »Nein, das läuft leider nicht so gut. Ab und zu gibt es eine kleine Präsentation, und letztes Jahr konnte ich einen Monat lang beim Essenheimer

Kunstforum ausstellen. Aber das reicht natürlich hinten und vorne nicht. Weißt du, es ist wie so oft im Leben: Wenn du keinen großen Namen hast, kannst du so gut sein, wie du willst – es interessiert niemanden.« Er klang verbittert.

Maja nickte. Sie konnte ihn verstehen, ihre Fotografenkarriere war an genau diesem Problem gescheitert.

»Aber die Gertelsheimer sind doch bestimmt stolz, einen Künstler wie dich im Dorf zu haben, oder? Kunst und Kultur sind ja nicht gerade Selbstverständlichkeiten in so einem kleinen Ort.«

Wern winkte ab, seine Züge verdüsterten sich.

»Schön wär's. Aber unter uns gesagt bin ich für die Leute hier bloß ein – na ja, ein Hanswurst, jemand, den man nicht ernst nehmen muss. Ein Künstler! Ha! Ein richtiger Beruf, das ist hier im Dorf etwas, wofür man dicke Muskeln braucht und einen lärmenden Traktor. Aber Malen, Fotografieren, Skulpturen machen? Nichts als Blödsinn!«

Maja erschrak, als Wern seine Stimme erhob. Er schien eine Menge Groll angestaut zu haben. Es wunderte sie, dass die Gertelsheimer kein Interesse hatten, ihr Dorf durch eine Zusammenarbeit mit Ossfahl aufzuwerten. Sie dachte an das Essenheimer Kunstforum, das Wern gerade erwähnt hatte und dessen Ausstellungsräume Gäste aus nah und fern anzogen.

Wern atmete durch und ließ sich in seinen Sessel zurücksinken.

»Also weiterhin Grundschulunterricht. Für mich ist es inzwischen schon ein echtes Lob, wenn die Schüler sagen, ich könne gut malen.« Er lachte, aber es klang nicht echt.

»Wie bist du überhaupt an die Grundschule gekommen? Hast du zusätzlich zum Job ein Lehramtsstudium gemacht oder so?«

Er schüttelte den Kopf.

»Nö. Als ich vor neun Jahren hier ankam, war gerade Bedarf an der Schule, und die Direktorin hat mir einen Festvertrag angeboten, quasi als Quereinsteiger.«

Maja lag die Frage auf der Zunge, warum jemand ohne Staatsexamen einen Job bekam und zahllose ausgebildete Lehrer auf der Straße standen, doch Werns Tonfall machte deutlich, dass er nicht weiter darüber reden wollte. Er goss Wein nach und wechselte das Thema.

»Was macht Nick eigentlich?«, fragte er betont beiläufig. »Ist er mit dir gemeinsam nach Gertelsheim gezogen?«

Maja verzog das Gesicht, als sie an ihren Exfreund erinnert wurde.

»Nick ist längst Geschichte. Er hat sich als … hm, sagen wir mal, als ziemlicher Fehlgriff erwiesen.« Mit Schaudern dachte sie an den gut aussehenden Maschinenbaustudenten zurück, der sich nach drei Beziehungsjahren als herrschsüchtiges Ekel entpuppt hatte.

Wern sagte nichts, sondern zog nur seine Augenbrauen in die Höhe. Nach einer Sekunde des Schweigens kamen die Worte wie von selbst über Majas Lippen, sie fing an zu erzählen: von den eigenen hochgesteckten Erwartungen nach dem Ende der Ausbildung und der Ernüchterung im Fotoladen, vom schmerbäuchigen Chef, der sie mit zweideutigen Sprüchen traktierte, von den Jahren der Selbstständigkeit mit den spannenden Aufträgen, von den fehlenden Kundenanfragen und dem Minus auf dem Konto, von ihren Aushilfsjobs, vom Ende der Beziehung mit Nick und schließlich vom Entschluss, die neue Briefträgerin in Gertelsheim zu werden.

Wern war ein guter Zuhörer. Seit langer Zeit hatte Maja wieder das Gefühl, ernst genommen zu werden und jemanden zu haben, der sich wirklich für sie interessierte. Er verstand ihre Probleme und zog viele Parallelen zu seiner eigenen Tätigkeit als freischaffender Künstler. Sie mochte seine Art zu erzählen. Wern sprach in Bildern, er lebte in seinen Werken. Wenn er darüber redete, dann hüllte er sich nicht in Oberflächlichkeiten und plapperte Phrasen nach, sondern drückte seine eigenen Gedanken aus. Er wollte nicht gefallen, wollte nicht cool sein, hip oder gebildet, sondern nur er selbst. Ein Mann, der in seinen Werken eine Sprache gefunden hatte, eine Welt jenseits lärmender Gemeinplätze. Was ihr die Fotografie bedeutete, war für Wern die Bildhauerei.

Irgendwann warf sie einen Blick auf ihre Uhr und erschrak. Schon nach Mitternacht! Sie hatte die Zeit vergessen, die Stunden mit Wern waren wie im Flug vergangen.

»Jetzt muss ich aber los. Mannomann, um fünf bimmelt der Wecker.«

Sie stand auf. Hui, der Wein war ihr ganz schön in den Kopf gestiegen! Während sie einen unsicheren Schritt machte und darauf wartete, dass das Zimmer seine Drehbewegungen einstellte, trat Wern auf sie zu und packte ihren Arm.

»Puu!« Sie lächelte verlegen. »Ich fühle mich fast wie zu Schulzeiten, als man die eigenen Grenzen noch nicht so gut kannte.« Wern lachte und nahm sie spielerisch in den Arm. Maja merkte, wie zu ihrer Karussellfahrt sein Duft, seine Wärme und der Druck seiner Hände dazukamen. Automatisch schloss sie die Augen und legte ihrerseits die Arme um seine Taille. Eine verwirrende Gefühlsmischung wogte in ihr: Vorsicht, Zurückhaltung, Neugier, Sympathie, Geborgenheit und die Sehnsucht nach Nähe vermengten sich mit einer Intensität, die sie schaudern ließ. Wieder und wieder atmete sie Werns Duft ein, während seine Hände ihren Rücken hinabstrichen. In der Sekunde, in der Maja sich ganz seinen Liebkosungen hingeben wollte, ließ sie ein lautes Geräusch zusammenfahren. Ein Klirren hallte durch das Gebäude, gefolgt von einem Aufschlag.

Erschrocken ließ Wern sie los, der Zauber des Augenblicks war verflogen.

»Das kam von unten!«

Gemeinsam liefen sie die Treppe ins Atelier hinunter. Eine der großen Fensterscheiben war eingeschlagen, mitten im Raum lag ein faustgroßer Stein. Die gezackten Glasreste, die im Fensterrahmen steckten, funkelten im Mondlicht wie Reißzähne. Maja schluckte.

»Ist … ist jemand im Hof?«, wisperte sie. Die Wirkung des Weins hatte sich verflüchtigt und machte einem Angstgefühl Platz. Unter Ossfahls Füßen knirschten Scherben, als er an das kaputte Fenster herantrat und hinauslugte.

»Nein. Jemand muss von der Straße aus geworfen haben.«

Der Künstler nahm einen Meißel von der Arbeitsplatte und trat nach draußen, Maja folgte ihm zögerlich. Die drückende Hitze der Nacht fiel über sie her. Sie verließen das Mühlengebäude und traten durch die Tür neben der Hauptpforte auf die Sonnenhofstraße hinaus. Das Zirpen der Grillen klang schrill, niemand war zu sehen, der Mond erhellte die leere Straße und die Bruchsteinmauer.

Ossfahl ließ den Meißel zu Boden knallen, seine Augen waren auf die Mauer gerichtet. Maja zog scharf die Luft ein. Auf den Bruchsteinen prangten riesige Lettern, jemand hatte sie mit schwarzer Farbe an die Wand geschmiert.

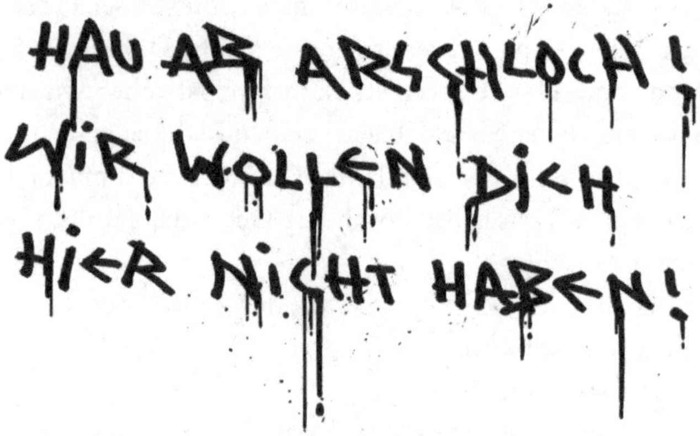

Zu diesem Zeitpunkt hatte Wern Ossfahl noch zwei Tage zu leben.

In den zahllosen Stunden seiner Gefangenschaft hatte der Mann seine Umgebung ausgekundschaftet, um eine Möglichkeit zur Flucht zu finden oder Hilfe zu holen. Seine Hände waren seine Augen, als er Stunde um Stunde jedes Detail in der Dunkelheit erkundete.

Der Eimer für seine Notdurft, dünnes Plastik, kein Henkel, einen Deckel zum Verschließen, der jedoch kaum die unangenehmen Gerüche zurückhielt. Das Seil, dünn, aber stabil. Daran festgemacht die Handschellen, harter Stahl, ummantelt mit Leder und Stoff.

Am Anfang war er verwundert gewesen über diese merkwürdige Handschellen-Konstruktion.

Schön, sie schonten seine Handgelenke, es gab keine aufgeschürfte Haut. Aber solch ein Luxus passte nicht zur sonstigen spartanischen Ausstattung seines Gefängnisses, also musste etwas anderes dahinter stecken. Und tatsächlich, nach einiger Zeit waren ihm Sinn und Zweck der Leder-Stoff-Hülle klar geworden. Denn er hatte angefangen, um Hilfe zu rufen, so laut seine Stimme es vermochte, und dazu wollte er Lärm fabrizieren, Schlagen, Klopfen. Doch schnell musste er feststellen, dass sein Kerkermeister sehr durchdacht vorgegangen war: Durch die Ummantelung der Handschellen erzeugten sie so gut wie kein Geräusch, wenn er sie an die Wand oder an den Eisenring knallen ließ. Auch die übrigen Gegenstände, die Essensteller aus Pappe, die Plastikwasserflaschen und der Eimer, waren ungeeignet, um Lärm zu erzeugen. Sogar sein Gürtel war ihm abgenommen worden, sodass er die Schnalle nicht zum Kratzen, Schaben oder Schlagen nutzen konnte. Und seine Stimme war nach ein, zwei Stunden lauten Rufens so spröde geworden, dass er kaum mehr krächzen konnte.

Also hockte er apathisch an die Wand gelehnt, starrte in die Finsternis und fragte sich wie schon tausendmal nach dem Warum.

SAMSTAG, 11. JULI 2015

DER ROTE HAHN KOMMT IN ACHT TAGEN.

Es herrschte Ausnahmezustand in Gertelsheim. Am zweiten Samstag im Juli fand schon seit jeher das Dorffest statt, das viele Gäste aus der Umgebung anzog. Die Menschen waren damit beschäftigt, die Gassen zu fegen und Blumenkästen auf die Fensterbänke zu stellen. Es war, als wolle sich das Örtchen zumindest einmal im Jahr herausputzen und keck sagen: Na, bin ich nicht genauso hübsch wie Bodenheim oder Schwabenheim?

Am späten Nachmittag war die Postarbeit für Maja erledigt. Sie hatte den ganzen Tag überlegt, ob sie überhaupt auf das Fest gehen sollte. Die Schmiererei an der Mühlenmauer, die sie heute bei Tageslicht nochmals in voller Pracht gesehen hatte, kam ihr vor wie eine Warnung: Gertelsheim wehrte sich gegen alles, was neu und anders war. *Haut ab, wir wollen euch hier nicht haben.*

Schließlich war sie doch zu dem Entschluss gekommen, dem Fest einen Besuch abzustatten. Ein paar Leute waren ja ganz nett, und der Rückzug ins Schneckenhaus brachte erst recht keine neuen Bekanntschaften.

Und vielleicht ist Wern ja auch dort, fügte eine wispernde Stimme hinzu, die aus einem unbekannten Winkel ihres Gehirns stammte.

Maja duschte, zog sich um und nahm ihre Nikon. Bereits auf dem Weg zum Dorfplatz hörte sie Blasmusik und lautes Lachen. Das schien ja schon hoch herzugehen auf dem

Fest. In der Tränkgasse blieb sie einen Augenblick stehen, um ein paar Aufnahmen des gesamten Treibens zu machen.

Die Bänke rund um die Viehtränkenskulptur waren dicht besetzt. Überall saßen Menschen, aßen, tranken, erzählten und lachten. Vor den Buden fachsimpelten die Winzer mit der Kundschaft und schenkten Probiergläser ein. Über dem Grill hingen Rauchschwaden, die schwitzenden Grillmeister reichten Bratwürste und Steaks heraus. Im Hintergrund spielte ein Dutzend Kinder Fangen, und als wäre noch nicht Lärm genug auf dem Dorfplatz, schmetterte eine Blaskapelle leicht schräg *Ein Bett im Kornfeld*. Die Luft war gesättigt vom Duft des Grillguts, die Spätnachmittagssonne warf ein mildes Licht auf das Treiben.

Maja schaute eine Weile zu und merkte, wie sich trotz der idyllischen Szene Unwohlsein in ihr breitmachte. Sie ahnte, dass dieses fröhliche Miteinander letztendlich nur eine Show war, um den Tagesgästen aus den umliegenden Ortschaften eine heile Dorfwelt vorzuspielen. All die Andeutungen und Gehässigkeiten, die sie in den letzten Tagen erlebt hatte, wurden durch das Fest nicht weggewischt. Das war nur Tünche, die Gertelsheim freundlich und einladend erscheinen lassen sollte.

Langsam schob sie sich durch die Menschenmenge, hier und dort nickte jemand oder warf ihr einen Gruß zu. Doch innerlich wuchs ihre Unsicherheit. Sie kannte kaum jemanden im Dorf richtig, die meisten Bekanntschaften waren über ein Schwätzchen am Gartenzaun nicht hinausgekommen. Ihr Hals wurde trocken, als sie merkte, dass einige Leute offensichtlich über sie redeten. Lachte da jemand hämisch? Diese Handbewegung – was das eine Anspielung auf ihre Figur? Warum schauten immer mehr Menschen zu ihr? Das Blut schoss ihr in den Kopf. Schon in der Schule hatte Maja es gehasst, Referate zu halten, während ihrer Ausbildung war es noch schlimmer geworden. 30 Augenpaare, die sie erwartungsvoll anstarrten, die jede Rundung ihres Körpers und jedes Zucken ihrer Augenlider wahrnahmen. Der Röntgenblick der Menge, kein Ausweg, keine Schutzzone. Genauso war es hier.

Schnell hob sie ihr Schutzschild, ihre Nikon, und verbarrikadierte sich hinter dem Sucher. Die klinische Schärfe des Bildes und die Anonymität des Linsensystems ließen sie aufatmen. Nun hatte sie wieder Kontrolle über die Dinge, sie allein bestimmte, wer gesehen wurde und wer nicht. Sie musste nicht mehr nicken und gekünstelt lächeln, wenn sich Blicke kreuzten. Die kühle Professionalität der Kamera ließ sie zurücktreten aus der Menge der Gertelsheimer und stellte sie auf eine einsame, aber erhabene Ebene.

Nach ein, zwei tiefen Atemzügen ließ sie die Kamera losklicken. An einem der Tische entdeckte sie Frau Elweritsch. Wie eine Glucke hockte die Wirtin inmitten einer Handvoll anderer Frauen, ihre Augen huschten über den Festplatz, während das Mundwerk nie stillstand. Maja wartete einen günstigen Augenblick ab, dann schoss sie ein Foto der Frau, das sie mit waberndem Doppelkinn und aufgerissenem Mund zeigte. Volltreffer.

Sie ließ sich von den Menschen weitertreiben, sah ihren Vermieter Jörg Wammel gestikulieren und die Sprechstundenhilfe Frau Kissinger im Gespräch mit einem dicklichen Mädchen. Bürgermeister Massing war gerade mit einem Mann am Debattieren, neben ihm stand eine kleine Frau im altmodischen Blümchenkleid. Seine Ehefrau Sieglinde, Maja kannte sie vom Postausteilen. Es erstaunte sie, Frau Massing hier zu sehen, denn die Frau des Bürgermeisters war das krasse Gegenteil ihres Mannes: Sie vertrug die Hitze nicht, und sie hasste öffentliche Veranstaltungen und Menschenmengen. Deshalb hielt sie sich am liebsten im Haus der Massings in der St.-Silverius-Straße auf. Doktor Gaul demonstrierte einem staunenden Pärchen einen physikalischen Vorgang mithilfe seines Weinglases und einer Serviette. Schon wieder fühlte Maja sich an einen drolligen Zirkusbären erinnert, als sie in einem unbeobachteten Moment eine Aufnahme von ihm machte.

Nach weiteren fünf Minuten gestand sie sich ein, dass sie einen ganz bestimmten Tisch aus ihrem Rundgang ausgespart hatte und darum herumschlich wie die sprichwörtliche Katze um den heißen Brei. Es war der Tisch, den die Grundschullehrer in Beschlag genommen hatten. Nun endlich nahm Maja sich ein Herz und näherte sich der schwatzenden Runde mit einer Mischung aus Nervosität und freudiger Erwartung. Sie reckte den Kopf, sah Wern jedoch nirgends. War er vielleicht gar nicht zu dem Fest gekommen? Hatte er sich von dem nächtlichen Intermezzo einschüchtern lassen? Sie spürte, wie sich Enttäuschung in ihr breitmachte. In dieser Sekunde rücken einige Leute zur Seite, und sie entdeckte den Künstler. Er hockte mit dem Rücken zu ihr und nickte lahm, während seine Kollegen Meinungen austauschten. Majas Herz schlug mit einem Mal vernehmlich, gleichzeitig fühlte sie sich befangen. Sie wollte nicht zu Wern hingehen, solange er inmitten seiner Kollegen saß. Ob er sie entdecken und zu ihr kommen würde? Während sie wartete, hob sie die Kamera und schoss ein Bild, das Wern im Profil zeigte. Nach einigem Zögern entschloss Maja sich, ihre Runde fortzusetzen und später einen neuen Versuch zu starten. Kurz danach hatte sie die Kamera schon wieder am Auge und fokussierte die Ecke der St.-Silverius-Straße. Dort tauchten gerade drei Neuankömmlinge auf: die schwarze Totengräberfigur von Pfarrer Jungbluth, in seinem Gefolge die Eheleute Nestor. Maja fragte sich, ob diese Heilige Dreifaltigkeit auf dem Dorffest tatsächlich so etwas wie Spaß haben würde.

Jemand tippte sie von hinten an. Freudig fuhr sie herum – hatte Wern sie doch entdeckt? Es war jedoch Tom Hagen, der sie gut gelaunt anstrahlte.

»Hi, Frau Rossi. Heute hätten Sie die Post einfach nur auf der Bühne auskippen müssen. Ich glaube, das ganze Dorf ist hier versammelt.«

»Hallo, Herr Hagen.« Sie bemühte sich, ihre Enttäuschung zu verbergen. »Da haben Sie wohl recht. Hätte mir 100.000 Schweißtropfen und fünf Kilometer Fußmarsch erspart.« Vorsichtig lugte sie an ihm vorbei, ob er nicht etwa seinen streitsüchtigen Großvater im Schlepptau hatte.

Ihr Gegenüber deutete den Blick richtig und verzog das Gesicht.

»Keine Sorge, Opa ist nicht hier. Den würde ich im Moment nicht auf so viele Menschen loslassen.«

Maja dachte an die gestrige Szene beim Festaufbau und schwieg.

»Er dreht im Moment echt durch«, fuhr Hagen fort. »Vor zwei Tagen hat er mit seinem Stock einen Fahrradfahrer vom Rad geholt, weil der auf dem Gehweg gefahren ist, und gestern auf dem Dorfplatz gab's einen Riesenkrach. Angeblich hat einer der Winzer ihm beim Aufbauen ein Brett an den Kopf gehauen, und deshalb hat der Opa ihm dann gleich mal die halbe Bude kaputt geschlagen. Der Winzer hätte um ein Haar die Polizei geholt. Ich hab echt Angst, dass er demnächst jemandem eins über den Schädel zieht.«

Noch bevor Maja etwas erwidern konnte, fuchtelte der Bürgermeister in ihre Richtung. Hagen hob den Arm.

»Sorry, ich muss zur Bühne. Ich habe hier die Beschallung aufgestellt.« Er deutete auf die großen Boxen, die die Blaskapelle verstärkten, und schlängelte sich durch die Menge nach vorne. Kaum hatte er Alfred Massing ein Mikrofon in die Hand gedrückt, spielte die Kapelle auch schon einen blechernen Tusch. Der Bürgermeister stieg auf eine improvisierte Europalettenbühne. Im Gegensatz zu seinem sonstigen Freizeitlook trug er eine Stoffhose und ein Hemd, das unter den Achseln allerdings schon beachtliche Schweißflecken aufwies. Er legte ein strahlendes Lächeln auf.

»Liebe Gertelsheimerinnen und Gertelsheimer, liebe Alt- und Neubürger, liebe Gäste, liebe …« Der Rest seiner Aufzählung ging in einer schrillen Rückkopplung unter, sodass die Leute sich erschrocken die Finger in die Ohren steckten. Eilig schob Hagen am Mischpult ein paar Regler herunter, Massing sah ihn böse an. Schließlich wandte er sich wieder dem Publikum zu, hatte aber den Faden verloren.

»Eh, also, ich … herzlich willkommen zum diesjährigen Sommerfest der St.-Silverius-Gemeinde Gertelsheim. Ich … also … es ist mir wie immer eine besondere Ehre …«

Während der Bürgermeister wieder Tritt fasste und seine Plattitüden abspulte, fing Majas Herz an zu hüpfen: Wern kam auf sie zu! Ihr Lächeln geriet allerdings ein wenig unsicher, mit einem Mal wusste sie nicht, wie sie sich Wern gegenüber verhalten sollte. Der gestrige Abend, Werns sanfte Umarmung und sein Duft, aber auch das Klirren der Scheibe und die Buchstaben an der Mauer verursachten ein seltsames Gefühlschaos in ihr. Vielleicht war ihm der Abend ja peinlich? Vielleicht hatte er nur ein paar Gläser Wein zu viel gehabt?

Doch Wern strahlte sie an, nahm sie ganz selbstverständlich in den Arm und gab ihr einen Begrüßungskuss auf die Wange.

»Hallo, Maja, schön, dich zu sehen«, flüsterte er. Maja genoss die Berührung und merkte, wie ihre Unsicherheit dahinschmolz. Gleichzeitig registrierte sie, dass zahlreiche Augenpaare auf sie gerichtet waren und ebenso viele Münder zu schnattern anfingen.

Wern bemerkte es ebenso und ließ sie los.

»Hey, was hältst du davon, wenn wir uns heute Abend nach dem Fest noch mal bei mir treffen? Ohne dass der Rest des Dorfes zuschaut?«

Maja nickte, ein Kribbeln wie von 1000 Ameisen erfüllte ihren Bauch. Sie merkte, dass sie drauf und dran war, sich in den Künstler zu verlieben, und zwar im Zeitraffertempo!

Derweilen rollte Wern ehrfurchtsvoll-belustigt die Augen.

»Jetzt wird's gleich spannend, jetzt kommt der Festweinausschank. Gaaanz alte Tradition.«

»Aha? Was hat's damit auf sich?«

Er deutete auf ein mit Tuch verhängtes Etwas neben der Bühne.

»Das ist das Sonnenhof-Fass. Ein Halbstückfass voll mit Sonnenhof-Wein. Seit ewigen Zeiten ist es Brauch, dass der Sonnenhof dem Dorf zum Fest dieses Weinfass vollmacht, und ebenso ist es Brauch, dass der Bürgermeister dem Familienoberhaupt vom Sonnenhof den ersten Schoppen zapft. Das soll die Brüderschaft und den gegenseitigen Nutzen von Dorf und Hof symbolisieren. Na ja, so was in die Richtung halt.«

Der Bürgermeister war inzwischen an der passenden Stelle angekommen und ließ von der diesjährigen Gertelsheimer Weinkönigin, einer dünnen Brünetten mit Blendax-Lächeln, das Tuch wegziehen. Ein altes kunstvoll bemaltes Holzfass kam zum Vorschein, die Zuschauer klatschten.

»Und wie jedes Jahr bitte ich den Gutsherrn des Sonnenhofes zu mir, Magnus Hieronymus Falkenreck.« Massing vollführte eine Geste wie ein Zirkusdirektor, der die nächste Attraktion ankündigt.

Ein Raunen ging durch die Menge, dann wurden die Menschen merkwürdig still. Maja sah, wie die Leute die Hälse reckten, sie selbst stellte sich auf die Zehenspitzen. Zuerst sah sie einen blonden Haarschopf mit Pferdeschwanz. Dann erschien ein Rollstuhl mit einer schwarzen Gestalt vor der Bühne, geschoben von Kathy Uelverkamp. Der Greis im Rollstuhl hob den Kopf und brannte seinen Blick in die Menge. Maja fröstelte unwillkürlich, als sie das weiße Mumiengesicht in dem strengen schwarzen Anzug sah, die Hände wie Klauen auf die Armlehnen gelegt. Sie hob die Kamera und ließ eine Reihenaufnahme durchlaufen.

Alfred Massing spürte die beklemmende Atmosphäre und kletterte von den Paletten herab. Der Kontrast zwischen dem stämmigen von Leben erfüllten Bürgermeister und der knochigen Gestalt im Rollstuhl hätte nicht größer sein können.

»Lieber Magnus, willkommen auf unserem Dorffest, willkommen bei … also … ja … bei uns!«, schmetterte Massing und hielt dem Greis die ausgestreckte Hand hin. Nichts geschah, Magnus Falkenreck sah ihn nur unverwandt an. Nach einigen peinlichen Sekunden zog der Bürgermeister seine Hand zurück und trat auf das Fass zu.

»Also, dann wollen wir mal das Festfass anschlagen.«

Mit einem mächtigen Schlag trieb er den Zapfhahn in das Spundloch. Die Weinkönigin gab ihm ein Schoppenglas mit einer goldenen Schleife, er füllte es und reichte es mit großer Geste an Magnus Falkenreck weiter. Dieser ließ sich von Kathy eine Krücke geben und erhob sich mühsam. Dünner Beifall ertönte, als der Greis schließlich aufrecht stand, das Glas zitternd an seinen Mund führte und einen Schluck trank.

Alfred Massing bedankte sich überschwänglich bei Falkenreck und machte der Kapelle verzweifelt Zeichen, wieder anzufangen. Noch nicht ganz komplett intonierte sie *So ein Tag, so wunderschön wie heute*, während weitere Bläser und der Schlagzeuger eilig dazukamen. Die Menschen schienen erleichtert, dass das Bühnenprogramm zu Ende war, eine Vielzahl verstohlener Blicke ruhte immer noch auf dem alten Magnus Falkenreck.

»Was für eine Type!« Wern schüttelte den Kopf. »Wie aus der *Nacht der lebenden Toten*! Ich würde mich an Kathys Stelle zu Tode gruseln, jeden Tag mit diesem Klappergestell in dem Spukschloss zusammen sein zu müssen.«

Maja schwieg. Sie fragte sich selbst, warum die lebenslustige junge Frau dieses Arrangement aufrechterhielt. War der Deal mit dem Pförtnerhäuschen wirklich Anreiz genug, Tag für Tag den alten Mann zu pflegen? Oder gab es noch andere Gründe, die vielleicht nicht ganz so offensichtlich waren? Was hatte die Elwetritsch gesagt? »Aber vom Geld sieht die nichts, das geht alles in den Süden, nach Bayern.«

Sie drehte sich um und warf nochmals einen Blick auf Falkenreck. Er saß unbeteiligt, fast gelangweilt im Rollstuhl, als ginge ihn der ganze Trubel nichts an. Die Ringe unter den Augen und seine wächserne Haut ließen ihn krank aussehen.

Passenderweise trat gerade Doktor Gaul an den Rollstuhl heran. Er beugte sich herunter und redete auf Falkenreck ein. Was er sagte, schien dem Alten nicht zu gefallen, er schüttelte immer wieder den Kopf. Gleichzeitig warf der Doktor rasche Seitenblicke auf Kathy, als warte er nur auf eine Gelegenheit, sich von Falkenreck ab- und ihr zuzuwenden.

In diesem Moment berührte Wern sie an der Schulter.

»Entschuldigung, Maja, ich bin gleich zurück.« Er lief auf die Bühne zu, Maja spürte einen eifersüchtigen Stich in der Magengegend. Was sollte das denn? Ließ Wern sie jetzt wegen Kathy stehen? Sie dachte an die Szene auf der Terrasse des Pförtnerhäuschens zurück: Kathy und Wern spielten und lachten mit der kleinen Jasmin.

In dieser Sekunde wurden Stimmen laut. Die Blaskapelle übertönte das Meiste, aber etwas schien nicht in Ordnung zu sein. Die drei Spätankömmlinge, Pfarrer Jungbluth und das Ehepaar Nestor, waren vor der Bühne aufgetaucht. Magnus Falkenreck beugte sich nach vorne in Richtung des Pfarrers, zeigte mit einem Krallenfinger auf ihn und spie offensichtlich harte Worte hervor. Seine brüchige Stimme trug nicht sehr weit, aber Maja glaubte, das Wort »Pfaffengeschwätz« verstanden zu haben. Pfarrer Jungbluth stand kerzengerade und schaute auf den Greis herab, als wäre dieser ein armer Sünder. Dann entfaltete er seine Arme und hob sie, dass die Ärmel der Soutane wie Flügel herabhingen. Seine Quäkstimme übertönte die Musiker, die inzwischen auch auf das Geschehen aufmerksam wurden.

»Der, der ohne Sünde ist, werfe den ersten Stein. Kannst du das von dir behaupten, Magnus Falkenreck, kannst du das?«

Seine Augen blitzten von Wut, während er wie ein Engel des Todes vor dem Rollstuhl posierte. Hinter ihm standen Heribert und Angelika Nestor, er mit versteinertem Gesicht, sie unkontrolliert zitternd. Ein Instrument nach dem anderen verstummte, bis schließlich der Posaunist ein paar letzte Töne blies und dann ebenfalls schwieg. Die Festbesucher in Bühnennähe drehten sich zu den lauten Stimmen um.

Magnus Falkenreck lehnte sich in seinen Rollstuhl zurück, griff nach den Gummirädern und drehte das Gefährt weg vom Pfarrer, sein faltiges Gesicht erstarrt in einer Maske aus Hochmut und Selbstgefälligkeit. In diesem Augenblick kam ein gequälter Ton aus der Kehle von Angelika Nestor, sie sprang nach vorne und packte die dürre Gestalt am Kragen:

»Mörder! Du verdammter Mörder! Ich verfluche dich bis ans Ende aller Tage!«

Noch ehe jemand reagieren konnte, spuckte sie Magnus Falkenreck ins Gesicht. Jetzt kam Leben in die Umstehenden. Kathy beugte sich nach vorne, riss die Hände der Frau von Falkenrecks Kragen und hielt sie resolut auf Abstand. Angelika schrie in einer Mischung aus Verzweiflung und Wut. Im selben Augenblick waren Pfarrer Jungbluth und Heribert Nestor zur Stelle. Während der Pfarrer versuchte, Angelika sanft zur Seite zu ziehen, schlug Heribert die Arme von Kathy weg und gab ihr einen Stoß.

»Und du bist genauso ein widerwärtiges Stück, du Schlampe!«, zischte er hasserfüllt und versuchte, nach ihr zu schlagen. Doch plötzlich stand Doktor Gaul dazwischen, drängte Kathy in den Hintergrund und packte die Hand von Heribert Nestor.

»Lass die Frau in Ruh, oder du kriegst's mit mir zu tun!«

Da riss sich Angelika aus Pfarrer Jungbluths Umarmung und flog auf den Doktor zu.

»Und dich auch, du Mörder, dich verfluche ich genauso! Fahr zur Hölle!«

Mit geballter Faust schlug sie ihm ins Gesicht. Vor Schreck und vor Schmerz stolperte er zurück, während der danebenstehende Wern Ossfahl im Reflex dazwischentrat und beruhigend die Arme hob. Doch der Doktor schlug ihn zur Seite und schaute sich um wie ein gehetztes Tier. Blutfäden sickerten aus seinen Nasenlöchern.

»Nimm deine verdammten Flossen runter, du scheiß Neubürger!« presste er hervor. Maja sah flackernde Angst in den Augen von Doktor Gaul, er schien im Moment alles und jeden als seinen Feind anzusehen. Mehr denn je erinnerte er an einen Bären, diesmal allerdings an einen wütenden, unberechenbaren. Mit einer schnellen Bewegung schnappte der Doktor ein Schoppenglas vom nächsten Tisch, gab Ossfahl einen Stoß vor die Brust und brüllte ihn an:

»Oder glaubst du vielleicht, wir haben dich hier gewollt? Hau doch einfach ab und nimm deine scheiß Kunst gleich mit!«

Er drehte sich um und warf das Weinglas auf die Brunnenskulptur, die sich hinter der Bühne erhob. Das Glas zerbrach an einer der Metallstreben, die Splitter rieselten klimpernd auf den Boden.

Wern Ossfahl reagiert mit einer Geschwindigkeit, die ihm keiner zugetraut hätte. Blitzschnell landete seine Faust in der Magengrube des Doktors, der einen Grunzlaut ausstieß und zusammenklappte. Der Künstler zischte etwas, das in Majas Ohren wie »Scheißdorf« klang.

»Ossfahl, sind Sie bekloppt?« Bürgermeister Massing drängte sich durch, sein Gesicht war dunkelrot. »Wenn Sie prügeln wollen, dann hauen Sie ab aus'm Dorf und ziehen Sie woanders hin, je eher, desto besser!«

Ossfahl fuhr herum.

»Halt dein Maul, Bürgermeister!« In seiner Wut kam der Schweizer Akzent deutlich hervor. »Ich hab sonst nämlich was, womit ich's dir stopfen kann!«

Diese Ankündigung ließ Alfred Massing stoppen, als wäre er gegen eine Wand gelaufen. Seine Augen weiteten sich. Plötzlich entstand Tumult im Publikum. Ein kleiner dicker Mann stürzte nach vorne, griff eine Weinflasche am Hals und ließ sie am nächstbesten Tisch zerschellen. Mit dem Flaschenhals in der Hand stolperte er auf Wern Ossfahl zu. Maja erkannte zu ihrem Schrecken Jörg Wammel.

Sein Blick war glasig, seine Bewegungen unkontrolliert. Er war ganz offensichtlich betrunken.

»Kommher, du Scheißkerl. Jetzgib's die Quittung!«, lallte er und fuchtelte mit dem Flaschenhals. Doch bevor er den Künstler erreichte, griffen Hände nach ihm, einige Männer redeten beruhigend auf ihn ein. Wammel wehrte sich eine Weile, setzte sich dann aber auf eine Bank und ließ den Flaschenrest fallen.

Die schrillen Schreie von Angelika Nestor waren einem halblauten Schluchzen gewichen. Sie lehnte an der Schulter von Elke Krott, der Zugehfrau des Sonnenhofes. Maja bemerkte eine gewisse Vertrautheit zwischen den beiden Frauen.

Inzwischen hatte Alfred Massing sich wieder gefangen und trat an Doktor Gaul heran.

»So, Hans-Peter, ich glaub, es ist gut jetzt.« Seine Stimme klang angespannt. »Mach mal halblang.«

Aber der Doktor war noch immer in Rage und ging in Angriffshaltung.

»Ach ja, der saubere Bürgermeister will wieder allen sagen, wo's langgeht. Willst du dich nicht ein bisschen in die Hütte legen wie jeden Tag? Und die Tür ganz fest hinter dir zumachen, damit ja keiner auf die Idee kommt, mal nachzuschauen, wo er denn steckt, der saubere Herr Bürgermeister?«

Massing zuckte zurück, als hätte er sich verbrannt. Eine Sekunde lang verzerrte sich sein Gesicht zu einer hasserfüllten Fratze, dann hatte er sich wieder unter Kontrolle. Doktor Gaul reckte das Kinn vor und starrte ihn herausfordernd an, das Blut aus der Nase troff auf sein Hemd. Mittlerweile waren die Gespräche auf dem Fest verstummt, alle Augen waren zur Bühne gerichtet.

Ein hoher, fast kindlicher Laut ertönte. Maja brauchte eine Sekunde, bis sie merkte, dass Wern diesen Ton hervorbrachte. Alle Kraft war aus ihm gewichen. Sein Mund verzog sich, Tränen strömten aus seinen Augen. Das weinerliche Wimmern wurde lauter, sein Körper zuckte spastisch. Wie an Fäden gezogen drehte er sich um und begann, über den Dorfplatz in Richtung Mühle zu laufen.

Starr vor Entsetzen schaute Maja ihm nach. Es war schrecklich, einen erwachsenen Mann weinen zu sehen wie ein kleines Kind. 100 Köpfe blickten Ossfahl nach, als er am Ende des Platzes schwankend in die Gaustraße einbog. Hämisches Lachen und giftiges Gezischel kamen aus den Bankreihen der Gertelsheimer.

Doktor Gaul schien durch den Abgang des Künstlers aus seiner Trance zu erwachen. Er sackte in sich zusammen, die aggressive Haltung war verschwunden. Betreten stolperte er zur Seite.

Eine fast unnatürliche Ruhe senkte sich über den Platz. Sogar die Kinder hatten gemerkt, dass die Stimmung kippte, und waren angstvoll zu ihren Eltern gelaufen. Nur noch das krampfhafte Schluchzen von Angelika Nestor war zu hören und die beruhigenden Worte, die ihr Mann flüsterte. Auch Kathy Uelverkamp wurde von einem lautlosen Weinkrampf geschüttelt, als sie nach einer herrischen Bewegung von Magnus Falkenreck den Rollstuhl vom Platz schob. Der alte Patriarch hatte noch nicht einmal den Speichel abgewischt, der in seinem Gesicht klebte.

Nacheinander kehrte das Leben in die Menschen zurück. Der Pfarrer führte die Eheleute Nestor mit sanfter Gewalt in Richtung St.-Silverius-Straße, Doktor Gaul trollte sich mit hängenden Schultern und tupfte seine blutende Nase ab. Jörg Wammel saß mit stierem Blick auf seiner Bank, der

Bürgermeister beschwor die Kapelle, endlich wieder anzufangen. Misstönend intonierten die Musiker *When the Saints Go Marching in*, es klang wie ein Trauermarsch.

Die Ausgelassenheit des Dorffestes war verschwunden, viele Besucher tranken aus und verließen den Platz.

Tom Hagen kam zu Maja gelaufen, er schüttelte fassungslos den Kopf. »Und ich hab gedacht, mein Opa wäre der Einzige, der hier im Dorf verrücktspielt.«

Maja war die Lust am Feiern gründlich vergangen, sie folgte Hagen, der nach Hause in die Backesgasse strebte. Einen Augenblick lang dachte sie daran, zur Mühle zu gehen und mit Wern zu reden, verwarf den Plan aber wieder. Sie würde diesen schrecklichen Nachmittag erst einmal selbst verdauen müssen. Nach einer flüchtigen Verabschiedung von Hagen hastete sie zur Villa Wammel.

Dort lauerte die nächste unschöne Überraschung: Ihre MacGyver-Konstruktion war wohl doch nicht perfekt gewesen. Die Küchengarn-Wäscheleine lag zerrissen auf dem Rasen, ihre Wäsche hatte sich im Garten verteilt und war in Richtung des Nachbargrundstücks geflattert. Maja unterdrückte den Wunsch, einfach ins Haus zu laufen und die Tür hinter sich abzuschließen. Stattdessen fing sie eilig an, die Kleidungsstücke einzusammeln. Als sie in den Büschen zwischen den beiden Gartenparzellen BHs aus den Zweigen klaubte, hörte sie schon wieder zornige Stimmen. Einzelne Worte konnte sie zwar nicht verstehen, aber sie erkannte die hohe Stimme von Wolfram Kurrweiler: Der Opa war schon wieder am Stänkern. Zwischen den erregten Sätzen des Alten erklangen immer wieder die aufgebrachten Antworten von Tom Hagen. Die beiden stritten über etwas. War denn heute das ganze Dorf verhext?

Mit klopfendem Herzen packte Maja die letzten Wäschestücke, rannte ins Haus und schob den Riegel vor die Haustür. Dann fing sie an, von oben nach unten alle Fenster im Haus zuzumachen. Sie wollte allein sein, all die Widerwärtigkeiten aus ihrem Haus aussperren, am besten keinen Hauch der hasserfüllten Gertelsheimer Luft hereinlassen. Kaum war das letzte Fenster verschlossen, ließ sie sich auf einen Sessel fallen. Erst jetzt merkte sie, dass sie zitterte wie unter Schock. Heute hatte Gertelsheim sein wahres Gesicht gezeigt: eine Fratze aus Hass, Willkür und düsteren Geheimnissen. Tief in sich spürte sie die Angst wie ein lauerndes Tier.

Maja ahnte, dass das misslungene Dorffest Ereignisse losgetreten hatte, die bald schon aus dem Ruder laufen würden.

MONTAG, 13. JULI 2015

DER ROTE HAHN KOMMT IN SECHS TAGEN.

Maja konnte ihren Körper nur mit äußerster Willensanstrengung dazu bringen, den Postwagen vor sich her zu schieben. Übers Wochenende hatte sie sich eingestehen müssen, dass sie Gertelsheim im Grunde genommen nicht mochte. Mehr noch: Sie hatte angefangen, den Ort zu verabscheuen, seine oberflächliche Gutbürgerlichkeit und darunter eine gärende Mischung aus Zwietracht, Neid und Häme. Das Dorf kam ihr vor wie ein Mikrokosmos ohne Zu- und Abfluss, alles Fremde wurde argwöhnisch beäugt und prompt abgelehnt. Sie spürte förmlich, dass die Bewohner von Gertelsheim sie schonungslos sezierten, sogar jetzt, in dieser Sekunde … dass Blicke durch halb zugezogene Vorhänge hervorschossen, und dass Halb- und Viertelwahrheiten hinter vorgehaltener Hand wie ein garstiger Wind durch das Dorf zogen. Ihr schauderte.

Den kompletten gestrigen Sonntag hatte Maja in ihrem Häuschen verbracht, um von der Außenwelt so wenig wie möglich mitzubekommen. Einige Male war sie drauf und dran gewesen, zu Werns Mühle zu laufen und mit ihm über die Ereignisse auf dem Dorffest zu sprechen. Doch sie war zu feige gewesen und hatte sich eingeredet, dass Wern sich melden würde, wenn er reden wollte. Diese selbst gezimmerte Lüge war für sie ein zusätzliches Zentnergewicht gewesen. Entsprechend schlecht hatte sie geschlafen, und nun ließ sie den gelben Wagen missgestimmt voranrollen. Sie sehnte den Schutzschild ihrer Kamera herbei, die stabilen Glaslinsen der Nikon, hinter der sie abtauchen konnte, um zu beobachten, ohne selbst beobachtet zu werden.

Mitten in ihre Gedanken hinein fiel ihr eine ungewohnte Regsamkeit auf. Merkwürdigerweise war heute, am frühen Montagmorgen, ein rechter Umtrieb im Gange, Menschen lehnten aus den Fenstern, hantierten an ihren Briefkästen oder standen debattierend zusammen. Einige rannten in Richtung Dorfplatz, die meisten hielten einen weißen Zettel in der Hand. Maja trat an das nächstbeste Zeitungsrohr, schaute hinein und zog ein weißes Blatt heraus.

Was sie las, verschlug ihr den Atem.

Bürgerinnen und Bürger von Gertelsheim!

Keiner von uns ist ein Engel, jeder hat schon mal falsch geparkt oder das Finanzamt belogen. Aber sicher stimmen Sie mir zu, dass es ein Vergehen gibt, das scheußlicher ist als alle andere. Ein Verbrechen, das sich gegen die Schwächsten in unserer Mitte richtet: gegen die Kinder. Und doch haben wir einen unter uns, der sich genau diesem Verbrechen schuldig gemacht hat. Ich rede über den

SEXUELLEN MISSBRAUCH
VON MINDERJÄHRIGEN!!!

Bürgerinnen und Bürger, der Teufel wohnt unter uns. Der Teufel, der vor Jahren schon wegen sexuellem Missbrauch von Schutzbefohlenen angeklagt worden ist, der in unserem schönen Dorf ein bequemes neues Leben angefangen hat und seit Langem seinen Blick auf unsere Kinder gerichtet hält!

Denn dieser Mensch bekleidet ein Amt, das ihn täglich, jeden Tag aufs Neue, mit unseren Kindern in Kontakt bringt. Ein Amt, das es ihm ermöglicht, seine schmierigen Pläne zu schmieden, ein Amt, das unsere Kleinen direkt in seine Hände treibt. Dieser Mensch ist

DER GRUNDSCHULLEHRER
WERN OSSFAHL !!!

Lasst uns seinem Treiben ein Ende bereiten! Lasst uns dafür sorgen, dass dieses Krebsgeschwür aus unserer Mitte herausgerissen wird!
Denn morgen ist es vielleicht Ihr Kind, das nicht mehr nach Hause kommt!!!

gezeichnet: ein besorgter Bürger

Das letzte Mal hatte Magnus Falkenreck geweint, als vor 15 Jahren Ingrid, seine Frau, gestorben war. Sicherlich war er nicht immer ein vorbildlicher Ehemann gewesen, da hatte es Affären gegeben, mehr als eine, aber er hatte sie trotzdem geliebt. Auch als ihr Körper am Ende vom Krebs zerfressen war und sie nur noch wimmern konnte vor Schmerzen, hatte er sie geliebt. Und als sich dann endlich, endlich, nach langen Stunden Todeskampf ihre Gesichtszüge entspannten, da hatte er geweint. Geweint, bis keine Tränen mehr kommen wollten.

Jetzt weinte er wieder. Die schmale Gestalt im Rollstuhl bebte, die Schultern waren verkrampft. Seine Klauenhände hielten ein Blatt Papier umklammert, so fest, dass die Fingerknöchel hervortraten und die Sehnen ein Muster in den Handrücken spannten.

Dann straffte Magnus Falkenreck seinen Körper und atmete tief durch. Eine Entscheidung formte sich in seinem Kopf, trotzig, aber bestimmt. Einen Augenblick horchte er in sich hinein, aber die Entscheidung wurde fester. Gut so.

Fahrig wischte er sich die Tränen aus dem Gesicht. Jetzt war nicht Zeit zu heulen. Jetzt war Zeit zu handeln.

Außer Atem erreichte Maja den Dorfplatz. Einige leere Buden waren noch vom Fest übrig geblieben, dazwischen hatten sich Dutzende Menschen versammelt und debattierten aufgeregt. Das weiße Papier war überall, die aggressive Stimmung fast mit Händen zu greifen. Viele trugen etwas bei sich, Gartengeräte, Holzscheite, was auch immer gerade parat gelegen hatte.

Pfarrer Jungbluth eilte die Kirchstraße entlang in Richtung Dorfplatz. Seine schwarze Soutane flatterte, die Haare wippten auf und ab. Die schmale Gestalt erinnerte in grotesker Weise an frühe Draculafilme, an weiß geschminkte Gruseldarsteller mit brennendem Blick.

»Bürger von Gertelsheim, haltet ein!« Der Pfarrer hob beschwörend die Arme. »Es ist nur ein Stück Papier, nur gedruckte Worte. Wisst ihr denn, ob sie überhaupt wahr sind? Vielleicht ist das alles nur ein übler Scherz!«

Doch die Menge tobte. Ein Mann mit hervorquellenden Froschaugen riss einen Rechen hoch und brüllte in breitem Rheinhessisch:

»Alles Quatsch! Die kaafe mer uns, die Drecksau!«

Ein vielstimmiger Chor antwortete, die aufgebrachten Bürger reckten ihre improvisierten Waffen. Es war, als hätte das weiße Papier ihnen endlich einen Anlass geliefert, ihre durch die Sommerhitze aufgestaute Wut herauszulassen.

Maja sah Menschen, die sie vom Postaustragen kannte, nette Leute von nebenan, einen, der gerne an seinem alten BMW schraubte, eine Frau, die stolz auf ihren Bauerngarten war, einen Mann, der ihr letztens eine Flasche selbst gepressten Traubensaft geschenkt hatte, »ganz natürlich, alles Bio.« Jetzt waren die Mäuler aufgerissen, Fäuste wurden geschüttelt. Maja brauchte nicht viel Fantasie, um 400 Jahre in die Vergangenheit zu reisen.

Flammen lodern auf dem Scheiterhaufen in die Höhe, die biederen Dorfleute johlen, Sensen und Mistgabeln sind erhoben. Brennen soll sie, brennen!

Die Menge folgte dem dicken Mann zur Mühle. Die Abneigung gegen alles Fremde umschwappte sie wie eine klebrige Soße.

Wern Ossfahl schloss die Tür des Mühlenanwesens auf und trat nach draußen in die Sonnenhofstraße. In der Hand hielt er seine Schultasche, in 20 Minuten würde der Unterricht in der Grundschule beginnen. Er fühlte sich fürchterlich, hatte fast den kompletten gestrigen Sonntag im Bett verbracht und über seine Situation nachgegrübelt. Zuerst die Schmiererei an der Mauer, dann die schlimmen Worte auf dem Fest. Er spürte, dass sich die Stimmung im Dorf immer mehr gegen ihn wandte.

In dieser Sekunde traf ihn der erste Schlag.

Der Hieb war von hinten gekommen, deshalb konnte er nicht wissen, dass es der Schlagstock eines Dreschflegels war, der ihn in die Nieren getroffen hatte. Gegen die grelle Sonne zeichnete sich eine Gestalt ab. Männlich, stark, eine gedrungene Stange in der Hand. Trotz des Gegenlichts erkannte er den Mann: Es war … wie hieß er gleich? Im Bruchteil einer Sekunde ratterte sein Gehirn die nötigen Informationen heraus: Rainer Bittner, der Vater zweier seiner Grundschulkinder. Zwei Mädchen: Emma, frech, blond und zahnlückig, Sophie, dunkelhaarig, stiller. Der Vater war Chef einer Elektronikfirma in Bodenheim, wohnte in einer toll restaurierten Zehntscheune, nur ein paar Häuser neben der Mühle. Beim Elternsprechtag interessiert, aber zurückhaltend. Gebildet, gut gekleidet. Jetzt mit einem Holzprügel bewaffnet und gewalttätig.

»Was … was … Herr Bittner, was …«, krächzte Ossfahl.

»Halt die Klappe, du Kinderficker!« Das Holz knallte auf Ossfahls Halsansatz und ließ Sterne vor seinen Augen tanzen.

»Was planst du als Nächstes mit unseren Kindern, Arschloch? Nacktfotos? Doktorspiele mit Anfassen? Du bist mir schon immer komisch vorgekommen, mit deinen tollen neuen … Ideen.« Das letzte Wort spuckte Bittner hervor wie eine Beleidigung. »Aber jetzt wissen wir endlich Bescheid über dich, du perverse Sau!«

Die Beleidigung schwebte noch in der Luft, als das Holz erneut auf Ossfahls ungeschützte Seite traf.

Der Lehrer war wie gelähmt. 1000 verdrängte Bilder stürmten auf ihn ein, die Gespenster der Vergangenheit wurden wieder lebendig. Sie hatten ihn tatsächlich eingeholt, sogar hier in Gertelsheim. *Kinderficker. Perverse Sau.*

Endlich rastete seine Wahrnehmung wieder ein. Er realisierte, dass er in Lebensgefahr schwebte. Dieser Mann, der gut situierte, intelligente Rainer Bittner, würde ihn totschlagen, wenn er nichts unternahm.

Sein Körper reagierte, während sein Geist starr blieb. Als Bittner ausholte, rammte Ossfahl ihm den Kopf in die Magengrube. Der Angreifer grunzte und kippte nach hinten.

In einer fließenden Bewegung drehte Ossfahl den Schlüssel um und schlüpfte durch das Tor zurück in den Hof. Das Letzte, was er sah, war eine Horde Menschen, die mit hochgereckten Fäusten und Werkzeugen in der kleinen Sackgasse auftauchte. Panisch knallte er das Tor zu und hastete in die Mühle. Dann kippte er auf die Knie, umfasste seinen schmerzenden Leib und brach in hemmungsloses Schluchzen aus.

Maja sah den Pöbel wegstürmen in Richtung Sonnenhofstraße. Pfarrer Jungbluth blieb als einsame Gestalt auf dem Dorfplatz zurück, drehte sich schwerfällig um und verschwand in der Kirchstraße.

Sie rannte zurück zur Villa Wammel. Die Dinge gerieten außer Kontrolle, genau, wie sie es nach dem Dorffest geahnt hatte. Die Aggressivität in den Augen der Menschen war überdeutlich gewesen.

Zwei Versuche brauchte sie, um mit zitternden Händen den Schlüssel ins Schloss zu bekommen. Ihr erster Griff galt dem Telefon.

Die Schatten seiner Vergangenheit waren wieder zu Fleisch und Blut geworden, Wern Ossfahl hatte sich nicht gut genug versteckt. Er brauchte einige Sekunden, bis er das gellende Telefon wahrnahm. Gebückt hastete er zum Apparat. Eine Weile hörte er zu, dann murmelte er: »Okay, alles klar, jaja, machen wir so. Danke. Danke wirklich.«

In diesem Moment zerbarst etwas Gläsernes im Hof, zornige Stimmen erschallten. Dann folgten Geräusche, die ihm einen Schauer den Rücken hinunter jagten. Das Klingen von Hammer und Stemmeisen, das Knacken von Holz.

Sie brachen das Tor auf.

Innerhalb weniger Sekunden huschte der Künstler durch seinen Arbeitsraum und stieg die Kellertreppe hinab. Eilig durchquerte er zwei dunkle Kammern, bevor er im letzten Raum eine Leiter hinaufkletterte. Als er die alte Kohleklappe entriegelte und aufklappte, horchte er einen Augenblick konzentriert nach oben. Aber im Garten war alles still.

Ossfahl kletterte hinauf, rannte geduckt über den Rasen und verschwand durch ein Gartentor. Hinter der bewachsenen Böschung der Schwabsburger Straße erstreckte sich das Naturschutzgebiet. Sein Ziel. Mit langen Schritten rannte er darauf zu und ließ Gertelsheim hinter sich.

Einige Sekunden später löste sich eine Gestalt aus dem Grün, das den Garten umgab, stieg die Böschung hinauf und folgte ihm.

Maja stand an der Ecke zur Gaustraße und beobachtete atemlos, wie zwei Polizeiautos vor der Mühle hielten. Vor einer Viertelstunde hatte sie von der Villa Wammel die Polizei angerufen und von dem Lynchmob berichtet, der gerade durch Gertelsheim zog.

Die rotierenden Blaulichter blitzten über die Gesichter derjenigen, die sich vor dem Mühlentor versammelt hatten. Wie auf ein geheimes Signal hin senkten sich die Meißel und die Brechstangen. Während Polizisten aus den Autos sprangen, drehten sich die Ersten um und schlenderten davon. Die Beamten stellten die Übrigen zur Rede, die Antworten kamen zögernd.

Maja war zu weit weg, um das Gesagte zu verstehen, aber die Haltung der Menschen sprach Bände. Füße scharrten verlegen auf der Straße herum, Hände wanderten in die Taschen. Ich? Nein. Nur zufällig ... wir wollten nur ... ich war eben auf dem Weg zu ... nur mal gucken ...

Nach und nach trollten sich die Leute, niemand blickte zurück. Keiner wollte noch vor drei Minuten einen Kinderschänder totschlagen. Alle waren eben nur auf ihrem Weg durchs Dorf.

Maja atmete tief durch, als sie sah, wie die Situation sich beruhigte.

Doktor Gaul hatte eine lustige Beobachtung gemacht: Er sah Sterne. Helle Punkte, die in seinem Gesichtsfeld herumtanzten und sich nicht um die Schwerkraft scherten.

Er lief zwischen Bäumen umher. Buschwerk griff nach seinen Füßen, sodass er es mit seinem Spazierstock wegschieben musste, die flirrende Sonne zwischen den Blättern erschien ihm wahnsinnig grell. Die Nacht war schrecklich gewesen, schlechte Träume, mit Zungen, die wie fette rote

Würmer aus bleichen Gesichtern lappten, mit Augen, aus denen das Leben wich.

Und jetzt die Sterne. Hitze und Sterne.

Diejenige Hälfte seines Gehirns, die nach wie vor Arzt war, schlug Alarm wegen der Überhitzung des Körpers, wegen des zu hohen Blutdrucks, des Augeninnendrucks und der Synapsen, die auf der Netzhaut ein Feuerwerk falscher Signale abfeuerten. Und natürlich wegen des Ritalins, das er in den letzten Tagen konsumiert hatte, als wären es Smarties.

Die andere Hälfte seines Gehirns, die sich längst mit der Situation abgefunden hatte, erfreute sich mit lange einstudiertem Galgenhumor an dem Sternenreigen.

Beschwingt setzte er Fuß vor Fuß auf seinem Weg zwischen den Bäumen.

Die Hitze hatte das Naturschutzgebiet mit feuchter Sommerluft gefüllt. Ossfahls Hemd klebte an seinem Leib, Fliegen umsummten ihn, während er einen schmalen Pfad entlanglief. Es herrschte Ruhe im Wald, nur das Getier zeterte, empört über die Störung der vormittäglichen Stille. Da brach ein Zweig hinter ihm. Er fuhr herum, lauschte einen bangen Augenblick und verließ leise den Pfad. Der unbefestigte Waldboden und die halbhohen Büsche boten ihm besseren Schutz, und er würde seinen Weg auch so finden.

Bald darauf trat der Künstler aus dem Unterholz heraus auf eine Kreuzung, an der sich mehrere Waldwege kreuzten. Ein offener Unterstand erhob sich dort, umgeben von hölzernen Picknickbänken und -tischen. Dieser Platz war in Gertelsheim schlicht als »die Waldhütte« bekannt. Die Waldhütte war an diesem heißen Montagvormittag ebenso verwaist wie die Wege, die zu ihr führten.

Ossfahl blieb außer Atem stehen und schnaufte durch. Seine Augen durchkämmten das Unterholz hinter der Hütte, die verwirrenden Strukturen aus Ästen und Stämmen, bis sie endlich eine Gestalt ausmachten. Er hob die Hand, um zu winken.

Da trat die Gestalt nach vorne, ein Sonnenstrahl streifte den Schatten von ihr. Ossfahls Hand fiel herab, Überraschung machte sich auf seinem Gesicht breit.

Dann sprach die Gestalt einen Satz, nur einen einzigen Satz, aber dieser genügte, um den Künstler erstarren zu lassen. Die Gestalt kam auf ihn zu und holte beiläufig einen Stock mit metallenem Griff hinter dem Rücken hervor. Ossfahls Überraschung verwandelte sich in Entsetzen. Noch bevor er auch nur eine Bewegung machen konnte, fuhr das schwere Ende des Stocks auf seinen Oberarm herab und ließ den Knochen splittern wie eine spröde Scherbe. Eine Sekunde später knallte der Metallgriff auf seine Hüfte, Ossfahl schlug hin. Schreiend vor Schmerzen wand sich der Künstler auf dem Waldboden, während der Stock immer wieder auf ihn eindrosch.

Mit erschreckender Präzision wurde Wern Ossfahl klar, dass er sterben würde. Sein Körper erreichte jenen Ausnahmezustand, der Schmerzen nebensächlich werden lässt und den Geist mit großer Klarheit füllt. Eine Klarheit, die ihn wissen ließ, was nun, in den letzten Minuten seines Lebens, zu tun war.

Schwankend erhob er sich. Seine Beine trugen ihn kaum noch, der gebrochene Arm hing herab, Blut und Schweiß vernebelten ihm die Sicht. Trotzdem bewegte er sich auf das Unterholz zu, ließ den Weg hinter sich und torkelte in den Wald hinein.

Die Gestalt mit dem Stock folgte ihm wie ein böser Schatten, als sei sie neugierig, was der sterbende Mann wohl im Schilde führte.

Heiko Borchert, der Einsatzleiter, schaute verdrossen den Menschen nach, die die Sonnenhofstraße hinauf schlenderten. Im Moment drehten alle durch, er und seine Kollegen hetzten von Einsatz zu Einsatz. Die Hitzewelle schien den Leuten das Hirn wegzubrennen, der kleinste Anlass genügte, um sie zum Explodieren zu bringen. Nachbarn prügelten aufeinander ein, Autofahrer fingen mitten auf der Straße Schlägereien an, häusliche Gewalt und verdroschene Kinder waren an der Tagesordnung.

Der Polizist drückte auf die Klingel am Mühlentor. Nichts passierte. In einem der Autos begann das Funkgerät zu krächzen, er klingelte nochmals und ließ den Daumen lange auf dem Knopf. Nichts. Einer von Borcherts Kollegen rief aus dem Auto:

»Heiko, komm, nächster Einsatz. Nieder-Olm, Ladendiebstahl mit anschließender Prügelei.«

Borchert ging zum Auto und warf einen letzten Blick auf das Mühlenanwesen. Hier war ihre Aufgabe erfüllt, es sah so aus, als wäre niemand zu Hause. Wenn sich die Dorfbewohner nochmals zusammenrotten sollten, würden er und seine Kollegen eben wiederkommen.

Nachdem die beiden Polizeiautos davongefahren waren, lief Maja zum Mühlentor und drückte auf die Klingel.

»Wern? Wern, ich bin's, Maja«, rief sie zu den geschlossenen Fenstern hinauf. »Wenn du da bist, mach auf, ich … ich weiß doch, dass das alles Unsinn ist mit diesen Zetteln. Lass uns reden!«

Doch das gedrungene Gebäude schwieg.

Maja hastete die Gaustraße entlang in Richtung Villa Wammel. Sie war entsetzt, wie eng Normalität und Gewalt beieinanderlagen. Fast so, als hätte sie eben einen Blick in ein anderes Dorf geworfen, das zwar aussah wie Gertelsheim, in dessen Mauern aber das alte Recht des Stärkeren galt. Das Blutrecht.

Während sie sich fragte, wo Wern steckte und ob er vor lauter Angst einfach nicht auf das Klingeln reagierte, sah sie jemanden mit schlenkernden Armen durch die Bruchgasse rennen, die schmale Verbindungsstraße zum Naturschutzgebiet. Nach ein paar Sekunden hatte sie die Person erkannt, es war Jörg Wammel, ihr Vermieter. Der kleine Mann schien sich völlig übernommen zu haben, er japste, seine Augen quollen fast aus den Höhlen. Maja lief ihm entgegen und fing ihn auf, als er stolperte. Andere Passanten eilten herbei und halfen, ihn zu stützen. Sein Gesicht war schweißüberströmt, Entsetzen lag in seinem Blick. Wammel versuchte, sich zu artikulieren, doch es dauerte, bis zwischen seinen Keuchlauten so etwas wie ein Satz zu hören war.

»En … en Tote!« Panisch zeigte er hinter sich ins Naturschutzgebiet. »Hinne im Bruch … de Lehrer – totgeschlage!«

Maja rannte zusammen mit einem Dutzend Bürger den Weg zum Bruch hinunter. Man hatte den Notarzt und die Polizei verständigt und Wammel in den Georg-Steinbrueck-Ring geschickt, um Doktor Gaul zu holen. Dann war jemand auf die Idee gekommen, den Bürgermeister zu informieren. Aber zu Hause in der St.-Silverius-Straße hatte seine Frau Sieglinde nur den Kopf geschüttelt. Ihr Mann sei wie jeden Tag in den Schrebergarten gegangen.

Die kleine Gruppe lief zügig an den Gartenparzellen vorbei. Sogar Sieglinde hatte sich ihnen angeschlossen, obwohl die Hitze ihr sichtlich zu schaffen machte. Die Qualle lag in ihrem Liegestuhl und erhob sich, als die Leute Massings Grundstück betraten.

»De Alfred is grad e Nickerche mache«, informierte der Dicke ungefragt, aber niemand beachtete ihn. Sieglinde trat an die Laube, rüttelte an der Klinke und klopfte an die Tür.

»Alfred! Alfred, mach auf, es ist etwas passiert!«

Keine Antwort. Ein kräftiger Mann trat nach oben und hämmerte an das Holz.

»Alfred!«, brüllte er, »Mach uff, mer brauche dich jetzt!«

Noch immer keine Antwort. Sieglinde fummelte schließlich so lange an einem der gekippten Fenster, bis sie den Vorhang erwischte und ihn mit einem Ruck zur Seite ziehen konnte.

Ein kleiner Laut des Entsetzens kam aus ihrer Kehle.

Die Hütte war leer.

Wie Blätter, die vom Wind zusammengetrieben wurden, sammelten sich die Schrebergärtner um die Parzelle der Massings. Maja hörte Stimmen und Kommentare hin- und herfliegen. Neinnein, der Bürgermeister war ins Häuschen gegangen wie immer, und dann wurde er nicht mehr gesehen. Jaja, man war sich sicher, dass man ihn nicht verpasst habe beim Herausgehen. Dochdoch, er hatte in den letzten Wochen, ach was, Monaten in schöner Regelmäßigkeit ein paar Stunden in der Hütte verbracht, die Tür geschlossen, die Vorhänge zu. Genau wie jetzt.

Sieglinde stand inmitten der Menge wie eine Angeklagte und wusste nicht, was sie auf all die Halbfragen und Mutmaßungen antworten sollte. Als Maja genauer hinschaute, stellte sie fest, dass einige der Umstehenden fast *zu* überrascht aussahen – ganz so, als spielten sie ein wenig Theater für Sieglinde. Bevor sie weiter darüber nachdenken konnte, ging ein Raunen durch die Menge. Eine Gestalt erschien am Waldrand und kam mit windmühlenartig wedelnden Armen angelaufen.

Alfred Massing, der Bürgermeister.

Als er ankam, schnaufte er wie eine Dampflokomotive, sein Freizeithemd war klatschnass. Der Walrossbart zitterte.

»Was … ist … los?«, keuchte er im Rhythmus der Atmung und schaute seine Frau an.

»Ei, Alfred, wo bist du denn gewesen? Alle haben gesagt, du wärst im Häuschen, aber da warst du gar nicht.«

Massing machte eine wegwerfende Handbewegung.

»Alles Quatsch, alles.« Langsam kam er wieder zu Atem. »Hinter der Laube bin ich gewesen, da hat irgendetwas den Zaun kaputtgemacht, eine Wildsau oder was. Und die ganz Bagaasch hier hat mich einfach nicht gesehen.«

Er warf einen grimmigen Blick in die Runde. Die Umstehenden wichen seinen Augen aus, als hätten sie vor irgendetwas Angst. Seine Selbstsicherheit bröckelte.

»Was ist denn überhaupt los? Was macht ihr alle hier?«

Von den Umstehenden traute sich keiner, dem Bürgermeister ins Gesicht zu sehen. Die Stille wurde von scharrenden Reifen unterbrochen. Zwei Jungen stiegen mit wichtigen Gesichtern von ihren Rädern, einer trat vor und sagte in einem einzigen Atemzug sein Sprüchlein auf:

»Herr Bürgermeister Massing, wir … also, wir sollen Ihnen vom Herrn Wammel ausrichten, dass der Doktor Gaul nicht da ist und sein Auto auch nicht, und die Praxis ist zu, und die Nachbarin hat gesagt, dass er gestern schon ganz früh weggefahren ist und seitdem auch nicht wiedergekommen ist.«

Massing schaute von den Jungen zu den Umstehenden.

»Ja und? Was … was interessiert mich das?«

Maja ergriff das Wort und erkannte ihre Stimme kaum wieder.

»Herr Massing, im Bruch ist ein Toter gefunden worden. Wern Ossfahl. Ermordet.«

Die rot-weißen Absperrbänder der Polizei hingen schlaff herunter, ganz so, als hätten sie ihre Spannkraft der Mittagshitze geopfert. Sie grenzten den Bereich um die Waldhütte großräumig ab, vier Polizeiautos, ein Krankenwagen und der silberne Bus der Spurensicherung standen auf den Waldwegen verteilt. Die Dorfbewohner hatten sich hinter der Absperrung versammelt, machten lange Hälse und versuchten, Einzelheiten der Polizeiarbeit im »Teifen Bruch« mitzubekommen.

Zwei Personen kamen aus dem Wald, ein Mann und eine Frau. Sie hoben das Absperrband und traten hinaus, wobei sich alle Blicke auf sie hefteten. Der Mann war nicht sehr groß, aber breit gebaut und mit mächtigen Oberarmen ausgestattet. Sein kahler Kopf bildete einen Kontrast zu den wuchernden Augenbrauen, die ihn finster und ein wenig verrucht aussehen ließen.

Die Frau überragte ihn um mehr als Haupteshöhe. Sie war massig, aus ihren Zügen sprach schlechte Laune. Beide trugen gedeckte Zivilkleidung, die Frau hatte als einziges farbenfrohes Attribut einen knallgrünen Pashminaschal umgeworfen.

Die Umstehenden schauten automatisch auf den Mann. Doch die Frau war es, die nach vorne trat und in die Runde blickte. Offensichtlich hatte sie das Sagen. Ihre Stimme klang kratzig und dunkel, sie hätte tatsächlich eher zu dem Mann mit der Glatze gepasst.

»Ist eine Frau Rossi hier, Maja Rossi?«

Getuschel erhob sich. Die neue Postfrau! Was wollte die Polizei denn von der neuen Postfrau?

Maja war ebenso erstaunt wie die Umstehenden. Es war ihr mehr als unangenehm, dass sich plötzlich alle Augen auf sie richteten. Sie schluckte und machte einige zögerliche Schritte. Nun hatte sie Gelegenheit, die Frau näher in Augenschein zu nehmen.

Diese erreichte bestimmt 1,85 Meter, eine Größe, die Majas Kopf in den Nacken zwang. Ihre Figur war in jeder Beziehung ausladend, breite Hüften, stämmige Beine, der Hals dick, der Busen wogte. Die Gesichtszüge schienen der Schwerkraft zu folgen und abwärts zu streben: hängende Mundwinkel, hängende Lider, hängende Kinn- und Wangenpartie. Dazu kamen eine strenge Brille und ein wirrer angegrauter Pagenschnitt, der bereits vor Wochen aus seiner Form herausgewachsen war. Diese Physiognomie ließ sie misslaunig und steinalt erscheinen, obwohl Maja vermutete, dass sie gerade einmal um die 50 sein mochte.

Maja wurde von einem Blick empfangen, bei dem sie sich am liebsten sofort umgedreht hätte. Die Frau schaute sie an, als wäre sie ein lästiges Insekt.

»Sie sind Frau Rossi? Ich bin Kriminalhauptkommissarin

Jesper, Cosima Jesper, Tag. Das ist mein Kollege Kommissar Christoph Peters.«

Maja nickte und versuchte ein kleines Lächeln. Die Kommissarin verschliff die Worte ein wenig, sie klang nach Westerwald, nach Hachenburg vielleicht oder Altenkirchen. Dazu passte das raue Timbre, das maskulin und nach Zigaretten klang. Maja fragte sich einen Augenblick, ob die Frau vielleicht ein umoperierter Mann war, doch die gesamte füllige Weiblichkeit passte nicht zu dieser Vorstellung. Außerdem war sie von der Situation und den schlimmen Geschehnissen viel zu eingeschüchtert, um sich darüber nähere Gedanken zu machen.

Die Kommissarin bemerkte ihre Unsicherheit und rang sich ein Lächeln ab. Das wiederum fiel bemerkenswert aus: Die Oberlippe sank in der Mitte ein Stück tiefer, während sich die Mundwinkel hoben. Dadurch waren nur rechts und links Zähne zu sehen, was der Kommissarin das irritierende Aussehen eines vampirischen Vollweibs gab. Nun konnte sich Maja erst recht nicht konzentrieren.

Jesper schüttelte ihr eine Viertelsekunde die Hand.

»Sie haben heute Vormittag den Notruf informiert über diese, hm, Hetzjagd auf Herrn Ossfahl?« Die Frage klang eher wie eine Feststellung.

Maja nickte ein zweites Mal stumm. Das Gefühl machte sich in ihr breit, dass die Kommissarin sie nicht mochte, und sie fragte sich, ob sie etwas falsch gemacht hatte. Ihre Unsicherheit wuchs. Dominante Leute mit ruppigem Auftreten jagten sie ins Bockshorn, sie kam sich in solchen Augenblicken klein und dumm vor. Hoffentlich musste sie nur ihre Personalien angeben und konnte danach wieder aus dem Rampenlicht heraustreten! Die Blicke der Gertelsheimer brannten in ihrem Nacken wie Feuer. Doch Jesper machte eine brüske Handbewegung zum abgesperrten Bereich.

»Kommen Sie bitte mal mit, ich hätte da ein paar Fragen an Sie.«

Unter den Augen der Dorfbewohner schlüpfte Maja durch das Absperrband. Das Zischeln der Dörfler begleitete sie auf ihrem Weg ins Unterholz.

Die Häuser in der Backesgasse lagen still in der Mittagshitze, die Dachbalken knackten in der Sonnenglut. Die Luft stand, nichts war zu hören. Selbst die allgegenwärtigen Spatzen, deren Tschilpen normalerweise von früh bis spät durch die Gasse hallte, waren nirgendwo zu sehen. Es war, als habe ein tückisches Virus alles Leben ausgelöscht.

Das Hoftor am Haus Nummer 3 öffnete sich, Tom Hagen trat auf die Straße und schaute sich um. Sein Gesicht sah angespannt aus, seine Zähne mahlten. Langsam ging er zu Majas Haus hinüber, warf einen Blick in den Garten und trat an die Tür heran. Einen Augenblick lang zögerte er, als wolle er eine unliebsame Entscheidung nochmals überdenken. Doch schließlich klopfte er an die Tür.

»Frau Rossi?«, rief er halblaut. »Frau Rossi, sind Sie da?«

Nach einer Weile klopfte er lauter und rief nochmals. Als keine Antwort kam, zündete er sich umständlich eine Zigarette an, dann ging er die Backesgasse hinunter bis zur Tränkgasse. Dort schaute er sich erneut um, bevor er sich nach rechts in Richtung Dorfplatz wandte.

»Okay, das war alles?«

Maja nickte. Sie hatte der Kommissarin berichtet, was sich in den letzten Tagen in Gertelsheim zugetragen hatte: die kleineren und größeren Streitereien zwischen den Leuten, der nächtliche Anschlag auf das Auto des Doktors, die Verunstaltung der Mühlenmauer, die Eskalation während des Dorffestes, die Giftzettel in den Briefkästen und schließlich der Aufmarsch des Pöbels. Ihr Anruf bei der Polizei, Jörg Wammels schlimmer Fund, das seltsame Verhalten des Bürgermeisters und die Abwesenheit von Doktor Gaul. Jesper verzog während der ganzen Zeit keine Miene, ihr Kollege Peters schrieb alles akkurat auf einem Block mit. Sie standen ein Stück weit hinter dem Absperrband im Unterholz, sodass sie vor den Blicken der Dörfler geschützt waren. Tiefer im Wald sah Maja Männer in Uniformen und in weißen Overalls.

»Sie haben das alles beobachtet, weil Sie als Briefträgerin viel herumkommen im Ort.« Schon wieder waren Jespers Worte eher eine Feststellung als eine Frage, deshalb nickte Maja nur.

Die misslaunigen Züge der Kommissarin verzogen sich zu ihrem Vampirlächeln.

»Schön, dann können Sie uns ja im Lauf der Ermittlungen sicherlich einige Hintergrundinformationen …«

Sie stoppte, als Maja abwinkte.

»Leider erst seit 14 Tagen. Neubürgerin, sozusagen.«

»Oh.« Jesper war enttäuscht, versuchte, es sich aber nicht anmerken zu lassen. Diese menschliche Regung nahm der Kommissarin auf irgendeine Weise das Unnahbare. Maja merkte, dass das, was sie anfänglich für Antipathie gehalten hatte, wohl tatsächlich Cosima Jespers spröde Art war. Sie fasste sich ein Herz und wies mit dem Kopf in den Wald.

»Und was ist hier jetzt passiert?«

Die große Frau sah sie an, als überlege sie, wie weit sie ihr trauen konnte.

»Wern Ossfahl ist mit einem stumpfen Gegenstand erschlagen worden, so viel wissen wir, und mehr kann ich im Augenblick noch nicht sagen.«

Der Westerwälder Singsang vermochte den Inhalt der Worte nicht abzumildern, sondern gab ihnen eher noch einen drastischen Anstrich. Nach einer Pause verabschiedete sie sich von Maja und begleitete sie zurück zum Absperrband.

»Eine letzte Frage hätte ich da noch.«

Maja fühlte sich unwillkürlich an Columbo erinnert, der auch immer noch »eine letzte Frage« hatte. Jesper deutete vage zur Waldhütte.

»Es sieht so aus, als wäre dort bei dem Unterstand der erste Angriff erfolgt. Das Opfer hat sich dann aber nochmals aufgerichtet und ist in den Wald hinein gehumpelt, offensichtlich schon schwer verletzt.«

Maja schaute in Richtung des Leichenfundes. Sie verstand, was die Kommissarin stutzig werden ließ.

»Sie fragen sich, warum jemand, der angegriffen wird und Todesangst hat, in den Wald hinein läuft, anstatt auf dem Waldweg zu bleiben. Denn auf dem Weg sind doch die Chancen viel größer, jemanden zu treffen, einen Spaziergänger, irgendjemanden, der ihm helfen könnte.«

Jesper nickte langsam.

»Und? Eine Idee?«

Maja überlegte. Hatte sich Wern im Waldgelände bessere Fluchtchancen ausgerechnet? Unwahrscheinlich, wenn er ohnehin schon verletzt war. Sie zuckte mit den Achseln. »Nö. Kann ich nicht nachvollziehen.«

Jesper bedankte sich bei ihr, hatte zum Abschluss aber

noch zwei Polizeiklassiker auf Lager. Zum einen bat sie in schönstem Beamtendeutsch darum, sich bis auf Weiteres zur Verfügung zu halten. Zum anderen gab sie Maja ihre Visitenkarte mit der Aufforderung, sich zu melden, wenn ihr noch etwas einfallen würde.

Zwei Stunden später hatte sich die Menge der Neugierigen vom Bruch in die Ortsmitte verlagert. Keiner wollte alleine unterwegs sein, denn den Leuten war klar: Irgendwo lief ein Mörder frei herum. Stimmen erfüllten den Dorfplatz. Im Zentrum der Gerüchteküche stand Frau Elweritsch, die wie eine dicke Sonne die wissbegierigen Dörfler in ihrer Umlaufbahn hielt. Und wie immer wusste die Wirtin bestens Bescheid: Die Polizei hätte geraten, den Wald zu meiden und heute Nacht alle Türen und Fenster verschlossen zu halten. Den Bürgermeister Massing hätten sie gleich mitgenommen nach seinem Auftritt im Schrebergarten, so was kenne man ja aus dem Fernsehen, so ohne Alibi und nach dem Streit mit Ossfahl auf dem Dorffest. Der Doktor würde gesucht, seine Praxis sei heute den ganzen Tag geschlossen gewesen, sein Handy aus, er wäre mit einem Leihwagen unterwegs, das Kennzeichen habe man an die Polizeidienststellen im ganzen Landkreis herausgegeben. Und die Postfrau hätte ein langes Gespräch mit der Kommissarin gehabt, na ja, da sei eh etwas am Laufen gewesen zwischen ihr und dem Ossfahl, das habe man ja auf dem Dorffest deutlich sehen können.

Die Gespräche erstarben, als Maja auf dem Rückweg zur Villa Wammel am Dorfplatz vorbeilief. Nachdem sie um die

Ecke in die Backesgasse verschwunden war, flammte das Gekeife wieder auf, lauter und hämischer als vorher.

Maja knallte die Haustür der Villa Wammel zu, schloss ab und drehte eine Inspektionsrunde durch das Haus. Erst als sie sicher war, alleine zu sein, ließ sie sich auf einen Küchenstuhl fallen.

Es dauerte keine zehn Sekunden, bis die schlimmen Erlebnisse des Tages voll durchschlugen und sie anfing zu weinen. Das letzte Mal hatte sie sich so betäubt gefühlt am 11. September 2001, als die Flugzeuge ins World Trade Center krachten und das Fernsehen immer und immer wieder die zusammenstürzenden Türme zeigte. Damals hatte sie Mühe gehabt, das alles überhaupt als Realität anzusehen. Zu kapieren, dass die Bilder Wirklichkeit waren und keine Hollywood-Produktion.

Aber heute war es schlimmer. Denn heute lag kein Ozean zwischen ihr und dem Ort des Geschehens. Der Tod hatte zum Greifen nah zugeschlagen, kaum ein Kilometer Luftlinie lagen zwischen ihrem Häuschen und dem Platz, an dem ein Mensch zu Tode geprügelt worden war. Krampfhaftes Schluchzen schüttelte Maja, als sie an Wern dachte, an sein Lächeln, seine fantasievollen Arbeiten, seine warme Umarmung. Tatsächlich war er das Beste gewesen, das Gertelsheim zu bieten gehabt hatte.

Mit einem Mal fühlte Maja sich mutterseelenallein. Spontan entschied sie sich, bei Jule anzurufen. Jule kannte den Ort und seine Bewohner, und sie hatte bestimmt ein offenes Ohr für all die schrecklichen Geschichten.

Nach langem Freizeichen klang endlich eine Männerstimme durch den Hörer. Maja kannte sie, es war Benno, Jules Lebensgefährte.

»Benno Trautwein, hallo?«

»Ja hallo, Benno, Maja hier, aus Gertelsheim. Du, ich wollte mal mit der Jule …«

Völlig unmotiviert erklang Gelächter am anderen Ende der Leitung.

»Hey«, kam nun Jules Stimme durch das Telefon, »lieber Anrufer, du bist leider nur auf den AB reingefallen. Die Jule und der Benno sind auf und davon an die Ostsee, um noch mal ein bisschen Erholung zu tanken, bevor der neue Erdenbürger ankommt.« Jetzt wieder Benno: »Hinterlasst uns doch einfach eine Nachricht, darüber freuen wir uns nach unserer Rückkehr.« Beide im Chor: »Tschü-hüüüss!«

Es folgte der altbekannte Piep, worauf Maja die Verbindung unterbrach. Sie schaute ernüchtert auf den Hörer in ihrer Hand, als könne er ihr weiterhelfen. Aber mehr Chancen gab es nicht, denn Jule war eine der wenigen in Majas Bekanntenkreis, die sich dem Handyboom verweigerte und partout nicht immer und überall erreichbar sein wollte. An Jules Eltern konnte sie sich auch nicht wenden, die kannte sie gar nicht und wusste nur aus den Erzählungen ihrer Freundin, dass Herr und Frau Schwamb vor einigen Jahren ihr Gertelsheimer Haus verkauft hatten und in eine ebenerdige Wohnung irgendwo in Rheinhessen gezogen waren.

Maja legte ihren Kopf in die Hände. Ihre Stirn war glühend heiß, während sie innerlich fröstelte. Das Bedürfnis war überwältigend, mit jemandem zu reden, irgendwo hinzufahren und sich auszuheulen. Raus hier, nur raus aus Gertelsheim! Doch sie musste sich eingestehen, dass es niemanden gab zum Reden. Die allermeisten gemeinsamen Freunde waren nach der Trennung von Nick dann doch heimlich, still und leise auf seine Seite gewandert und nicht auf ihre. Die wenigen Bekanntschaften aus der Fotografenszene hatte sie absichtlich schleifen lassen, um nicht mit ihrem Scheitern hausieren gehen zu müssen. Einzig Jule war stets ein Fels in der Brandung gewesen, immer da, immer ruhig, immer eine Lösung parat.

Mit nass geheultem Gesicht krabbelte Maja auf ihren Lieblingssessel, packte ein Kissen auf den Schoß und zog die Beine an. Zusammengekauert wie ein Baby konzentrierte sie sich auf die Wände, die sie umgaben. Die Wände und die bunten Schnappschüsse des Lebens, die daran hingen.

Für Maja waren die Wände das Wichtigste in einem Zimmer. Dort fanden ihre Fotos Platz, Augenblicke, die den Alltag festhielten und einfroren. Schon von Anbeginn ihrer Fotoleidenschaft hatte Maja alle verfügbaren Flächen mit ihren Bildern gepflastert, hatte mit simplen Stecknadeln ihre Fotoabzüge kreuz und quer aufgehängt. Nicht nur besonders gelungene Fotos, nein, nahezu alle Bilder, die sie schoss, wanderten in ihre ganz private Kunterbuntausstellung.

Damals hatte Maja angefangen, auf Schulpartys und Baggerseefeten mit der Kamera in der Hand abseits zu stehen und die Bilder zu sammeln, die sich ihr boten. Die anderen missverstanden das oft, sie meinten, Maja wäre hochnäsig oder gelangweilt. Doch das stimmte nicht. Sie fand es spannend, die Szenen in sich aufzusaugen – der Klassenclown, der vergaß, dass lustig und lächerlich nicht dasselbe waren, der umschwärmte Sportler, der so sehr auf sein Äußeres fixiert war, dass sein Inneres leer blieb, die Mädchenriege, die vordergründig Freundschaft heuchelte und hinterrücks ihr Gift verspritzte.

Mehr als einmal kam es vor, dass Mitschüler oder sogar Lehrer auf sie zukamen und sich beschwerten, dass das in der Schülerzeitung abgedruckte Bild gar keine Ähnlichkeit mit ihnen hatte. Doch Maja wusste es besser: Ihre Bilder waren Augenblicksbeobachtung, die das Innere der Menschen schonungslos festhielten und öffentlich machten, und diese eingefrorenen Wimpernschläge fanden nach und nach ihren Platz an Wänden, Türen und Fensterrahmen.

Mit dieser Angewohnheit hatte sie später Nick zur Verzweiflung getrieben. Den kleinen Raum, den sie in der gemeinsamen Wohnung als Arbeitszimmer nutzte, hatte sie bald schon mit Fotos zugepflastert. Beim Wohnzimmer legte er ein Veto ein, also bestückte Maja den Flur, das Bad, zwei Wände der Küche und sogar die Abstellkammer. Auch in der Villa Wammel war das Wohnzimmer inzwischen ihr privater Ausstellungsraum geworden. Mit schöner Regelmäßigkeit verwandelte sie die Speicherkarte der Nikon mithilfe ihres Fotodruckers in Papier und pinnte diese Impressionen an die krummen Mauern.

Nun ließ sie sich von den Bildern, die sie umgaben, wegtragen. Wie von selbst ging sie auf Reisen, erlebte die Augenblicke nochmals, in denen sie die Fotos geschossen hatte, hörte das Rauschen der Bäume, das Tuckern eines Traktors, das Maunzen einer Katze, die Stimmen der Menschen. Der Lärm und die Musik des Dorffestes wogten um sie herum, als sie Werns Foto sah, das sie dort von ihm gemacht hatte. Das Bild verschwamm vor ihren Augen, die Tränen ließen Werns Gesicht weich werden, die Falten verschwanden, das Eckige wurde rund, das Kantige glatt. In dem formlosen Gesichtsklecks wohnte die gemeinsame Zukunft, die sie sich in einer geheimen Ecke ihres Gehirns ausgemalt hatte. Doch genauso schnell, wie ein Blinzeln die merkwürdige Transformation des Fotos verschwinden ließ, verschwand die schöne Zukunft.

Sie spürte, dass die Entspannung nicht kommen wollte, die eine solche Bilderreise ihr normalerweise vermittelte. Das Erinnerungsgefühl wurde von Angst überschattet. Zu viel Gertelsheim umgab sie, jedes einzelne Bild war eine Scherbe, ein zersplittertes Stück des Dorfes, das hier an ihrer Wand zu unheilvollem neuem Leben erwachte. Aus 1000 Augen starrte der Ort auf sie herab und schaute in die tiefsten Winkel ihrer Seele.

Schließlich saß Maja einfach da und sah zu, wie die Helligkeit erst zur Dämmerung und dann zur Dunkelheit wurde. Kein Laut war zu hören, sie stellte sich vor, wie die Menschen genau wie sie zu Hause hockten und sich nicht vor die Tür trauten. Ein Mörder ging um.

Ein Klopfen an der Haustür platzte mitten hinein in ihre Grübeleien. Mit einem Mal waren Majas Sinne hellwach. In der Küche griff sie nach einem Brotmesser und schlich den Flur entlang. Es klopfte wieder.

»Wer da?« Sie bemühte sich um eine feste Stimme.

»Tom Hagen von nebenan«, klang es dumpf durch das Holz. Erleichtert schloss Maja die Tür auf. Ihr Nachbar stand davor, wie üblich in Shorts und T-Shirt. Er hielt eine halb aufgerauchte Zigarette zwischen den Fingern und sah nicht sehr glücklich aus.

»Hallo, Herr Hagen. Na, was haben Sie zu diesem Wahnsinnstag zu sagen?«

Sein Blick streifte das Messer in Majas Hand, ein verlorenes Lächeln huschte über sein Gesicht. Aber sofort wurde er wieder ernst.

»Hi, Frau Rossi, ich war mittags schon mal kurz hier. Sagen Sie, haben Sie heute meinen Opa gesehen?«

Mit dieser Frage hatte sie nun wirklich nicht gerechnet. Schnell überlegte sie. Vor Werns Haus? Nein. Ebenso wenig im Schrebergarten, in der Menge vor der Absperrung oder auf dem Dorfplatz.

»Nö, wieso? Ist er nicht drüben?«

Ihr Gegenüber schüttelte angespannt den Kopf.

»Nein. Er ist heute Morgen rausmarschiert, ohne was zu sagen. Und er geht nie weg, ohne zumindest Bescheid zu geben. Und erst recht nicht so lange.«

Maja starrte ihn an, als sei er ein Geist.

»Sie meinen, Ihr Opa ist verschwunden?«

Tom Hagen versuchte ein schiefes Grinsen.

»Sieht so aus. Sie waren gerade meine letzte Hoffnung. Ich geh jetzt rüber, ruf die Polizei an und melde ihn als vermisst.«

Als ihr Nachbar gegangen war, stand Maja noch lange im Flur und lehnte ihr heiße Stirn gegen das Holz der Haustür. Sie hatte das Gefühl, hilflos in einem Schreckenskabinett gefangen zu sein.

Ein rotes Licht füllte den Verschlag. Es war ein Glimmen, das an schummrige Restaurantbeleuchtungen erinnerte. Und es machte warm. Dem Mann im Verschlag gefiel die Wärme, sie machte die Situation erträglicher.

Vor drei Tagen, soweit er die Abfolge von Tag und Nacht überhaupt noch nachvollziehen konnte, war der Kerkermeister mit einem technischen Gerät in der Hand heruntergekommen. Ohne ein Wort hatte er das Gerät im vorderen, für den Gefangenen unerreichbaren Raumteil aufgestellt, an eine alte Wandsteckdose angeschlossen und in Betrieb gesetzt. Eine rote Lampe mit Metallchassis, von einem Gitter geschützt. Licht. Wärme.

Am Anfang war das Sehen für den Mann eine völlig neue Erfahrung gewesen. Plötzlich konnten seine Augen das Essen wahrnehmen, nicht nur die Lippen.

Es war besser geworden, das Essen, reichhaltiger. Jetzt gab es sogar Salate, warme Gerichte, Früchte. Zwar ekelte sich der Mann jedes Mal, die Speisen anzurühren, denn der Makel der Gefangenschaft haftete daran, der Zwang des Eingesperrtseins. Aber letztendlich war sein Hunger größer als sein Gewissenskonflikt, er leerte die Pappteller bis zum letzten Krümel.

Die beiden Neuerungen, das Licht und das bessere Essen, erfüllten den Mann mit einer bösen Vorahnung. Er spürte, dass die Veränderungen eine Wende zum Schlimmeren einläuteten.

DIENSTAG, 14. JULI 2015

DER ROTE HAHN KOMMT IN FÜNF TAGEN.

Maja durchlebte eine entsetzliche Nacht. In üblen Träumen erschien ihr ein blutüberströmter Wern Ossfahl, der wie ein Zombie durchs Unterholz stiefelte. Ihm folgten die Dorfbewohner, die Mordinstrumente schwangen und aus deren Mäulern spitze Zähne ragten, als wären sie Vampire. Über alldem stand eine kalte schwarze Sonne, die das Licht schluckte, statt welches zu geben. Maja selbst stand inmitten des Geschehens und konnte sich auf albtraumtypische Art nicht vom Fleck rühren, während sie verzweifelt Brief um Brief aus ihrem Postwagen auf die Vampirfratzen warf. Der blutende Wern richtete seine Augen auf sie und hob bittend die Hände, doch sie konnte sich keinen Schritt auf ihn zu bewegen. Die schwarze Sonne kam näher und näher, die drückende Hitze im oberen Stockwerk der Villa Wammel trug ein Übriges dazu bei, dass sie sich umherwälzte, ohne wirkliche Ruhe zu finden.

Morgens um fünf fuhr sie schweißüberströmt aus ihrem Albtraum hoch und wusste plötzlich, was sie zu tun hatte. Die flehenden Augen von Wern ließen sie nicht los – sie würde in Erfahrung bringen, wer für den Tod des Künstlers verantwortlich war! Es zog ihr das Herz zusammen, als sie daran dachte, wie Wern schluchzend vom Dorffest wegging und das bösartige Gezischel in den Reihen der Gertelsheimer anschwoll. Wieder spürte sie seine warme Umarmung und hörte seine Stimme. Es war einfach nicht fair! Auf eine merkwürdige Weise fühlte sie sich dafür verantwortlich, dass der Mord an Wern Ossfahl in Gertelsheim nicht mit einem Schulterzucken abgetan wurde.

Maja wischte sich die Tränen aus dem Gesicht und setzte ihre Brille auf. Sie dachte nach. Immerhin hatte die Kommissarin ihr gestern eine unterstützende Rolle bei den Ermittlungen zugetraut, und sie war nur deshalb ausgebremst worden, weil sie erst seit kurzer Zeit im Dorf wohnte. Na und? Als Postfrau kam sie mit vielen Leuten in Kontakt, sie konnte überall anklopfen, hier und da einen Schwatz halten, unauffällige Fragen stellen und all das tun, was der Polizei auf offiziellem Wege nie und nimmer gelingen würde. Sie spürte, wie sich ihr Entschluss festigte. Von Tatendrang berauscht eilte sie ins Bad.

Auf dem Weg nach Oppenheim zum Verteilerstützpunkt überlegte sie, wo sie mit ihrer Fragerunde anfangen sollte. Der Zufall gab ihr beim Sortieren der heutigen Post ein Paket in die Hand, adressiert an »Katharina Uelverkamp, Sonnenhofstraße 1, 55281 Gertelsheim«. Ihr fiel die Szene ein, die sie bei ihrer allerersten Posttour beobachtet hatte: Wern Ossfahl auf der Terrasse des Pförtnerhäuschens, lachend und schwatzend mit Kathy und der kleinen Jasmin. Perfekt!

Elke Krott, die Zugehfrau, fürchtete sich wie jedes Mal, wenn sie die Pforte zum Sonnenhof aufschloss. Das riesige Gehöft kam ihr vor wie eine Monstrosität, die jede Fröhlichkeit schluckte, verdaute und als gallige Feindseligkeit wieder hervorwürgte. Sie hatte Angst vor Magnus Falkenreck, der ihr mit jedem Wort zu verstehen gab, was er von ihr hielt:

Abschaum aus dem Dorf. Eine der zahlreichen Gertelsheimer Frauen, die nie aus dem Ort herausgekommen waren.

Das stimmte, und es stimmte auch wieder nicht. Sicher, Elke Krott hatte Gertelsheim niemals verlassen. Sie war hier geboren, hier aufgewachsen, hatte einen strammen Gertelsheimer Winzer geheiratet, den Hof in der Enggasse in Ordnung gehalten, die Kinder gehütet und während all der Jahre nie nach dem wieso und warum gefragt.

Aber sie hatte Freude am Leben. Inzwischen gab es sieben Enkelkinder, die ihr das Herz wärmten, sie hatte Freundinnen im Landfrauenverein, mit denen sie Ausflüge machte und Basare abhielt. Menschen, denen sie etwas bedeutete, sie als Person, nicht ihr Besitz, ihr Geld oder ihre Macht. Und das alles war mehr, viel mehr, als Magnus Falkenreck je gehabt hatte.

Trotzdem fürchtete sie sich vor seiner schwarzen Gestalt, vor dem Quietschen des Rollstuhls, vor seiner Stimme und den abfälligen Bemerkungen. Gerade jetzt, wo im Dorf ein Mord passiert war, lagen Elkes Nerven blank. Wenigstens verstand sie sich mit der Pflegekraft von Herrn Falkenreck gut. Kathy Uelverkamp war nett und behandelte sie nicht von oben herab, und ihre kleine Tochter Jasmin war ein wahrer Sonnenschein.

Elke drückte die schwere Pforte auf und trat in den Flur. Wie immer hatte sie das Gefühl, in eine andere Epoche zu reisen, in eine Zeit, in der die Männer Fräcke trugen und Stehkrägen, die Frauen hochgeschlossene Kleider und kleine Sonnenschirme und vor der Tür eine mehrspännige Kutsche auf die Herrschaften wartete. Doch diese elegante Zeit war hier drinnen wie von einem Zerrspiegel zu einer grotesken Farce verbogen worden, es waren nur noch Schatten übrig, eine tote Erinnerung an das, was der Sonnenhof einst gewesen war.

Durch den halbdunklen Eingangsbereich tappte sie in Richtung Küche. Da zischte sie eine Stimme an:

»Na, Frau Krott, ist das für Sie pünktlich? Ist es das?«

Erschrocken fuhr sie herum. Aus einem dunklen Winkel rollte wie in einer Geisterbahn der Rollstuhl mit Magnus Falkenreck hervor. Der Herr des Sonnenhofes war wie immer mit einem schwarzen Anzug bekleidet, sein gestärktes weißes Hemd ließ die unnatürliche Blässe des Gesichtes übermäßig hervortreten. Seine Klauenfinger waren um die Reifen des Rollstuhls geklammert und erinnerten an die Hände einer Mumie.

Elke suchte nach einer Antwort. Sie wusste, dass sie zu spät war, zwar nur fünf Minuten, weil einer ihrer Söhne lange mit ihr telefoniert hatte, aber das war Magnus Falkenreck egal. Für ihn war alles, was gegen seine Anweisungen ging, ein persönlicher Affront.

»Ich … ich hab' … bloß …«, begann sie lahm. Ihre Stimme klang dünn und verlor sich im Raum.

»Ich, ich, ich«, äffte Falkenreck sie nach. »Vielleicht sollten Sie weniger an sich denken, Frau Krott, sondern eher an die Arbeit, die Sie hier zu verrichten haben. Ansonsten«, er beugte sich im Rollstuhl vor, »sind sie nämlich die längste Zeit hier Zugehfrau gewesen, ist das klar?«

»Ent… Entschuldigung, Herr Falkenreck, aber ich …«

»Sie sind ja immer noch nicht an der Arbeit! Soll ich Sie dranprügeln?«, fuhr er dazwischen und rollte auf sie zu. Der Fußschemel des Rollstuhls knallte an ihren Knöchel, sie verlor fast das Gleichgewicht. Mit einem Mal fühlte sie sich so gedemütigt, dass ihr heiße Tränen ins Gesicht schossen. Schluchzend rannte sie zur Küche und knallte die Tür hinter sich zu.

Magnus Falkenreck lehnte sich zufrieden zurück. Er wusste noch immer, wie man mit dem Gesinde umsprang, daran hatten weder die Jahre noch sein schwacher Körper etwas ändern können.

Schritte ertönten auf der Treppe. Angelockt von den Stimmen erschien Kathy Uelverkamp auf dem Absatz zum oberen Stockwerk.

»Herr Falkenreck, was ist los? Mit wem haben Sie gesprochen?«

Als Falkenreck schweigend den Rollstuhl in Richtung des Wohnzimmers bewegte, stieß sie entnervt die Luft aus und beantwortete ihre Frage selbst.

»Sie haben wieder Streit mit Frau Krott angefangen, stimmt's?«

Ein Niesen lenkte ihre Aufmerksamkeit auf das offene Eingangsportal. Dort stand die Postfrau mit einem Paket in der Hand und einem Taschentuch vor der Nase.

Maja war direkt nach der ältlichen Zugehfrau angekommen und hatte gezwungenermaßen den Streit mit angehört. Zuerst wollte sie sich zurückziehen und ein paar Minuten warten, doch verriet ein nicht zu unterdrückendes Niesen ihre Anwesenheit. Eilig putzte sie die Nase und lächelte unsicher.

»Hallo, Kathy. Hm, störe ich vielleicht?«

Die blonde Frau schüttelte den Kopf.

»Nein, nein, alles in Ordnung. Ich … tja, ich weiß deinen Namen leider nicht mehr, sorry.«

»Maja. Ganz einfach zu merken – wie die Biene.«

Kathy wollte etwas entgegnen, als eine barsche Stimme durch die Eingangshalle klang.

»Erzählen Sie Ihre Namensgeschichten gefälligst anderswo.«

Maja schaute den Greis im Rollstuhl erschrocken an. Lediglich sein helles Gesicht, seine Klauenhände und sein weißes Hemd waren im Halbdunkel zu erkennen. Kathy nahm ihren Arm.

»Komm«, sagte sie leise und zog Maja durch das Portal nach draußen. »Mit Herrn Falkenreck ist heute nicht gut Kirschen essen.«

Maja war froh, den bedrückenden Eingangsbereich zu verlassen. Im Sonnenlicht sah sie Kathy zum ersten Mal aus der Nähe und musste neidlos anerkennen, dass sie eine gut aussehende Frau war. Um die 30, schlank, blonde glatte Haare. Das Gesicht besaß zwar nicht das Ebenmaß einer Titelblattschönheit, wirkte aber gerade dadurch interessant. Absoluter Blickfang waren aber ihre strahlend grünen Augen. So stellte sich Maja die Augen vom »Mondenkind« in Michael Endes *Unendlicher Geschichte* vor. Eine Sekunde lang fragte sie sich, ob zwischen Wern und Kathy etwas gelaufen war. Und was hatte es mit den Gehässigkeiten der Elwetritsch auf sich, ihre anzügliche Bemerkung über »das blonde Ding«?

Während sie das Paket vor ihren Codescanner hielt, warf sie einen scheuen Blick auf das Gehöft.

»Ist er immer so … so anstrengend?«

Kathy kritzelte ihre Unterschrift auf den Scanner und zuckte die Achseln.

»Na ja, manchmal hat er gute und weniger gute Tage. Er ist halt ein schwieriger alter Mann. Und gerade die arme Frau Krott hat er fürchterlich gefressen. Irgendwann geht er ihr noch an die Gurgel.«

Oder sie ihm, dachte Maja und erinnerte sich an das verzweifelte Schluchzen der alten Frau. Kathy öffnete derweilen neugierig das Paket.

»Hey super, das ist die Türdrückergarnitur aus Gusseisen und Keramik. Hab ich für ganz kleines Geld bei eBay ersteigert, normalerweise kosten die Dinger ein Vermögen.«

Maja deutete mit dem Kopf auf das Pförtnerhaus, das sich neben dem Sonnenhof wie eine Spielzeughütte ausnahm.

»Sicher fürs Haus, oder? Dafür scheinst du ja ein tolles Händchen zu haben.« Sie machte eine Kunstpause und schlug absichtlich einen schwärmerischen Ton an. »Es muss echt schön sein, auf so einer tollen Terrasse zu sitzen und die Seele baumeln zu lassen.«

Kathy machte prompt eine einladende Geste. »Wie sieht's aus: Lust auf einen Terrassenkaffee?«

Innerlich jubelte Maja, doch nach außen blieb sie locker. »Och ja, warum nicht?«

Die beiden Frauen nahmen auf der Terrasse Platz, Kathy zauberte Milchkaffee und Kekse herbei. Auf der Suche nach einem Gesprächsanfang plauderte Maja über ihre Erlebnisse als Postfrau-Novizin und ihren bisherigen Werdegang. Sie musste feststellen, dass Kathy in ihrem Geburtsort Celle einen ähnlich krummen Lebensweg hinter sich gebracht hatte wie sie selbst: erst eine Ausbildung zur Krankenschwester, dann ein erfolgloser Anlauf als Boutiquebesitzerin, schließlich Ehefrau und Mutter inklusive hässlicher Scheidung und dem daraus resultierenden Bedürfnis nach Ortswechsel. Eine Freundin aus Mainz hatte ihr schließlich den Pflegerinnenjob auf dem Sonnenhof vermittelt. Kathy ließ kein gutes Haar an ihrem Exmann Helmut, einem schwerreichen Industriellen, der sie mit zahlreichen Affären hintergangen und dabei stets seine Unschuld und seinen Willen zur Besserung beteuert hatte.

»Ich hätte ihn umbringen können!«, schloss sie mit Vehemenz in der Stimme und reagierte sich am Schaum des Milchkaffees ab.

Maja entschied sich gegen jeden guten Geschmack, diese Steilvorlage zu nutzen.

»Das hat ja nun jemand mit Wern Ossfahl gemacht«, murmelte sie wie zu sich selbst.

Kathy nickte.

»Ja, schlimm, ganz schlimm. Ich … ich verstehe nicht, wie jemand dem Wern so etwas antun kann. Erst diese bösartigen Zettel und dann … dann …«

Ihre Stimme stockte, fassungslos schüttelte sie den Kopf.

Maja wartete einen Augenblick, dann fragte sie behutsam: »Kanntest du ihn denn näher?«

»Wir haben uns gut verstanden, er ist schließlich genauso ein Zugezogener wie ich. Kam gerade ein Jahr vor mir hier in den Ort, 2006, und ihm ging's genauso wie mir. Wir gehören einfach nicht dazu.«

Sie machte eine Pause, dann fuhr sie nachdenklich fort.

»Weißt du, Maja, man muss, glaube ich, hier geboren sein, um wirklich akzeptiert zu werden. Der Wern und seine Kunst – das passt einfach nicht hierher. Oder mein Garten. Blumen, Ziergras, Wilder Wein. Das kann man nicht ernten, kochen, einmachen oder auf dem Markt verkaufen, also wofür soll's dann gut sein?« Sie seufzte. »Vielleicht hatten wir deshalb einen so guten Draht zueinander. Wir gegen den Rest.«

Maja nickte langsam. Von denselben Erfahrungen hatte Wern ihr am Abend in seiner Wohnung erzählt, und sie selbst spürte es immer deutlicher: Es gab hier in Gertelsheim nicht nur die sichtbaren Mauern aus Sandstein und Ziegeln. Nein, da waren auch unsichtbare Mauern aus Vorurteilen, Gleichgültigkeit und Ignoranz, die das Dorf und seine innere Struktur gegen alles Neue abschotteten. So, wie wir's immer schon gemacht haben, so machen wir's auch weiter.

»Und das war ja längst noch nicht alles, was bei dem armen Wern schiefgelaufen ist«, fuhr Kathy fort. »In der Grundschule, da … na ja, da hat er auch so seine Schwierigkeiten gehabt.«

Maja runzelte die Stirn. Bei ihrem Besuch in der Schule,

als Ossfahl mit den Kindern die Inszenierung im Schulhof gemacht hatte, war ihr sein Unterricht eigentlich recht gelungen vorgekommen.

»Wieso? Er hatte doch eine ganz pfiffige Art, und bei den Kindern ist er auch gut angekommen, oder?«

Kathy machte eine hilflose Geste.

»Ja schon, aber nicht bei den Kollegen. Er war halt Quereinsteiger, hatte den Lehrerjob hier 2006 quasi ohne Vorlauf bekommen, und so was ist den Kollegen natürlich gar nicht recht. Kein Lehramtsstudium, kein Referendariat, keine Stundenentwürfe, weißt du? Kann ja nichts taugen in deren Augen.«

Sie zögerte.

»Und dann ist da noch so eine Daueraushilfe an der Schule, eigentlich eine fertig studierte Lehrerin aus Mommenheim, die Astrid. Sie macht viele AGs und Hausaufgabenbetreuung und so, aber sie will unbedingt einen festen Job. Den gab's aber die ganze Zeit nicht, die Schule war mit acht festen Leuten komplett besetzt. Obwohl im Kollegium alle mehr oder weniger der Meinung waren, dass Wern gehen sollte, damit die Astrid reinkommt.« Kathy lachte bitter. »Vielleicht haben wir da ja schon ein Motiv. Mord wegen Grundschullehrer-Jobneid.«

Ihr Tonfall ließ erkennen, dass dieses Thema für sie erledigt war. Eine Weile hingen die beiden Frauen ihren Gedanken nach. Schließlich hob Kathy ihre Tasse.

»Hey, jetzt wollen wir uns aber nicht den gemütlichen Vormittag verderben lassen.« Sie deutete auf das Gebäudeensemble des Sonnenhofes, das sich hinter dem Pförtnerhäuschen erhob. »Schließlich haben wir das Privileg, unseren Kaffee auf dem größten und schönsten Gehöft des gesamten Dorfes zu schlürfen! Prost!«

Maja trank und ließ dabei ihren Blick über den Sonnenhof schweifen. Schließlich fasste sie sich ein Herz und rückte mit der Frage heraus, die ihr schon die ganze Zeit auf der Zunge brannte.

»Was passiert eigentlich mit dem Hof und dem ganzen Besitz, wenn Magnus Falkenreck mal stirbt? Er hat doch keine Kinder, soviel ich weiß, oder?«

Sie hoffte, mit ihrer Frage nicht zu persönlich geworden zu sein. Aber Kathy lachte nur, ihre grünen Augen blitzten.

»Oh, da gibt es die wildesten Gerüchte im Dorf. Die Leute schwören Stein und Bein, dass ich in Wirklichkeit eine Erbschleicherin bin. Ich pflege den alten Mann nur, damit er mich als Erbin einsetzt, und dann werde ich ihn heimtückisch meucheln!«

Mit übertriebenem Gesicht tat sie, als würde sie die Serviette würgen.

»Einige wollen sogar wissen, dass Jasmin gar nicht meine Tochter ist, sondern dass ich sie geraubt und hierher gebracht habe, damit das süße Kind das steinerne Herz des Magnus Falkenreck erweicht und mir den Weg ins Testament ebnet.«

Sie legte die Hände zusammen und blickte anmutig in den Himmel.

»Und die ganz Schlauen sind sich sicher, dass wir heimlich, still und leise schon vor Jahren geheiratet haben, jede Nacht gemeinsam verbringen und unsere Ehe nur aus Angst vor Neidern geheim halten.«

Sie steckte sich einen imaginären Ring an den Finger.

»So, jetzt kannst du dir eine der vielen Wahrheiten aussuchen.«

Maja kannte die Gerüchteküche in Gertelsheim bereits aus eigener Erfahrung und wusste, dass solche Geschichten im Ort gerne erzählt und noch lieber geglaubt wurden. Oh ja, das waren Gerüchte, die stets ein offenes Ohr fanden.

»Die Wirklichkeit ist allerdings weitaus weniger spannend. Die Verwandtschaftslinie von Magnus' verstorbener Frau setzt sich in Bayern fort, der nächste Verwandte ist ein … ich glaube, ein Großneffe oder so etwas, ein Graf irgendwo bei Schweinfurt, und da wird letztendlich alles hingehen.«

Maja nickte unmerklich. Die Geschichte deckte sich mit den Andeutungen, die sie im Ulmenhof gehört hatte. »Vom Geld sieht die nichts, das geht alles nach Bayern«, so oder ähnlich hatte die Elwetritsch getönt.

Kathy zuckte die Achseln.

»Pech für Gertelsheim, dann ist der Geldhahn vom Sonnenhof zugedreht. Vielleicht aber auch Pech für uns, für Jasmin und mich. Magnus hat zwar eine Verfügung im Testament, dass wir auch nach seinem Tod weiterhin Wohnrecht im Pförtnerhaus haben, aber wer weiß, was es da für juristische Winkelzüge gibt. Ich glaube, wenn der neue Besitzer uns raushaben will, dann wird er das auch irgendwie durchsetzen.«

Eine Glocke bimmelte. Der helle Klang kam aus dem Haupthaus, er verstummte nach ein paar Sekunden und fing danach ungeduldig von Neuem an. Kathy stand auf.

»Sorry, Maja, das ist Magnus, er will etwas oder braucht mich. Ich muss rüber.«

Maja passte die Glocke nicht wirklich in den Plan. Denn gerade hatte sie Kathy nach den seltsamen Vorfällen auf dem Dorffest fragen wollen, nach den Anschuldigungen, die Angelika Nestor dem alten Falkenreck und dem Doktor an den Kopf geworfen hatte. Na gut, dann eben ein andermal. Sie verabschiedete sich und rollte den Postwagen zurück in die Sonnenhofstraße.

Kathy lief zum großen Haus hinüber und beobachtete Maja aus den Augenwinkeln. Ein zufriedenes Lächeln huschte über ihr Gesicht, während sie an ihren Haaren nestelte und durch das Eingangstor trat.

Maja war stolz auf ihre ersten Ergebnisse. Sie hatte zwar gewusst, dass Wern im Dorf nicht sehr beliebt war, aber seine Schwierigkeiten in der Schule waren ihr neu. Aus ermittlungstaktischen Gründen entschloss sie sich deshalb, ihre Postrunde heute zu ändern und die Briefe der Grundschule bevorzugt zu behandeln.

In der Dorfgrabenstraße kamen ihr einige Kinder entgegen gerannt und schlenkerten ihre Taschen. Nanu, war es nicht noch viel zu früh für Schulschluss? Weiter hinten hüpfte eine einsame Gestalt, einen Fuß auf der Straße, den anderen auf dem Bürgersteig. Maja schaute genauer hin. Es war Jasmin, die Tochter von Kathy.

»Hallo, Jasmin, was machst du denn hier? Was ist mit der Schule?«

Die Kleine balancierte auf dem Rinnstein.

»Hallo, Frau Rossi, Schule ist aus. Die Frau Gennes-Schultz hat uns heute alle nur in den Musiksaal gesetzt und hat mit uns geredet über den Herrn Ossfahl und so. Und dann hat sie gesagt, dass für heute Schule aus ist und wir auch keine Hausaufgaben haben.«

»Soso. Bist du denn traurig, dass der Herr Ossfahl jetzt nicht mehr in die Schule kommt?«

Jasmin nickte.

»Ja, das ist total schade. Jetzt machen wir bestimmt keine so lustigen Sachen mehr, mit Verkleiden, und keine Tiere mehr gucken am Computer und keine Musikstücke mit selbst gebauten Trommeln und so. Das hat immer nur der Herr Ossfahl gemacht. Voll schade.«

Die Kleine hüpfte weiter, Maja schaute ihr nach. Das klang haargenau nach der Art von Unterricht, die sie von Wern erwartet hätte. Und was sollte daran nun falsch oder schlecht sein? Ihr Schulbesuch versprach, interessant zu werden.

»Und hier ist seine Wohnung.«

Tom Hagen führte zwei Polizisten in das obere Stockwerk. Hier dominierte eindeutig der Geschmack der 1970er-Jahre: eine grüne Polstergarnitur, ein Resopal Nierentisch, dunkle Schränke und Sideboards an den Wänden, in der Ecke eine Küchenzeile mit Kühlschrank, Herdplatten und Toaster. Das einzige Zugeständnis an die Neuzeit war ein großer Fernsehapparat, der seltsam unpassend wirkte inmitten der altbackenen Einrichtung. Die Luft roch nach ungelüfteten Kleidern, die Räume waren aufgeladen vor gestauter Hitze. Die Fensterläden, die das Sonnenlicht in Streifen schnitten, trugen auch nicht gerade zu einer einladenden Atmosphäre bei.

»Gestern Morgen, sagten Sie, hat Ihr Großvater das Haus verlassen? Hat er denn etwas mitgenommen? Eine Tasche oder so?« Einer der Polizisten schob einige Illustrierte zur Seite, um zu sehen, ob etwas darunter lag.

»Nö. Ich war im Gartenschuppen am Basteln und habe nur das Tor gehört, und als ich mich umgedreht habe, da ist er gerade rausgegangen. Ohne Tasche, einfach so. Ich hab mich noch gewundert, weil er nicht Bescheid gesagt hat.«

»Papiere, Ausweis, Führerschein, Reisepass? Hat er da was mitgenommen?«

Hagen öffnete eine Schublade und hob einige Dokumente hoch.

»Alles da.« Er schüttelte fassungslos den Kopf. »Auch sein Portemonnaie liegt hier. Er ist einfach so rausspaziert.«

Die beiden Polizisten schauten sich an.

»Also, Herr Hagen, wir nehmen jetzt mal die Vermisstenanzeige auf. Normalerweise machen wir das noch nicht am ersten oder zweiten Tag, weil jeder mündige Erwachsene ein Eigenbestimmungsrecht hat und tun kann, was er will. Und Sie sagen ja, dass Ihr Großvater nicht dement ist oder auf Hilfe angewiesen oder so.«

Er schüttelte mit traurigem Lächeln den Kopf.

»Nein, ganz und gar nicht.«

»Aber die Tatsache, dass hier gestern ein Mordfall passiert ist, verändert die Sachlage natürlich. Da müssen wir leider von einem begründeten Verdacht auf ein Verbrechen ausgehen, also, hm …« Er stockte, als er Hagens entsetztes Gesicht sah.

»Das heißt natürlich nicht, dass wir tatsächlich von einer Straftat ausgehen«, beeilte er sich zu sagen. »Aber die Beschreibung geht schon mal an alle Dienststellen im Bezirk raus, und wenn Ihr Großvater bis morgen nicht wieder aufgetaucht ist, werden wir eine Suchaktion im Wald starten.«

Hagen wurde lauter.

»Wieso erst morgen? Da … da draußen rennt ein Killer herum, mein Opa ist weg, und Sie verschieben das auf morgen?«

Der Polizist hob beschwichtigend die Hände.

»Herr Hagen, bleiben Sie ruhig. Bei vermissten Personen klären sich 95 Prozent aller Fälle ganz harmlos auf.«

»Ach ja? Und wo soll mein Opa stecken, ohne Freunde und Verwandten, ohne Geld, ohne Auto, ohne alles? Na wo?«

Darauf wusste der Polizist auch keine Antwort.

Als Maja am Georg-Steinbrueck-Ring vorbeilief und weiter zur Schulstraße wollte, bog ein anthrazitfarbener Golf in die Auffahrt zur Arztpraxis ein. Sie erhaschte einen Blick auf das Gesicht des Fahrers – es war Doktor Gaul!

Maja war baff. Der Mann war seit gestern zur Fahndung ausgeschrieben, sein Leihwagen wurde überall gesucht, und hier kurvte er seelenruhig durchs Dorf!

In zwei, drei Sätzen war sie bei dem Auto, dessen Seitenscheibe herunterfuhr.

»Herr Doktor, wo sind Sie denn um alles in der Welt gewesen?«

Doktor Gaul sah nicht gut aus, unrasiert, übernächtigt, kleine Augen. Er versuchte zu lächeln.

»In der Pfalz, in Nothweiler, wandern. Ich musste hier einfach mal raus, wissen Sie. Warum, haben sich die Leute geärgert, dass die Praxis zu war?«

Er stutzte. An Majas Gesicht merkte er, dass etwas ganz und gar nicht in Ordnung war, und dass es nicht nur um eine geschlossene Praxis ging.

»Sie wissen es noch gar nicht, oder?«, fragte Maja leise.

Während sie redeten, gingen an einem Opel Kombi die Türen auf. Zwei Männer sprangen heraus und waren in Sekundenschnelle bei dem Golf. Einer drängte Maja zur Seite, der andere riss die Fahrertür auf, schnappte den überraschten Doktor und drehte ihn mit gespreizten Armen zum Auto hin. Er wurde abgetastet und bekam eine Kriminalmarke gezeigt, dann klickten Handschellen. Nach weniger als einer Minute war der Spuk vorbei. Die Beamten verschlossen den Golf, Doktor Gaul wurde auf den Rücksitz des Kombis verfrachtet, das Auto wendete und schoss davon.

Maja brauchte eine Sekunde, bis sie das Geschehene realisierte. Wow, das war mal ein effizienter Polizeieinsatz gewesen! Aus den Augenwinkeln sah sie, dass der eine oder andere Vorhang in der Straße in Bewegung geriet. Aha, *big brother is watching you.*

Sie schob den Postwagen weiter und dachte über den Doktor nach. Er hatte einen ahnungslosen Eindruck gemacht, aber das musste ja nichts heißen. In der Pfalz gewesen. Konnte stimmen oder nicht. Sie erinnerte sich daran, wie er grimmig am Steuer seines Wagens davongefahren war, als er Wern auf der Terrasse des Pförtnerhäuschens entdeckt hatte. Sein Auftritt beim Dorffest war schlimm gewesen. »Nimm deine verdammten Flossen weg, du scheiß Neubürger«, hatte er dem Künstler an den Kopf geworfen. Und wie waren die hämischen Worte der Elwetritsch gewesen? »Der Doktor Gaul, der sich selbst die allermeisten Rezepte ausstellt.« Klang in Majas Ohren nach Medikamentenmissbrauch. Eifersucht, geschürt durch die aggressive Stimmung im Dorf, hochgekocht in der Sommerhitze, zum Überlaufen gebracht durch ein paar Tabletten?

Ohne dass sie es wahrgenommen hatte, war Maja am Schulgebäude angekommen. Ungewohnte Stille empfing sie im Inneren. Normalerweise tobten hier die Kinder, wenn sie am Vormittag ihre Briefe abgab, aber heute waren die Flure ausgestorben.

Sie hatte sich eine Strategie zurechtgelegt, um die Direktorin in ein Gespräch zu verwickeln. Die dicke Sekretärin nahm ihr die Post ab.

»Ich müsste mal mit der Frau Gennes-Schultz sprechen, kurz.« Die Sekretärin machte eine Handbewegung und widmete sich ihren Schreibarbeiten. Maja ging zur Bürotür, klopfte an und trat ein.

Sie kannte Frau Gennes-Schultz von einem Schwätzchen zwischen Tür und Angel. Die Direktorin war eine strenge Frau um die 60, graues Haar, schmale Brille, fades Kostüm.

»Hallo, Frau Gennes-Schultz, haben Sie eine Sekunde für mich?«

Ein knappes Nicken war die Antwort, also trat Maja ein und legte mit ihrer vorbereiteten Geschichte los.

»Und zwar: Meine Nichte Corinna wohnt ein paar Orte weiter in Harxheim und kommt nächstes Jahr in die Schule. Meine Schwester würde sie gerne hierher schicken, und ich soll fragen, wie das geht mit der Anmeldung.«

Frau Gennes-Schultz schaute sie einen Augenblick regungslos an, Maja befürchtete schon, eine Einschulungsfrage sei ein schwerwiegender Fehler in diesen Räumen. Dann spitzte die Direktorin ihre Lippen.

»Das steht recht ausführlich auf unserer Homepage www.grundschule-gertelsheim.de, aber ich kann es Ihnen natürlich auch gerne sagen. Die Anmeldung findet an drei Tagen im Mai statt, da kommen die Eltern mit den Kindern hierher, und wir regeln alles.« Sie zögerte. »Eigentlich hätten diese Anmeldungstermine fürs kommende Jahr heute in der Lehrerkonferenz festgelegt werden sollen, aber die fällt aus. Im Moment geht bei uns alles ein bisschen drunter und drüber, wie Sie sich sicherlich vorstellen können.«

Eine bessere Brücke hätte die Direktorin gar nicht bauen können. Wie vorhin bei Kathy, packte Maja die Gelegenheit beim Schopf.

»Das muss furchtbar sein für Sie und die Kinder, die Sache mit Wern Ossfahl.«

Der Blick der Schulleiterin blieb auf Distanz.

»Ein feiner Mensch und ein guter Lehrer. Er hat viele innovative Ideen hier an die Schule gebracht und umgesetzt. Auf sein Betreiben hin haben wir sogar Zuschüsse vom Kultusministerium erhalten für einen Bastelraum und einen Computer mit Internetanschluss. Und das sind keine Selbstverständlichkeiten für eine dörfliche Grundschule.« Sie lächelte dünn.

Maja dachte an die Erzählungen von Kathy, die ganz anders geklungen hatten.

»Ich habe aber nicht nur gute Stimmen über seinen Unterrichtsstil gehört. Was ist da dran?«

Das Lächeln verschwand.

»Sicher konnte man über viele seiner Eigenheiten geteilter Meinung sein. Herr Ossfahl hat es oft nicht für nötig gehalten, sich mit dem Kollegium abzusprechen oder den Lehrplan abzuarbeiten. Stattdessen hat er viel Wert gelegt auf die ›freie Entfaltung‹ der Kinder, wie er es nannte.« Aus dem Mund der Direktorin klang der Begriff wie ein Schimpfwort. »Und da gab es eben immer wieder Druck vom Elternbeirat und vom Gemeinderat.« Sie machte eine Pause und fügte fast unhörbar dazu: »Und dann diese Geschichte mit Jörg vor ein paar Jahren.«

Maja spitzte die Ohren.

»Welche Geschichte?«

Die Direktorin winkte ab, als bedauere sie es, überhaupt etwas gesagt zu haben. Aber Maja blieb hartnäckig. Jörg?

Das Dorffest kam ihr in den Sinn, ihr Vermieter, der nach vorne torkelte und Wern mit einer zerbrochenen Flasche bedrohte. In selbstverständlichem Ton bluffte sie.

»Ich nehme an, Sie sprechen von der Geschichte mit Jörg Wammel?«

Frau Gennes-Schultz schaute sie überrascht an.

»Sie wissen davon?«

Maja jubelte innerlich über ihren Volltreffer. Äußerlich wiegte sie den Kopf und bluffte weiter. »Im Groben. Aber ich wüsste schon gerne mal alles.«

Die Direktorin schüttelte den Kopf.

»Ich bitte Sie. Wir sind hier doch nicht in der Schankwirtschaft von Frau Elweritsch!«

»Immerhin ist Herr Wammel mein Vermieter«, gab Maja zu bedenken und machte ein wichtiges Gesicht. Das Argument erschloss sich ihr zwar selbst nicht ganz, aber es schien Frau Gennes-Schultz auszureichen. Sie deutete Maja an, die Tür zum Sekretariat zuzumachen.

»Also, der Jörg und seine Frau haben sich scheiden lassen in dem Jahr, in dem Herr Ossfahl hier anfing. 2006 muss das gewesen sein. Das gemeinsame Kind, Klara, wurde dem Vater zugesprochen, weil die Mutter mal etwas mit Drogengeschäften zu tun hatte. Aber nach einer Weile kam Klara immer wieder verspätet in die Schule, hatte nichts zu essen dabei, war ungewaschen, in schmutzigen Kleidern und so. Herr Ossfahl hat das Jugendamt informiert, und es hat sich herausgestellt, dass der Jörg, na ja, also, dass er Alkoholiker ist.« Sie machte eine Pause. Maja sah Wammels blau geäderte Nase, seinen glasigen Blick auf dem Dorffest, seine fahrigen Bewegungen.

»Das Kind wurde ihm weggenommen und kam zur Mutter. Und schlimmer noch: Über den Gemeinderat ist die Sache bekannt geworden, dadurch hat er auch noch seinen Job bei einer Niersteiner Sanitärfirma verloren. Also hat er sich hier in Gertelsheim selbstständig gemacht mit einem kleinen Installateurbetrieb.« Sie zuckte die Schultern. »Das reicht aber kaum zum Überleben, können Sie sich vorstellen.« Zwei weitere Puzzleteile rutschten an ihren Platz: Die Frage, wie Jörg Wammel ein so aufwendiges Projekt wie die Renovierung des ehemaligen Stalls neben seinem eigentlichen Job erledigen konnte, und die spitze Bemerkung der Elwetritsch über die Mieteinnahmen, »das Geld kann er sehr gut brauchen, glauben Sie mir«.

»Ich nehme mal an, dass dieser, hm, Vorfall Wern Ossfahl im Dorf nicht gerade beliebt gemacht hat?«

Frau Gennes-Schultz hob erneut die Schultern.

»Im Ort ist man der Meinung, er hätte dem Jörg die Familie und die Existenz zerstört. Das bleibt hängen in den Köpfen, obwohl es inzwischen eine so alte Geschichte ist.«

Maja schwieg einen Augenblick, dann entschloss sie sich, ihr Ermittlungsglück auf die Spitze zu treiben.

»Frau Gennes-Schultz, was steckt hinter dieser Sache mit den Nestors und Magnus Falkenreck und Doktor Gaul? Was da auf dem Dorffest so hochkam?«

Der Blick von Frau Gennes-Schultz wurde eisig.

»Da weiß ich nichts drüber, gar nichts.« Sie stand auf. Maja merkte, dass sie einen Schritt zu weit gegangen war. Das Gespräch war vorüber, sie erhob sich ebenfalls.

»Ich gebe Ihnen dann Bescheid«, sagte Gennes-Schultz kurz angebunden. Maja schaute sie verständnislos an.

»Bitte?«

»Wegen Ihrer Nichte. Wie heißt sie noch mal?«

Verflixt. Der erfundene Name wollte ihr nicht mehr einfallen.

»Eh … Cornelia.«

»Cornelia.« Am Tonfall der Direktorin merkte sie, dass sie haarscharf danebenlag. Eilig verabschiedete sie sich und schob den Postwagen die Schulgasse entlang.

Ihre Gedanken rotierten. »Im Ort ist man der Meinung, er hätte dem Jörg die Familie und die Existenz zerstört« – Grund genug für einen Mord? Erneut sah sie Wammels hasserfülltes Gesicht auf dem Dorffest vor sich, gleichzeitig aber auch sein Entsetzen, als er aus dem Bruch gerannt kam. Entsetzen, weil er eine Leiche gefunden hatte – oder aus einem anderen Grund? Und was hatte er eigentlich im Wald zu suchen gehabt? Sie schätzte ihren Vermieter nicht gerade als passionierten Spaziergänger ein. Entschlossen gab sie dem Postwagen einen Stoß und lenkte ihn in die Mommenheimer Straße. Es war an der Zeit, Wammels Version der Geschichte zu hören!

Am Dorfplatz traute sie ihren Augen kaum. Ein Taxi stand am Rand des Platzes, und die Person, die gerade den Fahrer bezahlte, war niemand anders als Bürgermeister Alfred Massing. Also hatte Kommissarin Jesper ihn gehen lassen. Aber wieso?

Maja nahm einen beliebigen Brief aus dem Postwagen und winkte damit.

»Hey, Herr Massing, Moment noch!«

Massing blieb unwillig stehen.

»Sie sind ja wieder zurück«, eröffnete sie ganz und gar einfallslos das Gespräch. Massing murmelte etwas und griff nach dem Brief, der Maja in diesem Augenblick ungeschickterweise aus der Hand fiel und zu Boden flatterte. Umständlich bückte sie sich.

»War's denn so wie im Fernsehen bei der Polizei?«, improvisierte sie in der stillen Hoffnung, den Bürgermeister zum Reden zu bewegen. Dieser antwortet entnervt:

»Die haben halt einfach gemerkt, dass ich die Wahrheit gesagt habe, dass ich nämlich hinter der Laube war und den Zaun repariert hab. Und dann haben sie mich heimgehen lassen, und das war's. Punkt.« Er warf einen missbilligen Blick auf den Brief, den Maja ihm reichte. »Der ist ja gar nicht für mich.«

»Ups!« Maja schaute auf die Adresse. »Stimmt, sorry, den hatte ich falsch einsortiert.« Sie legte ein bezauberndes Lächeln auf. »Kommt manchmal vor.«

Der Bürgermeister brummte vor sich hin und stapfte zum Rathaus, Maja ging zurück zum Postwagen. Soso, Alfred, und das soll ich dir glauben? Vorher einen handfesten Streit mit dem Opfer haben, zur Mordzeit ohne Alibi im Wald herumstiefeln, und dann lässt dich die Polizei heimgehen, weil sie »einfach merkt«, dass du die Wahrheit sagst? Das kannst du deiner Großmutter erzählen.

Ihr Handy klingelte. Das tat es selten, nur wenige Leute hatten die Nummer. Neugierig schaute sie auf das Display – eine Mainzer Nummer, die sie nicht kannte.

»Frau Rossi, Kommissarin Jesper hier von der Kripo Mainz.«

Der Westerwälder Singsang klang durch das Telefon. Maja fragte sich, was die Kommissarin eigentlich in die Mainzer Gegend verschlagen hatte. Der Job? Oder vielleicht sogar die Liebe? Es war zugegebenermaßen schwer, sich das griesgrämige Gesicht mit verliebtem Augenaufschlag vorzustellen, aber möglich war alles.

»… zu erschweren.«

Sie hatte vor lauter Gedankenspielen nicht zugehört. »'tschuldigung, wie bitte?«

»Ich sagte: Es war nicht gerade klug von Ihnen, mit einem Tatverdächtigen ein Schwätzchen zu halten und damit unseren Zugriff zu gefährden.«

Maja bekam rote Ohren.

»Na ja, ich … ich konnte ja nicht ahnen, dass da ein Kommando vor seiner Tür lauert.«

Jesper schwieg ein paar Sekunden, nur ihr Schnaufen war zu hören.

»Was hat er Ihnen erzählt, Frau Rossi?«

»Nicht viel. Dass er ein bisschen Ruhe gebraucht hätte und in der Pfalz wandern war. In … weiß nicht, in Irgendwasweiler.«

»Nothweiler. An der französischen Grenze.«

Maja dachte nach.

»Das kann doch bestimmt jemand bestätigen, oder? Dann wäre er ja mehr oder weniger aus dem Schneider.«

Sie hörte das Ratschen eines Feuerzeugs und ein tiefes Atemgeräusch. Aha, damit beantwortete sich zumindest die Frage nach Jespers rauer Stimme. Die Kommissarin schwieg. Sie schien schon wieder zu überlegen, wie viel sie dieser neugierigen Briefträgerin verraten sollte.

»Seine Pensionswirtin hat bestätigt, dass er dort war, ja. Aber er war viel und lange wandern und hat das Auto öfter auf Waldparkplätzen abgestellt. Theoretisch hätte die Zeit gereicht, um unbemerkt nach Gertelsheim und wieder zurück zu fahren.«

Das Auto. Eine Idee fuhr Maja durch den Kopf.

»Der Golf ist ein Leihwagen, oder? Die Verleihfirma hat doch bestimmt den Kilometerstand beim Abholen notiert, das kann man ja rauskriegen. Und wenn Sie jetzt nach dem Kilometerstand gucken, könnten Sie sehen, ob die gefahrene Strecke überhaupt reicht für zweimal hin und her.«

In Jespers Antwort glaubt sie, einen Hauch von Hochachtung zu hören.

»Gut mitgedacht, Frau Rossi. Das haben wir überprüft, und tatsächlich reichen die gefahrenen Kilometer nicht. Aber wenn jemand einen Mord plant, würde er sicherlich nicht mit einem auf seinen Namen angemeldeten Leihwagen durch die Gegend fahren. Er könnte sich in der Pfalz für ein paar Euro unter der Hand ein anderes Auto geliehen haben, oder er ist mit Bus und Bahn zurück nach Mainz gekommen.«

Schade. Maja hatte ihre Theorie prima gefunden. Die Rückkehr des Bürgermeisters fiel ihr ein.

»Herr Massing ist ja wieder zurück, ich hab ihn gerade eben gesehen. Was ist los, hat seine Zaungeschichte Sie doch noch überzeugt?«

»Nein, nicht die Zaungeschichte. Aber Herr Massing konnte uns überraschenderweise ein hieb- und stichfestes Alibi liefern.«

Maja wartete erstaunt. Als nichts mehr kam, fragte sie neugierig nach.

»Und … welches Alibi, wenn ich fragen darf?«

»Dürfen Sie nicht, Frau Rossi. Und lassen Sie mich noch eins gesagt haben.« Die tiefe Stimme der Kommissarin sank um ein paar Nuancen. »Das ist ein Mordfall und kein Rheinhessen-Krimi. *Wir* ermitteln, nicht Sie. Halten Sie sich in Zukunft zurück und behindern Sie unsere Arbeit nicht, sonst geraten wir beide höllisch aneinander. Und das rate ich Ihnen nicht. Ist das angekommen?«

Maja druckste herum.

»Naja, ich muss schließlich meine Arbeit als Postfrau machen. Da komme ich nun mal im Dorf herum und höre alles Mögliche und kann ja nicht …«

»Sie wissen, was ich meine«, schnarrte Jesper dazwischen. »Halten Sie sich einfach raus.« Ohne ein weiteres Wort legt die Kommissarin auf. Maja streckte dem Telefon die Zunge heraus.

Jörg Wammel bewohnte ein schmales Haus in der Salzgasse, im Erdgeschoss war seine Firma untergebracht. Ausgebleichte Aufkleber auf den Fenstern nannten Heizungs- und Sanitärmarken, Viessmann war zu finden und der Vaillant-Hase, ein angelaufenes Messingschild versprach *Notdienst 24 Stunden / 7 Tage*.

Vor der Tür straffte Maja sich. Sie hatte auf dem Weg hierher überlegt, wie sie das Gespräch am besten auf ihr Thema bringen konnte. Bisher hatten harmlose Plaudereien und zufällige Überleitungen ihr in die Karten gespielt, doch nun war es an der Zeit, mit etwas mehr Nachdruck zu ermitteln. Ihr Entschluss stand fest: Sie würde Wammel direkt mit ihren Fragen konfrontieren und auf das Überraschungsmoment hoffen. Innerlich wappnete sie sich für das Gespräch, denn solch eine unverblümte, fast schon grobe Herangehensweise war normalerweise nicht ihre Art.

Nachdem sie zweimal geklingelt hatte, öffnete sich die Tür.

»Ach, guck emol, die Frau Rossi!« Ihr Vermieter trug den üblichen Blaumann, seine Augen suchten einen Brief oder ein Paket. »Na, was habbe Se dann Schönes für mich?«

Maja zog die Augenbrauen in die Höhe.

»Eine Frage habe ich für Sie. Herr Wammel, was haben Sie wirklich im Bruch gemacht, als Sie die Leiche von Wern Ossfahl gefunden haben?«

Innerhalb einer Sekunde wich die Farbe aus seinem Gesicht.

»Och, was … ich … äh, des, was ich auch der Polizei gesagt hab: Ich hab e bisje Koppweh gehabt und war einfach spazier'n, gell. Frische Luft und so …«

»Papperlapapp«, fuhr Maja dazwischen, nahm allen Mut zusammen und spießte den dicken Mann mit ihrem Zeigefinger auf. »Ich weiß Bescheid über die Vorgeschichte mit Klara und dem Rausschmiss aus der Firma. Und das alles, weil Ossfahl beim Jugendamt angerufen hat. Und dann wollen Sie mir ernsthaft weismachen, Sie waren eben nur mal so spazieren, als der Mann im Wald totgeschlagen worden ist?«

Wammel schaute sie an, ohne sich auch nur einen Millimeter zu rühren. Sein Atem entwich zischend, er sackte in sich zusammen wie ein angestochener Ballon.

»Ach Gott, Frau Rossi, ich fleh' Sie an, sage Se des nit weiter, sage Se des nit der Polizei. Die sperr'n mich weg für immer und ewig, die glaube mir des nie.«

»Was glauben die Ihnen nie?«

Wammel sah sich furchtsam um, als könnten ungebetene Zuhörer rechts und links an der Wand lauern.

»Ich … also gut, ich wollt dem Ossfahl es Maul polier'n. Wisse Se, da tut er so scheinheilig und zeigt mich an, weil daheim halt nit alles so glatt läuft, und dann, gell … dann erfährt mer, dass der en richtige Saukerl is. Einer, der die Finger nach dene Kinner ausstreckt! Da wollt ich ihm mal ordentlich uff die Fratz haue.« Seine Stimme wurde hoch und bekam einen weinerlichen Ton. »Aber auch nur des, ich schwör's, nur e paar aufs Maul, und selbst des hab ich ja dann nit gemacht. Ehrlich!«

Maja blieb cool, obwohl sie innerlich wie elektrisiert war.

»Was ist passiert?«

Wammel flüsterte schnell vor sich hin, sodass sie Mühe hatte, ihn zu verstehen.

»Ich … ich hab mich nit vor die Mühl' gestellt wie all die annern, sondern bin hinnerum an den Garten. Und da is er dann 'eraus gekomme, ganz eilig, is über die Böschung ab in de Bruch. Ich hinnerher. Aber dann hab ich ihn irgendwie verlor'n, er muss vom Weg abgebogen sein. Ich, ihn gesucht, unn auf einmal war Schreierei, Schläge unn so, gell, da bin ich schnell weiter, und wie ich an der Waldhütte angekomme bin, war da Geraschel unn Geschrei hinne im Wald. Da bin ich dann vorsichtig hin, unn als ich dann dort war, hat er da gelege. Voller Blut. Tot.« Er schluckte. »Unn dann bin ich hochgerannt unn hab Sie getroffe.« Wammel schaute Maja an, sie sah, dass Tränen in seinen Augen schwammen. »Des ... des müsse Sie mir glaube, Frau Rossi, des is die Wahrheit! Unn bitte, bitte sage Se der Polizei nix über die Anzeige vom Ossfahl, des sagt keiner im Dorf, die wisse all', wie des damals gelaufe is. Bitte, ich bin doch kein Mörder!«

Sie sah den zitternden Mann an und wusste nicht, ob sie ihm glauben sollte.

Gegen halb eins hatte Maja endlich die Briefrunde geschafft. Zu Hause machte sie sich eine Apfelsaftschorle und setzte sich an den Tisch, um ihre heutigen Ermittlungsergebnisse zusammenzufassen. Sie war stolz auf sich und hatte das Gefühl, zumindest ein klitzekleines bisschen in die Fußstapfen von Miss Marple getreten zu sein.

Zwei Apfelsaftschorlen und elf Taschentücher später quoll ihr Tisch über von beschriebenen Blättern, und noch immer war kein Ende in Sicht. Sehnsüchtig dachte sie an die großen Glaswände, die Ermittler in amerikanischen Krimiserien zur Verfügung hatten. Dort pflegten sie alle Informationen, Fotos und Hinweise aufzuschreiben und anzukleben, um irgendwann anhand dieser zahlreichen Details die Lösung des Falles zu finden. Da Maja aber aufgrund spießiger Mietrechtsklauseln nicht einfach die große Terrassentür bekritzeln konnte, blieben ihr nur A4-Blätter, Buntstifte und Klebeetiketten. Zum Glück besaß sie eine gut bestückte Bastelkiste, die neben Farben und Pinseln auch eine Basisausstattung an solchen Utensilien enthielt.

Während sie Namen und Jahreszahlen schrieb und ausstrich, kreisten ihre Gedanken um die Personen, die offenen Streit mit Wern Ossfahl gehabt hatten: der Bürgermeister, dem Wern mit irgendetwas »das Maul stopfen« wollte, der Doktor, der offensichtlich ein Auge auf Kathy geworfen hatte und den Künstler als Nebenbuhler ansah, Jörg Wammel, aus dessen Sicht Ossfahl der Urheber seines persönlichen und beruflichen Niedergangs war. Dazu der hässliche Graffitispruch an der Mühlenmauer. *HAU AB ARSCHLOCH! WIR WOLLEN DICH HIER NICHT HABEN!* Und natürlich die Giftzettel. *Lasst uns dafür sorgen, dass dieses Krebsgeschwür aus unserer Mitte herausgerissen wird!* Starker Tobak. Es fiel ihr schwer sich vorzustellen, dass an diesem Missbrauchsvorwurf etwas dran sein sollte – sie hatte Wern als offenen und freundlichen Menschen kennengelernt. Sie spürte Sehnsucht in sich, als sie an seine Umarmung dachte, an seine tastenden Hände auf ihrem Rücken und an seine strahlenden Augen, als er am Anfang des Dorffestes auf sie zugelaufen war. Andererseits hatte das nicht viel zu bedeuten, böse Menschen sahen leider nicht immer wie die Schurken im Kino aus. Sie musste sich eingestehen, dass sie tatsächlich nicht allzu viel über Wern wusste.

Das Internet konnte ihr vielleicht helfen, ein klareres Bild zu bekommen. Ein außergewöhnlicher Name wie Wern Ossfahl hinterließ sicherlich Spuren in der digitalen Welt.

Sie stöpselte ihr Notebook an, überblätterte einige gut gemeinte E-Mail-Angebote (Penisverlängerung, Viagra, unkomplizierter Doktortitel) und gab Werns Namen ein. Enttäuschenderweise lieferte Google nur eine Handvoll Treffer, ein paar Erwähnungen in Künstlerforen, einen uralten Artikel über eine Vernissage in Mainz, einen Link zum Fachbereich Kunstgeschichte, die Homepage der Grundschule Gertelsheim. Aber immerhin, Wern wurde auch im Wikipedia-Artikel des Dorfes genannt. Den hatte Maja zwar vor Wochen bereits überflogen, konnte sich aber nicht mehr an Details erinnern. Aha, da war die Erwähnung, bei *Persönlichkeiten*:

- Wern Ossfahl (* 1975 in Zürich, seit 2006 wohnhaft in Gertelsheim), zeitgenössischer Maler und Bildhauer, gestaltete 2007 den Dorfmittelpunkt von Gertelsheim mit der Brunnenskulptur »durchs Jahr« (→ Sehenswürdigkeiten)

Ach nee, das komische Viehtränkenmonstrum war von Wern gemacht? Maja scrollte weiter zu *Sehenswürdigkeiten*:

Ebenfalls am Dorfplatz befindet sich eine traditionelle Viehtränke, die der lokal ansässige Künstler Wern Ossfahl im Jahre 2007 mit Bronze-, Sandstein- und Stahlmaterialien zu einer imposanten Skulptur umgestaltet hat. Als Brunnenanlage symbolisiert das Ensemble die vier Jahreszeiten im Wingert, wobei das fließende Wasser je nach Jahreszeit einen anderen Verlauf bekommt und somit individuelle Akzente setzt. Die Skulptur trägt den Namen »Durchs Jahr«.

Soso. Dann war die komische Zickzacklinie, die sie am Fuß der Skulptur neben der Bronzeplakette entdeckt hatte, wohl so etwas wie Werns Signatur. Die Worte von Pfarrer Jungbluth kamen ihr in den Sinn, die Skulptur sei seit ihrer Installation ein Quell endloser Diskussionen im Dorf.

Eher zufällig scrollte sie weiter nach unten, ihre Augen blieben bei dem Wort *Webcam* hängen. Es ging um das Naturschutzgebiet:

Eine Webcam der Universität Mainz liefert seit Mai 2013 Bilder für biologische Untersuchungen aus dem Waldgebiet.

Eine Idee durchzuckte sie. Elektrisiert öffnete sie einen darunter stehenden Weblink zur »Mainzer Allgemeinen Zeitung« und überflog den Artikel mit wachsender Erregung.

… an einer versteckten Stelle im Wald ist auf sechs Meter Höhe eine Webcam installiert … das Verhalten der Tiere beobachten, ohne selbst zum Störfaktor zu werden …

Ihre Gedanken rasten. Erinnerungen kamen und nahmen ihre Plätze ein.

Die Stimme von Frau Gennes-Schultz:

»Auf sein Betreiben hin haben wir sogar Zuschüsse vom Kultusministerium erhalten … für einen Computer mit Internetanschluss.«

Die kleine Jasmin:

»Jetzt machen wir bestimmt keine so lustigen Sachen mehr … keine Tiere mehr gucken am Computer.«

Sie selbst zu Jesper:

»Sie fragen sich, warum jemand, der angegriffen wird

und Todesangst hat, in den Wald hineinläuft anstatt auf dem Waldweg zu bleiben.«

Nun wusste sie die Antwort auf diese Frage. Wern Ossfahl wollte der Welt seinen Mörder zeigen.

Das Postauto legte sich im Mommenheimer Kreisel in eine gewagte Kurve. Der Zeitungsartikel hatte Maja verraten, dass ein Gertelsheimer Biologe namens Jérôme Zöller der Initiator des Webcamprojekts war. Am Telefon erfuhr sie, dass sich Zöller im Moment an der Uni Mainz aufhielt, also lenkte sie den Vivaro mit deutlich überhöhtem Tempo über die Rheinhessenstraße, die A60 und die Koblenzer Straße zur Johannes-Gutenberg-Universität. Normalerweise genoss sie den Anblick der hügeligen Landschaft, der grünen Rebzeilen und des Himmels, der sich in blauer Unendlichkeit darüber spannte. Doch heute konnte es ihr nicht schnell genug gehen.

Der Pförtner am Haupteingang winkte sie gelangweilt durch, Maja raste an der Naturwissenschaftlichen Fakultät vorbei und parkte im Halteverbot vor dem u-förmigen Biologiebau. Atemlos fragte sie einige Studenten nach Jérôme Zöller und bekam den Weg zu einer schlichten Tür gewiesen.

Ein Mann Ende 20 öffnete und schaute verwundert auf die kleine Frau im blau-gelben Postoutfit, die weder einen Brief noch ein Paket in der Hand hielt. Seine drahtige Figur und der braun gebrannte Teint ließen ihn wie einen Surferboy aussehen.

»Herr Zöller, Sie leiten dieses Webcamprojekt im Gertelsheimer Wald, oder?«

»Eh, ja. Warum?«

Sie ignorierte seine Gegenfrage.

»Wer hat Zugang zu den Bildern, die die Kamera macht?«

»Also, die Szenen gehen alle hierher an die Uni auf den Großrechner vom Fachbereich Biologie. Und auf den hat erst mal die Arbeitsgruppe Zugriff. Dann mein Prof, Herr Bohrand. Ja und ich natürlich an meinem eigenen Computer bei mir zu Hause. Wieso?«

Enttäuschung machte sich in Maja breit.

»Sonst keiner?«

»Ach ja, noch die Grundschule in Gertelsheim. Der Lehrer, der da jetzt umgebracht worden ist, der hat das mal als Projekt für die Kinder angeleiert.«

Die nächste Frage stellte Maja sehr eindringlich.

»Herr Zöller, waren Sie mal mit dem Lehrer draußen bei der Webcam? Wusste er, wo sie platziert ist?«

»Also, nein, doch … ja, am Anfang hatte ich ihn mal mitgenommen, damit er das ganze System sieht und so. Er war da sehr interessiert.«

»Das System, wo steht es? Wo ist die Webcam angebracht?«

Er zögerte.

»Das darf ich nicht sagen. Der Platz soll geschützt bleiben.«

»Sie brauchen es gar nicht zu sagen, ich weiß es eh. Die Kamera ist ein Stück hinter der Waldhütte installiert, vielleicht 50 Meter weit entfernt.«

Sein Mund stand offen. »Woher wissen Sie das?«

Maja atmete tief durch. »Herr Zöller, darf ich reinkommen? Es ist sehr wichtig.«

Der beeindruckend große Flachbildschirm in Zöllers Büro zeigte einen Ausschnitt aus dem Gertelsheimer Naturschutzgebiet. Eine Lichtung, völlig menschenleer. Die einzigen Zeichen, dass auf dem Platz etwas geschehen war, waren die schlaff baumelnden Absperrbänder der Polizei.

Maja hatte dem Biologen ihre Theorie erklärt, er hatte daraufhin das Webcamprogramm aufgerufen und sich eingeloggt. Nun starrte er auf das Bild und die rot-weißen Bänder.

»Meine Fresse«, war alles, was ihm einfiel.

Maja schaute genau hin.

»Das ist jetzt live?«

Er nickte und zeigte auf einige Zahlen in der rechten Bildecke.

»Hier sind Datum und Zeit. Die werden mit aufgezeichnet, damit wir die Szenen immer zuordnen können.«

»Wie oft werden die Szenen angesehen oder kontrolliert?«

»Im Moment nicht sehr oft. Es sind Semesterferien, da passiert an der Uni nicht viel. Und ich selbst lerne gerade für mein Rigorosum, die Diss ist fertig, da brauche ich die Szenen eigentlich nicht mehr.«

»Können wir zurückspulen?«

Zöller drückte eine Taste, die Datums- und Zeitanzeige sprang, die Büsche und Bäume ruckten. Heller, dunkler, drei Rehe waren zu sehen, die im Zeitraffer rückwärts über die Lichtung liefen, gleich darauf ein Dachs, ebenfalls rückwärts.

»Wenn das alles über Jahre aufgezeichnet wird, müssen die Szenen ja irre viel Speicherplatz brauchen«, mutmaßte Maja. Ihre Augen klebten am Bildschirm.

»Nein, gar nicht. Wir haben einen speziellen Algorithmus im System, der alle unbewegten Bilder ignoriert. Es wird nur dann aufgezeichnet, wenn sich tatsächlich etwas bewegt auf der Lichtung.«

In diesem Augenblick erschienen Menschen im Bild, einige in Uniform, einige in Overalls. Wie Figuren in einem Stummfilm rannten sie beschleunigt hin und her, brachten rückwärtsgehend einen schwarzen Sack und legten ihn an einem Baum ab. Ossfahls Leichensack. Das Bündel ruckte von Szene zu Szene in leicht geänderten Positionen, die Menschen huschten ameisengleich umher. Zöller nahm den Finger von der Tastatur. Das eingefrorene Bild zeigte den leeren Sack, daneben lag eine menschliche Figur mit grotesk abgewinkeltem Kopf. Blutig. Wern Ossfahls Leiche.

Maja spürte, wie sich ihre Nackenhaare aufstellten.

»Weiter zurück, bitte«, flüsterte sie.

Nach und nach verschwanden der leere Leichensack, die Männer in weißen Overalls, die Polizisten und die Absperrbänder. Nur die Leiche blieb unverändert an ihrem Platz wie ein Fixstern. Schließlich war die Lichtung leer.

Da erschien eine zweite Gestalt im Bild, der tote Körper wurde herumgeschleift, erwachte auf gespenstische Art und Weise zum Leben, seine Glieder reckten sich, sein Leib rollte sich zusammen, tonlose Schreie kamen aus dem aufgerissenen Mund. Starr vor Entsetzten ließ Zöller seinen Finger auf der Taste. Die andere Gestalt schwang wieder und wieder einen Stock, drosch auf den Mann am Boden ein, ohne Hast, mit präzisen und gezielten Schlägen. Der Sterbende wurde von Bild zu Bild weniger hinfällig, die rückwärts laufenden Szenen ließen ihn gesunden, schon konnte er wieder kriechen, jetzt sogar humpeln, dann war die Lichtung wieder leer.

Zöller und Maja starrten sich an. Sie hatten gerade im Rückwärtszeitraffer einen Mord beobachtet.

»Ich glaub, ich muss kotzen«, murmelte der Biologe.

»Später. Erst noch mal richtig herum abspielen.«

Gehorsam drückte er eine andere Taste, der Totschlag lief nun in der richtigen Reihenfolge ohne Zeitraffer ab. Wern schleppte sich zwischen den Bäumen hervor, dann kam der Angreifer. Sein Gesicht war nicht zu erkennen, wohl aber seine Bewegungen: Er prügelte, einmal, zweimal, der Getroffene stürzte zu Boden. Der Künstler kroch ein paar Meter weiter und setzte sich halb auf. Seine Finger fuhren über den Waldboden, er legte sich mit bedächtiger Sorgfalt Blätter und kleine Äste auf die Schultern, als wolle er sich vor seinem Gegner verstecken oder sich unsichtbar machen. Der Angreifer sah ihm eine Weile zu, dann führte er plötzlich einen gewaltigen Schlag aus, der den Kopf seines Opfers nach hinten kippen ließ. Der andere hielt inne. Er kniete sich nieder und legte seine Hand an Ossfahls Hals, offensichtlich suchte er einen Pulsschlag. Schließlich zerrte er den Körper zu einem der Bäume, lehnte ihn in halb sitzender Haltung daran und stopfte etwas in Ossfahls Mund. Langsam nahm er den Stock vom Boden und schaute sich um, Maja ging nah an den Monitor heran, doch das Gesicht war noch immer vom Schattenspiel der Bäume verwischt. Dann fuhr er herum und starrte ein paar Sekunden lang ins Unterholz.

Eben hat er Jörg Wammel gehört, der bei der Waldhütte ins Unterholz stapft, dachte Maja. Der Angreifer hatte es mit einem Mal eilig, drehte sich um und schickte sich an, die Lichtung zu verlassen.

»Stopp!« Maja schaute starr auf das Standbild, als könne es verschwinden, wenn sie es aus den Augen ließe. Die eingefrorene Szene zeigte den Angreifer kurz vor dem Verlassen des Bildausschnittes. Er hatte das Gesicht halb zur Kamera gedreht. Ein heller Fleck inmitten dunkler Kleider und dunkler Blätter.

»Können Sie das vergrößern? Heranzoomen?«

Zöller nickte und fuhr mit der Maus über eine Werkzeugleiste. Mehrfach positionierte er neu, skalierte, passte Helligkeit und Kontrast an und hatte schließlich das Gesicht des Mörders freigestellt. Verschwommen und verpixelt zwar, aber eindeutig zu erkennen.

»Hallo, Frau Jesper, Maja Rossi hier, die Postfrau aus Gertelsheim. Sie haben zwar gesagt, ich solle mich aus der Sache raushalten. Aber vielleicht interessiert Sie doch, was ich hier gerade vor mir habe. Es ist ein Computerbildschirm, und darauf läuft ein Video, das den kompletten Mord zeigt. Wollen Sie auch mal gucken kommen?«

Blaulichter zuckten durch die Backesgasse, Uniformierte eilten umher, Funkgeräte krächzten, hier und da blitzte der Stahl von Waffen. Ein Sondereinsatzkommando mit schusssicheren Westen und Helmen machte sich bereit, das Haus mit der Nummer drei zu durchsuchen.

In sicherer Entfernung standen einige Dutzend Schaulustige neben Maja und ihrem Nachbarn Tom Hagen. Die fünfte Zigarette verglomm zwischen seinen Fingern, er schaute wie unter Schock auf das Treiben. Cosima Jesper hatte ihm vor einer Viertelstunde mitgeteilt, dass ein Video seinen vermissten Großvater zeigte, wie er im Wald den Künstler Wern Ossfahl zu Tode prügelte. Deshalb müsse nun das Haus durchsucht werden. Die Geschehnisse schienen Hagen aber noch nicht wirklich erreicht zu haben, er wirkte regelrecht paralysiert.

Nachdem Zöllers Bildschirm das Gesicht von Wolfram

Kurrweiler gezeigt hatte, war für Maja mit einem Mal alles klar gewesen. Sie hatte sich schlagartig an die schlimme Familiengeschichte des alten Mannes erinnert, die Jule erzählt hatte: die kleine Tochter, geschändet und umgebracht von seinem eigenen Bruder, ihrem Onkel. Dann seine aggressive Stimmung in den letzten Wochen, immer auf Konfrontation aus, aufbrausend und gewalttätig. Und schließlich die Giftzettel, die in jedem Briefkasten lagen. Anschuldigung, Kinderschänder, jahrzehntelang aufgestauter Hass, Kurzschluss. Maja hätte sich am liebsten geohrfeigt, dass sie diesen Zusammenhang nicht schon vorher durchschaut hatte.

Die Einsatzkräfte waren bereit und rückten durch das Tor in den Garten vor. Mehrere Minuten war nichts zu sehen und zu hören außer dem krächzenden Funkgerät und den halblauten Stimmen der Umstehenden. Dann erschien einer der Männer im Tor, wechselte einige Worte mit Jesper und gestikulierte. Die Kommissarin kam zu ihnen herüber, sie hielt, ebenso wie Tom Hagen, eine halb aufgerauchte Zigarette in der Hand.

»Herr Hagen, wir brauchen Sie einen Augenblick.« Die beiden gingen voran, Maja folgte unaufgefordert und hoffte, nicht weggeschickt zu werden. Vor dem Tor deutete der schwarz gekleidete Einsatzleiter nach hinten zum Haus hin.

»Herr Hagen, wir wollen nur sicherstellen, dass wir nichts übersehen haben. Welche Räume gibt es?« Er hatte eine überraschend helle Stimme, die nicht recht zu seinem martialischen Aussehen passen wollte. Hagen wischte sich fahrig über die Augen, bevor er antwortete.

»Also ganz oben ist der Speicher, den erreicht man über eine Dachbodenklappe im oberen Flur.« Der Mann nickte. »Dann das obere Stockwerk, das ist die Wohnung vom Opa. Das Treppenhaus, unten meine Wohnung, dann noch eine Abstellkammer im Flur links.« Wieder Nicken. »Unterm Haus ein kleiner Gewölbekeller mit Flaschen und Farben und so und dann halt noch der Gartenschuppen mit meinem Technikkram. Das war's.« Der Einsatzleiter nickte zum dritten Mal.

»Danke, das haben wir alles, dann sind wir durch. Keine Spur von Ihrem Großvater.«

Die Polizisten und die Sondertruppe packten geräuschvoll ihre Ausrüstung zusammen, mehrere Dienstfahrzeuge rangierten in der Backesgasse. Tom Hagen stand bewegungslos am Tor.

Maja trat einen Schritt auf ihn zu.

»Alles in Ordnung, Herr Hagen?« Im selben Moment kam sie sich idiotisch vor. Natürlich war nichts in Ordnung, was für eine dämliche Frage! Aber Hagen lächelte trotzdem dankbar.

»Na ja, geht so. Passiert schließlich nicht täglich, dass die Polizei dein Haus stürmt und dir erzählt, dein Opa, mit dem du schon dein Leben lang unter einem Dach lebst, hätte mit seinem Spazierstock einen Mann totgeschlagen.«

Maja wusste nun erst recht nicht, was sie sagen sollte. Die üblichen Plattitüden wie »Kopf hoch« kamen wohl nicht so gut.

Tom Hagen sah sie verzweifelt an.

»Und das Schlimme ist, ich hab keine Ahnung, wo er stecken könnte. Wissen Sie, Opa hat ja keine Freunde oder Kumpels, wo er anklopfen könnte. Seine Sachen liegen zu Hause, Bankkarte und Ausweis hat die Polizei gleich einkassiert. Er hat kein Auto, den Bus hat er auch nicht genommen, das haben die längst schon überprüft. Ich begreif das alles nicht! Ich … ich hab gedacht, ich kenne ihn. Herrgott, er ist mein Opa! Ich …« Er kämpfte mit den Tränen. »Er war einfach immer da, hat mich früher von der Schule abgeholt, und bei

Liebeskummer hab ich mich lieber beim Opa ausgeheult als bei den Eltern. Er ist einfach … einfach mein Opa!« Jetzt versagte seine Stimme endgültig. Er schüttelte fassungslos den Kopf, seine Augen glitzerten. Maja schwieg noch immer und suchte nach Worten. Auf eine absurde Weise fühlte sie sich schuldig, weil sie die Idee mit der Webcam gehabt hatte. Zum Glück trat Cosima Jesper heran und nahm Hagen zur Seite.

»Herr Hagen, ein Auto wird heute Nacht hier bleiben, die Kollegen lassen das Haus nicht aus den Augen.« Ihre raue Stimme klang wie eine traurige Bluessängerin und passte auf geradezu melodramatische Weise zur Atmosphäre. »Wenn Sie etwas sehen oder hören oder wenn er anruft oder so, geben Sie bitte sofort Bescheid.«

Hagen nickte stumm. Maja hätte sich am liebsten unsichtbar gemacht und ging die paar Schritte zu ihrer Haustür. Die entsetzlichen Bilder der Webcam waren ihr noch sehr präsent … die Schläge mit dem massiven Stock … Wern, wie er mit großer Sorgfalt Blätter und Äste auf seinen Schultern arrangiert.

Sie stutzte. Hatte ein Sterbender eigentlich nichts anderes im Kopf, als irgendwelches Blattwerk auf seinem Körper zu drapieren?

Zwei Stunden später saß Maja in ihrem Wohnzimmer, die aufgestaute Hitze war erdrückend, ihr Gesicht schimmerte feucht vor Tränen. Längst empfand sie Gertelsheim, das hübsche, malerische Gertelsheim, als eine Art Gefängnis, die schlimmen Erlebnisse der letzten Tage lasteten auf ihr wie ein Zentnergewicht und nahmen ihr die Luft zum

Atmen. Es kam ihr vor, als wären die Dorfbewohner blutsaugende Kreaturen, die sich an dem Leichenfund weideten und bösartige Gerüchte in die Welt setzten. Ihr Albtraum mit der schwarzen Sonne und den Vampiren kam ihr wieder in den Sinn und ließ groteske Gedanken wuchern … die Gertelsheimer waren in Wirklichkeit eine Horde Untoter, die sich vom Fleisch ihrer Neubürger ernährten! Jeder neu Hinzugezogene wurde über kurz oder lang ihr Opfer, durch diesen teuflischen Pakt überdauerten sie die Jahrhunderte, verdammt zu ewigem Leben, gierig nach Menschenfleisch …

In diesem Augenblick klopfte es. Maja erschrak zu Tode, wischte sich die Tränen aus dem Gesicht und griff wie am Abend vorher nach ihrem Küchenmesser. Während sie auf die Haustür zu trat, pochte das Blut in ihren Schläfen.

»Wer ist da?«, fragte sie mit bemüht fester Stimme.

»Alfred Massing hier.« Die Stimme des Bürgermeisters kam gedämpft zurück. Maja schluckte trocken und hatte das Bild vor Augen, wie Massing und die übrigen Gertelsheimer mit toten Augen und Speichelfäden am Mund vor ihrer Tür standen. Maja, bleib auf dem Teppich!, rief sie sich zur Ordnung und entriegelte das Schloss.

Massing sah nicht gut aus. Augenringe und Bartstoppeln zeichneten ein Bild der Erschöpfung in sein feistes Gesicht. Er trug dieselben Kleider wie am Vormittag und hielt eine abgenutzte Ledertasche in der Hand.

»Hallo, Frau Rossi.« Er wartete eine Sekunde, dann fragte er vorsichtig: »Darf ich reinkommen?«

Maja trat beschämt einen Schritt zur Seite. Im Bann ihrer Horrorfantasien hatte sie ihr Zuhause, ihre Höhle, gegen alles Fremde verteidigen wollen und war reglos in der Tür stehen geblieben. Verblüffend, wie ein einziges Ereignis den dünnen Firnis der sogenannten Zivilisation zerreißen konnte. Doch nun merkte sie zu ihrer eigenen Überraschung, dass die Anwesenheit des Bürgermeisters beruhigend war. Er verströmte eine gewisse Sicherheit, eine Stärke, die den Türrahmen ausfüllte.

»Eine furchtbare Sache, nicht? Da müssen Sie ja einen bösen Eindruck von unserem Dorf bekommen haben.« Massing trat in den Flur. Maja folgte ihm und musste sich auf die Zunge beißen, um nicht zu antworten, dass ihr das Dorf und seine Bewohner längst schon zuwider waren. Sie nickte unbestimmt.

»Mmh. Was kann ich denn für Sie tun, Herr Massing?«

»Also, ich erwarte ein dringendes Einschreiben vom Bebel Horst, vom Mommenheimer Bürgermeister, das hätte eigentlich schon am Freitag kommen sollen. Ich … tja, ich war ab und an nicht im Büro, und vielleicht haben Sie's ja versucht, und da wollte ich …«

Maja nickte und stoppte den Redeschwall des Bürgermeisters.

»Jaja, Ihr Einschreiben hab ich hier, kein Problem.«

Der Bürgermeister lugte neugierig um die Ecke.

»Na, das haben Sie ja richtig schön eingerichtet!«

»Danke.« Maja holte das Einschreiben und realisierte, dass Massing der erste Mensch war, der die Villa Wammel fertig eingerichtet sah. Das Wohnzimmer wirkte einladend mit zwei großen karierten Sesseln, mehreren Sitzkissen, Beistelltischen, Truhen und tönernen Pflanzentöpfen. An der Wand lagen ihre Kamerataschen, ein Stativ und ein Lichtkoffer. Nur der Riesenfernseher ihres Exfreundes passte nicht ins Bild, der schwarze Koloss stand auf der Küchenanrichte wie ein Fremdkörper. Weil Maja beim besten Willen keinen anderen Platz für das Monstrum wusste, hatte sie sich vorgenommen, es demnächst bei eBay zu verkloppen. Aber nur an Selbstabholer.

Der Bürgermeister unterbrach ihre Gedanken und deutete mit einer unbestimmten Bewegung auf die inzwischen noch weiter angewachsene Fotosammlung. Häuser, Menschen, Pflanzen, Tiere, ein baufälliges Hoftor, die Silhouette des Kirchturms – all das war kreuz und quer angepinnt wie ein wandgroßes Puzzlespiel.

»Na, da sind Sie ja fleißig gewesen beim Knipsen.«

Maja verkniff sich die Zurechtweisung, dass sie nicht knipste, sondern fotografierte. Stattdessen schaute sie zu, wie Massing beiläufig seine Aktentasche aufklappte und einen Papierstapel herausholte. Große und kleine Zettel, Fotos, handgeschriebene Vermerke, Zeitungsartikel, Hefte und vieles mehr waren mit Gummibändern zusammengehalten.

»Apropos Knipsen – da hab ich etwas Interessantes für Sie. Wir hatten hier mal einen Hobbyforscher, wissen Sie, für Heimatgeschichte und so, der Eisert Willi. Der hat sich in den Kopf gesetzt, eine Dorfchronik zu schreiben und hat jahrzehntelang alles Mögliche über den Ort gesammelt, alte Akten und Texte, Veröffentlichungen, Flurpläne und so weiter. Und als die Frau vom Magnus gestorben ist vor zig Jahren, da hat er vom Sonnenhof noch mal so viel Zeug gekriegt, Briefe und Tagebücher und alles. Und halt viele Fotos, in Schwarz-Weiß und so. Aber leider hat's den Willi dann ganz überraschend selbst erwischt, das Herz halt. Tja, seitdem liegt alles bei mir im Büro, und keiner interessiert sich dafür. Vielleicht wollen Sie ja mal einen Blick reinwerfen und die Fotos angucken, so als Fotografin?«

Maja nahm den Stapel unsicher an sich.

»Ja sicher. Danke.«

Massing wand sich, er war noch nicht fertig.

»Also, hm, auch in so schlimmen Zeiten muss man ja immer nach vorne denken, gell, in die Zukunft, und deshalb, na ja …«, er suchte nach den richtigen Worten, »wollte ich Sie fragen, ob Sie vielleicht den alten Fotos ein paar neue Bilder gegenüberstellen könnten, also so nach dem Motto ›früher und heute‹.« Er warf einen vielsagenden Blick auf ihre Fotowand. »Wissen Sie, wir haben doch nächstes Jahr unsere 1200-Jahr-Feier, und da wäre so ein kleiner Fotoband schon etwas Feines, oder?«

Maja starrte den dicken Bürgermeister an und fragte sich, ob er das ernst meinte. Sie wusste nicht, über was sie sich mehr ärgern sollte: über die Dreistigkeit, ein Fotoprojekt quasi umsonst einzufordern, oder über seine Taktlosigkeit, kurz nach den Vorfällen der letzten Tage damit anzukommen. Sie war so empört, dass sie sogar ihre Scheu gegenüber Streitigkeiten überwand und die Arme in die Seite stemmte.

»Herr Massing, vielleicht sehe ich die Sache falsch, aber gestern ist hier ein Mord passiert. Ein Bewohner dieses Dorfes ist umgebracht worden, totgeschlagen, irgendwo läuft ein Mörder herum, und Sie fragen nach einem Fotoband? Das … das kann doch wohl nicht ihr Ernst sein!« Ihr Herz klopfte vor Aufregung bis zum Hals.

Massing blinzelte irritiert.

»Also, eh, eins hat doch mit dem anderen nichts zu tun! Wie ich schon gesagt hab: Das Leben muss weitergehen, und dieses Jubiläum ist nun mal sehr wichtig fürs Dorf. Das mit dem Ossfahl, das trifft uns alle tief, natürlich, mich auch, aber letztlich geht es hier um Gertelsheim, verstehen Sie? Und Ossfahl ist, also, er war schließlich eh …«

Der Bürgermeister stotterte und ließ seinen Satz offen,

doch Maja vervollständigte ihn im Geiste: Ossfahl war schließlich nicht von hier. Er war ein Zugezogener. Ein Fremder.

Kurz entschlossen drückte sie Massing den Papierstapel in die Hand.

»Danke für Ihr Vertrauen, aber da fehlt mir beim besten Willen die Zeit. So ein Projekt kann ich nicht zwischen Tür und Angel machen, das erfordert monatelange Vor- und Nacharbeit.«

Massing schaute enttäuscht auf den Blätterstapel.

»Es hätte ja noch Zeit, Frau Rossi, also, bis nächstes Jahr ist ja noch eine Weile.«

Sie schüttelte freundlich, aber bestimmt den Kopf.

»Nein, keine Chance. Leider.«

Seufzend packte er die Papiere ein und wandte sich zum Gehen.

»Na dann, nichts für ungut, und danke noch mal fürs Einschreiben.«

Der Bürgermeister polterte aus der Haustür heraus, Maja ließ sie zufallen und schloss doppelt ab. Im Wohnzimmer spürte sie, dass sie vor Wut regelrecht bebte. Massings Verhalten war stellvertretend für die Einstellung der alteingesessenen Dorfbewohner: Was nichts mit dem harten Kern des Dorfes zu tun hat, war uninteressant. Ein Zugezogener erschlägt einen Zugezogenen – na und? Sollten die Neubürger doch ihre Streitigkeiten unter sich ausmachen, Hauptsache, das Dorfleben wurde dabei nicht mehr als nötig beeinträchtigt. Wie kaltschnäuzig musste man sein, um nach einem blutigen Mord mit der Idee zu einem dörflichen Fotoprojekt hereinzuplatzen?

Doch Maja hatte das Gefühl, Massing würde sich nicht so leicht mit ihrer Absage zufriedengeben. Ihre Ahnung bestätigte sich, als sie wenig später probeweise nochmals die Haustür aufschloss und hinausschaute.

Auf der Fußmatte lag fein säuberlich das dicke Papierbündel aus Alfred Massings Aktentasche.

MITTWOCH, 25. JULI 2015

DER ROTE HAHN KOMMT IN VIER TAGEN.

Ernst Weirauch mochte es, wenn man ihn als »rüstigen Rentner« bezeichnete. Er hatte die 70 längst schon überschritten, doch sein aufrechter Körper zeugte von guter Gesundheit und einem eisernen Lebenswillen. Jeden Tag ging er ausgiebig spazieren, mindestens eine Stunde.

Am liebsten war Ernst im Bruch unterwegs, vor allem bei solch einer Hitze wie im Moment. Hier im Wald war die Temperatur am frühen Morgen noch erträglich. Dass ein wahnsinniger Mörder durch die Gegend schlich, kümmerte ihn wenig. Der war wahrscheinlich schon längst über alle Berge, und wenn nicht, würde er rasch merken, dass die Muskeln an Ernsts Oberarmen nicht zu verachten waren! Auf seinen Spaziergängen im Bruch hatte er schon allerlei Seltsames erlebt und gesehen, stockbesoffene Waldarbeiter, Liebespärchen in wonnigen Momenten, okkulte Teufelsanbeter mit merkwürdigen Gesängen, Nackedeis beim Einswerden mit der Natur, ausgerissene Kinder, die trotzig ihr Bündel geschultert hatten und mindestens bis nach Amerika wollten.

Heute aber stand Ernst Weirauch still im Wald und schluckte trocken. Denn noch niemals vorher hatte er zwei leise schwankende Füße gesehen, Füße mit ausgetretenen, braunen Halbschuhen, die einen Meter über dem Boden baumelten und sich langsam, fast unmerklich um sich selbst drehten.

Maja hastete durch den Wald, um sich herum hörte sie das Knacken von Zweigen. Ganz Gertelsheim war auf dem Weg in den Bruch, nachdem die unfassbare Nachricht von Tür zu Tür geeilt war: ein zweiter Toter! Der alte Weirauch, der Ernst, hatte einen Toten gefunden im Wald! Einen Erhängten!

Bald schon erspähte Maja einige Polizeikräfte, die sich vergeblich bemühten, den heranströmenden Dorfbewohnern Einhalt zu gebieten. Doch das Unterholz bot viele Schlupflöcher. Die Menschen standen bereits hinter der rot-weißen Absperrung, die gerade aufgezogen wurde, und gafften mit einer Mischung aus Faszination und Grauen auf die Gestalt, die da schlaff von einem Baum hing. Auch Maja überhörte die warnenden Rufe der Polizisten, sie mogelte sich nach vorne zu dem toten Fleisch, das da baumelte wie eine Ware. Die Gestalt drehte sich um sich selbst, ein schmaler Rücken, dünne Arme, dann, unendlich langsam, die Brust und das dunkelviolette Gesicht. Es war grotesk aufgedunsen, als hätte der Strick, der sich in den faltigen Hals hineingeschnitten hatte, alles Blut im Kopf zurückgehalten und ihn gebläht wie einen Zirkusballon. Trotzdem brauchte Maja keine Sekunde, um das Gesicht zu erkennen.

Hier hing der wahnsinnige Mörder.

Opa Kurrweiler.

Erst als sie nach einer geschlagenen Minute ihren Blick von der toten Gestalt abwenden konnte, entdeckte sie ein Blatt Papier am Fuß des Baumes, sorgfältig mit einem Stein beschwert.

Wieder einmal hatten sich die Gertelsheimer auf dem Dorfplatz eingefunden. Auch Doktor Gaul war dabei, die Polizei hatte ihn gestern direkt nach der Entdeckung des Videos gehen lassen. Das Stimmengewirr klang wie ein Bienenschwarm, die Erleichterung der Menschen war fast mit Händen zu greifen. Der verrückte Mörder war tot, der Albtraum vorbei.

An der Seite parkten zwei Polizeiautos. Maja stand bei Cosima Jesper, die auch heute wieder einen farbenfrohen Sommerschal über ihrem Kostüm trug, in Apricot diesmal. Drei uniformierte Beamte lehnten an einem der Autos und unterhielten sich halblaut.

Maja hatte ihren treuesten Hundeblick aufgesetzt und schaute an der großen Frau hoch.

»Jetzt kommen Sie schon, Frau Jesper. Ich habe immerhin das Video entdeckt und Ihnen damit ein großes Stück weitergeholfen.«

Die Kommissarin zog ihre Mundwinkel nach unten und schüttelte den Kopf.

Maja quengelte weiter.

»Was soll schon dabei sein. Der Mörder ist eh tot, die Ermittlungen sind quasi vorbei.«

Kopfschütteln.

»Jetzt seien Sie nicht so stur. Es wird sich ja sowieso im Dorf herumsprechen früher oder später. Sie wissen doch, wie's in einem solchen Kaff ist.«

Jesper drehte die Augen zum Himmel.

»Frau Rossi, Sie sind eine echte Plage. Also gut, aber nur deshalb, weil eh nichts Unerwartetes drinsteht.« Sie beugte sich in das Auto und griff nach einer transparenten Plastikhülle. Darin steckte das Blatt Papier, das unter dem Toten am Baum gelegen hatte. Zittrige Handschrift nach Art alter Männer, aber saubere Zeilen.

Ich habe eine unverzeihliche Tat begangen. Nach dem bösen Papier im Postkasten haben mich dieselben Gefühle heimgesucht wie damals nach dem Tode meines lieben Töchterleins. Ich habe nur noch denken können, daß der Lehrer Ossfahl einem Kind vielleicht etwas Ähnliches antun würde. Im Wald ließ ich mich hinreißen und habe ihm danach den Frevel ins Maul gestopft.

Meine Schuld ist groß. Ich habe ein Leben genommen und werde meines dafür geben. Möge Gott mir verzeihen.

Wolfram Kurrweiler

»Das ist es also, was er dem Toten in den Mund gesteckt hat. Den Giftzettel«, murmelte Maja. Jesper nahm den Brief wieder an sich und nickte.

»Wir vermuten, dass Kurrweiler sich irgendwo im Wald verkrochen hat für die zwei Tage. Irgendwann ist der Druck des Gewissens dann doch zu groß geworden.«

Maja schaute einen Augenblick hinüber zu den Menschen auf dem Dorfplatz.

»Also Fall gelöst? Akte zu?«

Die Kommissarin bellte. Erst als Maja ihr einen Seitenblick zuwarf, merkte sie, dass es wohl als eine Art Lachen gedacht war.

»Sieht ganz so aus.«

»Und die Giftzettel?«

»Da ermitteln wir noch. Aber ganz ehrlich: Wir werden's wahrscheinlich nie herausfinden. Ebenso wie diese Schmierei an der Mauer von Ossfahl. Unsere Befragungen haben gezeigt, dass es hier im Dorf genug Leute gibt, die den Mann nicht gerade sympathisch gefunden haben. Und durch die Hitze kommt da schnell mal einer auf dumme Gedanken.«

»War eigentlich was dran an diesen Beschuldigungen?«

»Ja und nein. Es gab tatsächlich mal eine Anzeige wegen Missbrauchs von Schutzbefohlenen, ist aber schon viele Jahre her. Eine 14-Jährige hatte ihn damals angezeigt nach einem Ferienmalkurs für Jugendliche, er hätte sich an sie rangemacht und so. Kurze Zeit später hat sich die Sache allerdings in Luft aufgelöst. Die Kleine hatte sich unsterblich in ihn verliebt, er wollte natürlich nichts von ihr wissen, und sie hat aus Rache den Missbrauch erfunden. Verfahren eingestellt wegen erwiesener Unschuld. Trotzdem unangenehm, wenn so was im Lebenslauf herumgeistert. Es gibt schließlich kaum etwas, womit man jemanden schlechter machen kann als mit dem Vorwurf des Kindesmissbrauchs.«

Vor allem in einem Dorf wie Gertelsheim, wo keiner dem anderen über den Weg traut, dachte Maja. Derweilen zog Jesper den Autoschlüssel aus der Tasche und warf Maja einen entnervten Blick zu, der durch ihr faltiges Gesicht doppelt finster wirkte.

»Darf ich jetzt fahren, oder haben Sie noch ein paar Fragen auf Lager?«

Maja schüttelte eilig den Kopf. Es war immer wieder überraschend, wie schnell Cosima Jesper von knurriger Freundlichkeit auf Eiseskälte umschalten konnte.

»N… nein, danke. Danke für die Infos.«

Nachdem die Polizeiautos weggefahren waren, ging Maja am Dorfplatz entlang. Sie sah den Bürgermeister, der mit weit ausladenden Gesten ein paar Männer in Winzerkleidung unterhielt, den Doktor, der lächelnd einer Gruppe älterer Damen zuhörte und nickte. Die Heilige Dreifaltigkeit war da, Jörg Wammel lachte laut über einen Witz, die Elwetritsch hatte ihre Gefolgschaft klatschsüchtiger Weiber um sich geschart. Die heile Welt im Dorf war wieder hergestellt. Das Opfer war ein Auswärtiger gewesen, der Täter auch. Alle sahen sich bestätigt: *Von außen kommt nichts Gutes, Recht und Ordnung gibt es nur unter den Alteingesessenen. Wir brauchen nichts Neues, wir wollen nichts Neues.*

Vereinzelte laute Worte aus der Menge ließen Maja aufmerksam werden. Eben kam Tom Hagen aus der Backesgasse heraus, blieb aber angesichts der versammelten Menschen wie angewurzelt stehen. Die Stimmen der Dorfbewohner schwollen an, Rufe waren zu hören. »Hau ab«, »Mach, dass de fortkommst.« Zustimmendes Gemurmel. Hagen war für die Dörfler offensichtlich so etwas wie die jüngere Ausgabe seines Großvaters geworden, man hatte sich in Sekundenschnelle gegen ihn verschworen. Er drehte sich um und verschwand wieder in der Gasse.

Maja sah ihm nach. Sie hatte inzwischen genug Intoleranz im Dorf erlebt, um zu wissen, dass ihrem Nachbarn nun keine leichte Zeit bevorstand.

Mit lautem Scheppern zerschellte ein Teller mit Essen auf dem Boden, ein Trinkglas folgte, zum Schluss landete das Besteck daneben.

»Was ist das für ein Fraß, Frau Krott? Wollen Sie die Schweine füttern damit?«

Magnus Falkenreck hielt den Kopf aggressiv vorgestreckt, seine Augen funkelten. Elke Krott kämpfte mit den Tränen.

»Aber … aber Sie dürfen nicht so viel Salz mehr essen, deshalb muss ich sparsam damit …« Ihre Stimme versickerte.

»Was ich darf und was nicht, haben nicht Sie zu entscheiden, ist das klar? Dafür ist Ihr Kopf viel zu hohl.« Seine

Stimme war ätzend wie Säure. »Und jetzt raus aus meinem Haus. Kommen Sie wieder, wenn Sie kochen gelernt haben. Aber vorher machen Sie die Sauerei hier weg, und zwar sofort!«

Die alte Frau versuchte auf allen Vieren, die Essensreste vom Teppich zu kratzen, Tränen der Verzweiflung liefen über ihr Gesicht. Magnus Falkenreck saß in seinem Rollstuhl wie in einem Thron und sah ihr unbewegt zu.

Im Flur des Sonnenhofes stand Kathy und hatte den Wortwechsel verfolgt. Das Klappern der Scherben und das Schluchzen klangen aus dem Zimmer heraus, ein gehässiges Lächeln spielte um ihre Lippen.

Wenig später verließ Elke Krott das Haupthaus. Mit dem Gefühl tiefer Demütigung zog sie die Pforte hinter sich zu. In diesem Augenblick bog ein schwarzer Mercedes in den Hof. Ein älterer Mann im Anzug mit Brille und fast kahlem Kopf stieg aus und nahm eine Aktentasche vom Rücksitz. Als er zum Eingang lief und auf die Klingel drückte, grüßte er die Zugehfrau flüchtig. Aus den Augenwinkeln sah sie, wie Kathy die Tür öffnete. Dann hatte Elke Krott endlich den verhassten Hof hinter sich gelassen. Zumindest für heute.

Nach den morgendlichen Aufregungen war Maja nun sehr im Verzug mit ihrer Postrunde. Ihr Gedankenkarussell kam nicht zur Ruhe, sie war entschlossen, die Sache mit den Giftzetteln weiter zu verfolgen. Es setzte schließlich schon eine gewisse Planung voraus, einen bösen Brief zu drucken und ihn in einer Nacht- und Nebelaktion in den Postkästen zu verteilen. Nicht zuletzt war das anonyme Schreiben der Anstoß für einen Mord gewesen, auch wenn das sicher nicht in der Absicht des Verfassers gelegen hatte.

In ihrem Hirn hatte sich eine formlose Idee eingenistet, eine nebulöse Intuition. Sie konnte nicht sagen, wieso und weshalb, aber sie hatte das Gefühl, dass die Briefe und das noch immer ungelöste Nestor-Magnus-Gaul-Rätsel zusammenhingen. Deshalb wusste sie auch schon ganz genau, wo sie ihre Ermittlungen fortsetzen würde.

Im Ulmenhof waren sämtliche Tische unbesetzt, als Maja das Lokal betrat.

»Ei, die Frau Rossi. Na, sind Sie auch so erleichtert, dass die schlimme Geschichte jetzt endlich vorbei ist? Man hat sich ja in seinen eigenen vier Wänden nicht mehr sicher gefühlt!« Die dralle Wirtin gluckte wie eine Henne zwischen den Bänken hin und her.

»Ja klar. Eine ganz schlimme Geschichte.« Maja machte eine Kunstpause. »Und das alles nur, weil irgend so ein Scherzkeks diese anonymen Zettel verteilt hat.«

Erwartungsgemäß sprang die Elwetritsch darauf an.

»Na ich weiß nicht, ob das einfach nur ein Scherz war, Frau Rossi.« Bedeutungsvoll wiegte sie den Kopf. »Wie sagt man immer so schön: ›Kein Rauch ohne Feuer‹, gell? Und unser Herr Ossfahl hat bestimmt das eine oder andere Geheimnis gehabt.«

Maja riss die Augen auf wie Louis de Funès und hoffte, dass sie es nicht übertrieb mit ihrer Schauspielkunst.

»Nein! Sagen Sie bloß!«

»Jaja, man soll ja nicht schlecht über die Toten reden, aber wie viel verdient ein Grundschullehrer? Nicht viel. Und wie viele Bilder hat er in den letzten Jahren verkauft? Auch nicht viele. Aber was die riesengroße Mühle an Miete kostet jeden Monat, das können wir uns beide vorstellen, gell?« Sie schnaubte wie ein Pferd. »Manchmal hab ich eh das Gefühl, dass die meisten seiner Kunstdinger hier im Dorf rumstehen. Wo man ja alle naselang über seine Hinterlassenschaften stolpert.«

Maja hörte genauer hin. Gab es noch mehr »Kunstdinger« als die Viehtränkenskulptur? Doch bevor sie nachhaken konnte, plapperte die Elwetritsch schon weiter. Sie war in Fahrt.

»Und was so dunkle Flecken in der Vergangenheit anrichten können, hat man ja jetzt gerade beim alten Kurrweiler Wolfram gesehen. Niemals hätt ich das gedacht, der war die ganzen Jahre immer so ruhig und zurückhaltend. Aber da sehen Sie mal, was Böses in den Menschen schlummern kann.« Sie nickte wissend, dann wurden ihre eng beieinanderstehenden Augen schmal. »Und der Neffe, der Hagen Thomas, das ist genau so ein Kandidat!« Die dicke Frau beugte sich vor. »Was wissen Sie denn über Ihren Nachbarn, hm?«

Maja überlegte. Nicht viel, das musste sie zugeben.

»Na ja, er ist vor ein paar Jahren hierher gezogen mit seinem Opa. Und er arbeitet als DJ.«

»Soso. Dann sag ich Ihnen mal was: Der Hagen, der hat nämlich auch schon mal mit dem Gesetz zu tun gehabt. Und zwar in Köln, da hat er irgendeine Ausbildung mit Fernsehen oder Film angefangen, aber natürlich nicht fertig, gell, und da muss irgendwas vorgefallen sein. Jedenfalls, dem seine Weste ist auch nicht rein, noch so 'n fauler Appel hier im Dorf!«

Die Szene auf dem Schulhof fiel Maja wieder ein. Hagens Ausbildung zum Maskenbildner – das musste es sein, worauf die Elwetritsch anspielte. Was damals wohl geschehen sein mochte? Sie nahm sich vor, ihren Nachbarn demnächst in ein Gespräch zu verwickeln und das Thema auf seine Vergangenheit zu bringen. Jetzt wollte sie die Schwatzhaftigkeit der Wirtin aber weiter ausnutzen.

»Wo wir schon bei alten Geschichten sind, Frau Elweritsch, was ist damals eigentlich zwischen dem Magnus Falkenreck, dem Doktor und den Nestors vorgefallen?«

Die Elwetritsch glotzte stumm, nach ein paar Sekunden versuchte sie ein Lächeln.

»Da kann ich Ihnen nichts Genaues sagen, Frau Rossi, das ist alles schon so lang her. Zu lang her. Viel zu lang.«

Danach klappte sie ihren Mund zu wie eine Auster und schwieg. Maja wollte gerade nachbohren, da betraten zwei alte Männer den Innenhof und murmelten eine Begrüßung.

»Ei, der Achim und der Berthold. Was darf's denn sein? Wartet, ich mach euch einen Tisch sauber.« Frau Elweritsch war sichtlich erleichtert, dass sie das Thema fallen lassen konnte. Während sie ihren dicken Körper zwischen den Tischen durchschob, beugte sie sich nochmals zu Maja herüber. Ihre Stimme war nur ein Flüstern.

»Manche alten Geschichten sollte man besser vergessen, Frau Rossi, und sie in Ruhe lassen. Ich geb Ihnen einen guten Rat: Wecken Sie keine schlafenden Hunde. Das wäre nicht gut für Sie, glauben Sie mir.«

Die alte Kirchturmuhr von St. Silverius schlug vier Uhr nachmittags. Die Glockenschläge hallten durch die Kirchgasse, brachen sich an den Mauern und klangen gedämpft durch das Gebäude neben dem Pfarrhaus.

In dessen Innerem gab es ein Zimmer im ersten Stock, in dem sich seit 21 Jahren nichts verändert hatte. Die Zeit war in diesem Raum eingefroren. An den Wänden hingen Poster, ein schwarz-weißes Gesicht mit einer Motte auf dem

Mund. *Das Schweigen der Lämmer*. Eine Schar Jungen warfen einen lachenden Mann in die Höhe. Robin Williams, *Der Club der toten Dichter*. Die Möbel aus hellem Furnier, nicht teuer, aber peppig, mit extravagant gezackten Griffen an Schränken und Schubladen. Im Regal vier Paar Levi's 501, ein Triumph für Patrick, sie alle gleichzeitig nach einem Monat Garten- und Friedhofspflege kaufen zu können. Die Stereoanlage, viele Platten, wenige CDs. In allen Ecken die Dinge, die ein 17-Jähriger auf dem Weg ins Erwachsenendasein mit sich trägt: ein Skateboard, einen Tennisschläger, eine Gitarre, eine Tube Haargel.

In der Ecke des Raumes das Bett, darauf eine Decke, darauf Angelika Nestor. Sie hielt ein Fotoalbum in der Hand, blätterte mit geisterhaften Bewegungen und summte ein paar Töne wie ein Schlaflied. Dabei wiegte sie sich, während Sturzbäche aus Tränen über ihr Gesicht liefen und ihren Kragen durchnässten.

Heribert betrat den Raum, setzte sich neben sie auf das Bett und legte den Arm um sie. Unwillkürlich übernahm er ihre wiegenden Bewegungen, während sie weiter vor sich hinsummte.

In solchen Momenten kam bei ihm die Wut hoch. Besinnungslose, überschäumende Wut, eine solche Aggression, dass seine Selbstbeherrschung nicht dagegen ankam.

Im Fotoalbum sah er einen spitzbübischen Sechsjährigen, als Sheriff verkleidet und mit Luftschlangen dekoriert, der vergebens versuchte, für die Kamera ein grimmiges Wildwest-Gesicht zu ziehen. Das Foto verschwamm, als ihm Tränen in die Augen stiegen.

Unten auf der Gasse kletterte Maja in den Posttransporter, nachdem sie ein Paket in der Kirchstraße abgegeben hatte. Sie hielt inne und lauschte. Eine Stimme war zu hören, eine Frau. Sang sie? Weinte sie? Beides schien sich zu vermischen und füllte die Straße mit Trauer, ganz leise nur, aber hörbar. Direkt hinter ihr erhob sich im Schatten der Kirche das triste Haus der Nestors. Sie warf einen Blick darauf und wusste, dass die Stimme aus diesem Haus kam.

Um die Ecke bog eine hochgewachsene Gestalt – der Pfarrer. Als er auf Höhe des Transporters war, schaute Maja ihm in die steinfarbenen Augen und wartete. Jungbluth blieb stehen. Das Klagen der Frau klang gedämpft durch die Gasse. Das Schweigen dauerte an und wurde schwer wie Blei. Maja sammelte Mut und ergriff leise das Wort.

»Welche unselige Geschichte wird hier im Dorf totgeschwiegen? Bitte sagen Sie mir die Wahrheit.«

Jungbluth rührte sich nicht und ließ die Sekunden zäh wie Honig verrinnen. Schließlich redete er, ohne den Mund dabei mehr als ein paar Millimeter zu öffnen.

»Da kann ich Ihnen nicht weiterhelfen. Das ist alles lange, lange …«

»Nein, Herr Pfarrer, nein«, unterbrach sie ihn. »Sie sind ein Mann der Kirche. ›Du sollst nicht falsch Zeugnis geben‹ und so weiter, so sagt man doch, eh …« Das »in Ihrem Verein« konnte sie gerade noch herunterschlucken.

Der Pfarrer dachte eine Weile nach, bevor er antwortete.

»Frau Rossi, Ihr Streben nach der Wahrheit ist löblich. Aber es gibt Wahrheiten, die nützen nichts, sondern schaden nur. Lassen Sie den Dingen ihren Lauf, rühren Sie nicht an den Wunden der Vergangenheit.«

»Aber manchmal ziehen alte Geschehnisse ihre Kreise

bis in die Gegenwart, Herr Jungbluth, egal, wie sehr man sie vergessen will.«

Er lächelte schmal und wandte sich zum Gehen. Seine Stimme war leise.

»Keine Sorge. Was geschehen ist, wird nicht vergessen. Es gibt eine Stimme im Dorf, die uns die Vergangenheit jeden Tag aufs Neue ins Gedächtnis zurückruft.«

Das rote Zwielicht der Dämmerung hatte längst schon dem stahlblauen Nachthimmel Platz gemacht, Maja saß frustriert an ihrem Tisch in der Villa Wammel. Es war zum Verrücktwerden – kein Mensch konnte oder wollte ihr von dieser alten Nestor-Sache erzählen. Alles, was sie bekam, waren kryptische Andeutungen, wie die Sätze des Pfarrers. Es kam ihr vor, als hätten die Bewohner von Gertelsheim die Vergangenheit des Dorfes hinter einer undurchdringlichen Mauer des Schweigens versteckt.

Moment mal. Die Vergangenheit des Dorfes?

Natürlich!

Eine Fundgrube an Informationen kam ihr in den Sinn, an die sie bisher noch gar nicht gedacht hatte. Sie wühlte in ihrer Krimskramstruhe im Wohnzimmer, bis sie das Papierbündel fand. Die Fotos und Unterlagen, die Bürgermeister Massing ihr unlängst so dreist auf die Fußmatte gelegt hatte.

Pure Dorfgeschichte!

In den nächsten Stunden blätterte Maja den Stapel durch. Die alten Schwarz-Weiß-Fotos waren wirklich fantastisch, sie erfuhr viel Interessantes über die Ortschaft: die Vertreibung von jüdischen Familien während der NS-Zeit, die

Renovierung des Rathauses, ein kleiner Spendenskandal beim Bau der Grundschule. Aber es gab nicht den kleinsten Hinweis auf einen Vorfall, an dem Doktor Gaul und Magnus Falkenreck beteiligt gewesen waren.

Auch der Stapel, den die verstorbene Frau Falkenreck gesammelt hatte, enthielt keine Informationen über dieses spezielle Vorkommnis. Die Sammlung war unsortiert, da waren Wirtschaftsberichte, Tagebücher, Briefe und Rechnungen, die ein lebendiges Bild des damaligen Betriebes auf dem Sonnenhof zeichneten. Eine Handvoll Fotos zeigten Alltagsszenen aus den 1950er- und 1960er-Jahren, Leute beim Feiern, Erntearbeiten, Magnus als stolzer junger Mann neben einem schnittigen Mercedes-Cabrio. Maja musste sich eingestehen, dass er ein gut aussehender Bursche gewesen war. Neben den alltäglichen Begebenheiten waren in dem Papierstapel auch kleine und große Peinlichkeiten festgehalten: der Knecht, der geklaut hatte, eine Schwangerschaft mit unbekanntem Vater, illegales Schnapsbrennen, ein saftiger Strafbescheid für Magnus wegen zu schnellen Fahrens und vieles mehr.

Richtig interessant waren dann allerdings die Flur- und Besitzkarten, die zusammengefaltet in dem Stapel steckten. Solche Karten waren wertvoll und überaus selten, das hatte Maja während ihres Fotoprojekts über Rheinhessische Gärten erfahren. Sie zeigten die Besitzverhältnisse der einzelnen Höfe, sowohl deren Grundbesitz als auch die landwirtschaftlichen Nutzflächen.

Die älteste Karte war von 1910, die jüngste von 1947. Die Karten gaben ihr zum ersten Mal ein Gefühl für den wahren Reichtum des Sonnenhofes. Jeder Hof im Dorf hatte ein bestimmtes Symbol, der Sonnenhof ein auffälliges Rechteck mit zwei Spitzen. Während Maja durch die

Karten blätterte und die Jahrzehnte vorbeihuschen ließ, breitete sich das Rechtecksymbol weiter aus. Immer mehr Nutzflächen, aber auch immer mehr Gebäude innerhalb des Dorfes gehörten zu dem großen Hof. Häuser, kleinere Höfe, die alte Mühle, mehr als die Hälfte der Schrebergartenparzellen – Magnus Falkenreck saß tatsächlich auf einem gewaltigen Vermögen.

Beim Lesen musste Maja immer öfter zweimal hinschauen, sie nahm ihre Brille ab und rieb sich die müden Augen. Kein Wunder, es war ja schon halb zwölf! Sie hatte, ohne es zu merken, mehr als drei Stunden in den Unterlagen geblättert. Leider ohne greifbare Ergebnisse, wenngleich die Dorfgeschichte durchaus fesselnd war.

Seufzend packte sie die Blätter weg. Auf dem Riesenfernseher ihres Exfreundes zappte sie ein paar Programme durch, um auf andere Gedanken zu kommen. Es nützte nichts, 1000 Einzelheiten schwirrten in ihrem Kopf herum, als sie ins Bett krabbelte. Morgen würde sie sich eine neue Strategie ausdenken müssen, um die vergrabenen Geheimnisse von Gertelsheim ans Tageslicht zu bringen.

Um Viertel vor drei erwachte die Sirene auf dem Dach des Rathauses zum Leben und hob an zu jaulen. Der klagende Ton, immer wieder an- und abschwellend, trieb die Leute aus den Häusern, mit dem Notwendigsten bekleidet, manche blinzelnd wegen vergessener Brillen.

Hinter der Dorfgrabenstraße schlugen Flammen in den Himmel. Die Neuigkeit flog von Mund zu Mund: der Sonnenhof! Der Sonnenhof brennt!

Maja kam gleichzeitig mit dem ersten Feuerwehrwagen am Hof an. Die Freiwillige Feuerwehr in Gertelsheim besaß keinen eigenen Löschwagen, also konnten die Männer nur die Wassereinspeisung vorbereiten und auf die Kollegen aus Nierstein warten. Maja schaute entsetzt ins Feuer.

Glücklicherweise war es nur eines der Nebengebäude des Hofes, das in Flammen stand, ein ungenutzter Stall oder eine Scheune. Immer mehr Dorfbewohner sammelten sich, der Bürgermeister im Feinripp drängte sich nach vorne und schubste die dicke Ulmenwirtin zur Seite. Frau Krott und Tom Hagen standen mit großen Augen in der Menge. Neben dem Pförtnerhäuschen, das zum Glück einen sicheren Abstand zum Brandherd hatte, standen Kathy und Jasmin, im Rollstuhl daneben saß der alte Gutsherr. Doktor Gaul trat heran und nahm Kathy tröstend in den Arm, sie ließ es gerne geschehen.

Endlich kamen zwei Löschwagen angebraust. Die Männer schwärmten aus und wickelten Schläuche ab, bald schossen erste Wasserkaskaden in die Flammen. Holz knallte, weißer Dampf stieg auf.

Als Maja zur Seite ging, um nicht im Weg zu stehen, nahm sie zwischen den Nebengebäuden des Hofes eine Bewegung wahr. Es schien ihr, als schleiche dort eine Gestalt umher und würde sich bemühen, nicht in den Lichtschein der Flammen zu geraten. Maja zögerte eine Sekunde, dann stieg sie über die Feuerwehrschläuche hinweg und betrat den Innenhof. Hinter dem Haupthaus klangen die Rufe der Feuerwehrleute gedämpft, nur das Knallen der Flammen wurde lauter und lauter. Der Feuerschein ließ die Schatten tanzen und gaukelte ihr Bewegung vor, wo keine war. Nervös schaute Maja sich um. Die Nebengebäude des Hofes waren verschachtelt, überall standen Karren, Weinfässer, Leitern und

Gerümpel. Sie bedauerte, keine Taschenlampe zur Hand zu haben, denn die Winkel waren zu dunkel, um etwas zu erkennen.

Da! Wieder eine Bewegung. Maja ging hinter einem Fass in Deckung und spähte daran vorbei. Tatsächlich, auf dem Boden vor dem gegenüberliegenden Gebäude zeichnete sich ein Schatten ab, geworfen von einer für Maja unsichtbaren Gestalt, die irgendwo beim Feuer stehen musste. Der Schatten war grotesk verzerrt, Maja konnte nicht sagen, ob die Person groß oder klein war, dünn oder dick, zudem verwischten die Flammen ihre Konturen. Konzentriert versuchte Maja, den Urheber des Schattens auszumachen, doch nach einigen Sekunden war der schwarze Umriss verschwunden. Plötzlich hörte sie ein Scharren hinter sich. Bevor sie sich umdrehen konnte, knallte ihr ohne Vorwarnung etwas auf den Hinterkopf, heißer Schmerz durchzuckte sie, die Lichter gingen aus.

FREITAG, 17. JULI 2015

DER ROTE HAHN KOMMT IN ZWEI TAGEN.

Zwei Tage nach dem Feuer auf dem Sonnenhof war Gertelsheim im Zeitraffer zur Normalität zurückgekehrt. Die Leute verrichteten ihre alltägliche Arbeit, schimpften über das heiße Wetter und hockten abends bewegungslos auf den Terrassen.

Die Polizei hatte Spuren von Brandbeschleuniger gefunden und ermittelte wegen Brandstiftung. Kriminalhauptkommissarin Cosima Jesper bekam den Fall aufs Auge gedrückt, weil sie das Dorf und seine Bewohner bereits kannte. Doch wen auch immer sie befragte, niemand hatte etwas gehört oder gesehen. Sie brauchte eine Weile, um zu lernen, was Maja längst schon wusste: Die Gertelsheimer trugen unsichtbare, aber wirksame Scheuklappen und sahen nur das, was sie sehen wollten. Alles andere wurde schlichtweg nicht zur Kenntnis genommen.

Maja hatte nach dem nächtlichen Intermezzo einen Brummschädel, aber keine ernsthaften Verletzungen. Ein paar Minuten nach dem Überfall war sie wieder zu sich gekommen, hatte sich in die Villa Wammel geschleppt und einen Beutel mit Eiswürfeln auf ihren Kopf gepackt. Später erzählte sie der Kommissarin von ihren Erlebnissen, aber sie konnte weder konkrete Aussagen zu dem geheimnisvollen Schatten noch zu ihrem Angreifer machen.

Mit ihren übrigen Ermittlungen kam sie keinen Schritt weiter. Selbst der Bürgermeister würgte ihre Fragen zu dem

Nestor-Vorfall mit ausweichenden Antworten ab, und ihre Freundin Jule war noch immer nicht aus dem Urlaub zurück, ergo telefonisch nicht zu erreichen.

Bei ihren Postrunden fragte Maja unauffällig nach Ideen oder Theorien zu den Giftzetteln, doch die Menschen blockten ab. Keiner wollte mehr über die Vorfälle sprechen, der altbekannte Gertelsheimer Verdrängungsmechanismus hatte bereits seine Arbeit aufgekommen – worüber man nicht redete, das gab es nicht. Damit war sie erst einmal mit ihrem Latein am Ende.

Heute früh ließ Maja den Postwagen lustlos über den Asphalt der Kirchstraße schlittern. Die Temperaturen waren noch erträglich, aber der Tag schickte sich an, ebenso heiß zu werden wie seine Vorgänger. Dazu kam eine drückende Schwüle, die die Hitze klebrig machte, genau das, was die Leute »Kreislaufwetter« nannten.

Maja breitete die Arme aus, um Luft an ihren Körper zu lassen. Sie hatte die Nase voll von dem zugeknöpften Dorf und seinen schweigsamen Bewohnern. In den letzten Tagen hatte sie die Abendstunden damit totgeschlagen, weitere Gertelsheimfotos auszudrucken und an den Wänden der Villa Wammel anzupinnen, und gestern musste sie sich sogar bei Selbstgesprächen mit der Roten Armee erwischen. So weit war es inzwischen gekommen! Ihr gingen ernsthafte Überlegungen durch den Kopf, die Postarbeit hinzuwerfen und nach Mainz zum McDonald's-Job zurückzugehen – alles besser als die brütende Atmosphäre in Gertelsheim.

Aus einem Auto winkte ihr jemand zu. Reflexartig hob sie die Hand und grüßte zurück, dann schaute sie genauer hin. Doktor Gaul fuhr mit seinem Leihwagen an ihr vorbei und bog in die Sonnenhofstraße. Er hatte sein Ärzteoutfit gegen ein grünes Poloshirt getauscht und machte einen glänzend gelaunten Eindruck.

Aha, dachte Maja und schaute dem Auto nach, zweite Chance, diesmal vielleicht mit mehr Glück.

»Und wenn etwas ist, Frau Krott, dann rufen Sie sofort an, okay? Ich hab mein Handy die ganze Zeit an, und die Nummer ist auf Wahlwiederholung im Telefon gespeichert.«

Kathy zeigte auf das Tastentelefon im Flur, Frau Krott nickte.

»Können wir endlich, Mama?«, quengelte Jasmin. Sie hatte ihren Rucksack längst schon in den Golf gepackt, der vor der Tür stand. Doktor Gaul wartete geduldig. Er freute sich darauf, mit Kathy und ihrer Tochter einen gemeinsamen Tag zu verbringen. Sie wollten ein wenig Abstand von den Ereignissen der letzten Zeit gewinnen, von dem Mord und dem Selbstmord, dem Verhör bei der Kripo und dem Brand auf dem Gehöft.

Jasmin kam zum Auto gerannt.

»Herr Gaul, Herr Gaul, essen wir vor dem Kino noch eine Pizza bei Pepe? Och bitte!« Der Doktor nickte lächelnd, sie strahlte. Er hatte Jasmin versprochen, sie heute Nachmittag ins Kino nach Mainz einzuladen, in *Minions*. Vorher wollte er mit den beiden in das Mainzer Landesmuseum und eine Runde durch die Stadt bummeln.

Endlich kam Kathy aus dem Haus. Sie sah zauberhaft aus in ihrem kurzen Sommerkleid, war aber unruhig, weil sie den ganzen Tag vom Hof weg sein würde. Das kam selten vor. Zum Glück war Frau Krott eingesprungen, sie wollte bis zum späten Nachmittag da sein und ein Auge auf den alten Magnus haben.

»Alle an Bord?«, rief Doktor Gaul und setzte sich hinter das Steuer. Kathy reckte die Daumen hoch, Jasmin jubelte. Der Golf mit seinen gut gelaunten Fahrgästen bog vom Hof.

Frau Krott sah dem Auto durch das Flurfenster nach, dann holte sie Luft und ging in die Küche zurück. Auf der gegenüberliegenden Seite des Flurs befand sich das Wohnzimmer, durch die offene Tür sah sie den flimmernden Fernseher und davor die schwarz gekleidete Gestalt des Magnus Falkenreck im Rollstuhl. Der alte Mann schaute das ZDF-Morgenmagazin, brummte unzufrieden und fummelte an der Fernbedienung herum. Als hätte er ihren Blick im Nacken gespürt, drehte er sich um und funkelte sie an.

»Glotzen Sie nicht, arbeiten Sie lieber«, knurrte er und wandte sich wieder dem Fernseher zu. Frau Krott zuckte zusammen, huschte an den Herd und klapperte mit Töpfen und Pfannen. Mehr als einmal glitt ihr etwas aus den fahrigen Händen, weil sie ständig auf ihre Armbanduhr schielte. Sie war nervös, doch daran war heute nicht nur die bedrückende Atmosphäre des Gutshofes schuld.

14 Uhr, die heißeste Nachmittagszeit. Maja drückte das letzte Paket seinem Empfänger in die Hand und kletterte in den Vivaro. Sie hatte das Gefühl, auf der Stelle zerfließen zu müssen, und fühlte sich so wachsweich wie eine Auster ohne Schale. Die Temperatur war inzwischen auf das übliche Tageshoch von 30 Grad geklettert, selbst in der Nacht fiel das Thermometer kaum unter 25 Grad, die Schwüle machte

jede Bewegung zur doppelten Qual. Das Radio brachte zwar täglich neue Warnungen vor Gewittern und Stürmen, aber bis jetzt hatten sich alle dunklen Wolkenberge immer wieder verzogen und den Boden trocken zurückgelassen.

Maja freute sich, dass sie heute mit ihrer Pakettour schnell fertig geworden war, obwohl sie mehr als ein Dutzend Extralieferungen an die Grundschule gehabt hatte. Dort würde am Sonntag das jährliche Schulfest stattfinden, die Direktorin Gennes-Schultz schien dafür bei sämtlichen Dekoshops des Landes online eingekauft zu haben.

In der Dorfgrabenstraße blickte sie eher zufällig in den Rückspiegel und sah eine Sekunde lang einen roten Renault Clio die Sonnenhofstraße herunterfahren. Sie wusste, dass die Nestors einen roten Clio fuhren, und sie glaubte, die schmale Silhouette von Angelika am Steuer erkannt zu haben. Als sie sich umdrehte, nach hinten spähte und dabei fast einen parkenden Traktor gerammte hätte, war das rote Auto schon von einer Häuserreihe verdeckt.

Maja runzelte die Stirn. Der Clio war aus der Richtung des Sonnenhofes gekommen. Warum war Angelika auf dem Hof gewesen, ausgerechnet im Haus von Magnus Falkenreck, den sie auf dem Dorffest angespuckt und verflucht hatte?

Kathys Handy klingelte während des Tages kein einziges Mal, sie wurde im Laufe des Nachmittags mehr und mehr entspannt. Doktor Gaul ahnte, wie sehr die alltägliche Verantwortung für den schwierigen alten Mann an ihren Nerven zerren musste.

Der Tag in Mainz war schön, die Vorkommnisse im Ort wurden von beiden wie nach einer geheimen Absprache kein einziges Mal erwähnt. Beim Bummeln legte der Doktor beiläufig seinen Arm um Kathys Taille, sie ließ es geschehen und umfasste ihrerseits die füllige Hüfte des Doktors. Nach dem Kinobesuch wurde sie dann allerdings doch etwas unruhig und mahnte zur Eile, denn Frau Krott hatte angekündigt, um fünf zur Geburtstagsfeier eines Enkels gehen zu wollen.

Nun war es tatsächlich schon Viertel nach fünf geworden. Als der Golf in die Toreinfahrt bog, langte Kathy zum Lenkrad hinüber und drückte auf die Hupe. Elke Krott kam aus der Haustür heraus, Kathy ließ das Seitenfenster herunter.

»Entschuldigung, Frau Krott, wir sind ein bisschen zu spät. Alles in Ordnung gewesen heute?«

Die alte Frau nickte knapp.

»Hat den ganzen Nachmittag Fernsehen geguckt und herumgebrummt. Ich muss jetzt weg. Wiedersehen und schönen Abend.« Hurtig marschierte sie Richtung Dorf.

Jasmin hüpfte aus dem Auto. Der Film hatte ihr großen Spaß gemacht, sie redete schon den ganzen Nachmittag in der seltsamen Sprache der »Minions«. Kathy schmunzelte und öffnete den Kofferraum. Sie hatte in der Villa Vinum in der Großen Bleiche zwei Kisten Wein gekauft.

»Komm, Hans-Peter, bring doch eben mal die Flaschen in den Weinkeller vom großen Haus, ich trage die anderen Einkäufe ins Pförtnerhaus. Dann schau ich schnell nach Magnus, und wenn du willst, trinken wir noch ein Glas auf meiner Terrasse, okay?«

Der Doktor strahlte, wuchtete die Kisten hoch und verschwand im Sonnenhof. Kathy summte vor sich hin, während sie Tüten von H&M und Esprit zusammenpackte. Sie war mit Jasmin auf den Weg ins kleine Haus, als die Pforte des Hauptgebäudes aufknallte und Doktor Gaul herausgerannt kam. Sein Gesicht war schweißnass.

»Um Himmels willen, Kathy, komm schnell! Es ist was Schlimmes passiert!«

SAMSTAG, 18. JULI 2015

DER ROTE HAHN KOMMT MORGEN.

Wieder einmal war der Dorfplatz der zentrale Versammlungsort der rechtschaffenen Gertelsheimer Bürger. Die mühsam zur Schau gestellte Normalität der letzten Tage hatte einer Mischung aus Bestürzung und Sensationsgier Platz gemacht. Die gestrigen Geschehnisse waren in aller Munde. Am vergangenen Abend war der Notarztwagen mit heulenden Sirenen durch das Dorf gerast, danach hatte die Kirchenglocke Sturm geläutet.

Magnus Falkenreck war tot! Der letzte Gutsherr vom Sonnenhof, mitsamt seiner Krücken am Fuß der Kellertreppe gefunden!

Maja erfuhr erst morgens bei der Posttour vom Tod des alten Mannes. Schlagartig wurde sie skeptisch. Der dritte Tote innerhalb einer Woche – das lag für ein Örtchen wie Gertelsheim weit außerhalb der Statistik. Mit Macht kehrte das irritierende Gefühl zurück, dass die Geschehnisse in Gertelsheim auf irgendeine Art und Weise mit dem Nestor-Vorfall und damit zumindest indirekt mit Magnus Falkenreck zu tun hatten. In derselben Sekunde strich ihr eine vage Erinnerung durch den Kopf, irgendetwas, das sie gehört oder gesehen hatte. Der Gedanke versuchte, sich in ihrem Gehirn Raum zu verschaffen, doch er blieb formlos. Sie konnte ihn nicht packen und ans Licht zerren, so sehr sie auch grübelte.

Also beschloss sie, aktiv zu werden. Sie lief geschäftig auf dem Dorfplatz zwischen den Menschen herum und hielt gut sichtbar ein Dutzend Briefumschläge in ihrer Hand: ihre Tarnkappe. Denn sie hatte gemerkt, dass sie damit für die Dorfbewohner quasi unsichtbar wurde. Die Postfrau teilt Briefe aus – nichts, was man beachten muss. Mithilfe dieses Kniffs konnte sie nun völlig ungeniert alle möglichen Gespräche aufschnappen und sich ein eigenes Bild machen.

»Ach Gott, ach Gott, ich bin völlig mit den Nerven fertig!« Frau Krott stand inmitten ihrer Landfrauenfreundinnen und sah blass aus. »Ich hatte ja den ganzen Tag achtgegeben auf den Herrn Falkenreck, hab in der Küche und im Haus gewirtschaftet, und er hat die ganze Zeit vor dem Fernseher gehockt und auf der Fernbedienung rumgedrückt. Ab fünf hab ich am Fenster gestanden und gewartet, bis die anderen drei zurück waren, und dann bin ich auf den Geburtstag vom Simon gegangen. Ach Gott, so ein Unglück! Er muss direkt losgewackelt sein mit seinen Krücken, als ich aus der Tür war. Wenn er nur was gesagt hätt', dass er was aus dem Keller braucht, ich hätt's ihm doch holen können. Wo er eh so unsicher auf seinen Krücken war!«

Maja blätterte ihre Briefe durch, konzentrierte sich jedoch voll auf ihr Gehör. Dass Falkenreck die Zugehfrau nicht gebeten hatte, ihm zu helfen, sondern sogar noch gewartet hatte, bis sie weg war, machte die Sache bemerkenswert. Was hatte er im Keller holen wollen? Sie überlegte weiter. Es gab noch eine zweite Möglichkeit: Er war bereits auf dem Rückweg gewesen, als ihn ein Fehltritt die Treppe hinunterfallen ließ. In diesem Fall hätte er gar nichts aus dem Keller holen wollen, sondern etwas dort hingebracht und versteckt!

Lise Kissinger war von einer mittelgroßen Zuhörerschaft umgeben und fühlte sich sichtlich wohl im Rampenlicht. Als Sprechstundenhilfe von Doktor Gaul besaß sie exklusive Informationen, die sie nun wohldosiert an die Menge weitergab.

»Und dann ist der Doktor die Treppe runter, und da lag der Falkenreck mit seinen Krücken, die Augen starr wie zwei Klicker.« Die Umstehenden hingen an ihren Lippen. »Dann hat er die Uelverkamp geholt und ihm gleich den Puls gefühlt, aber da war nix mehr. Der Sturz muss ihm innerlich irgendwas zerrissen haben, meinte der Doktor.«

»20 Minuten später ist der Notarzt da gewesen«, wusste eine Anwohnerin aus der Sonnenhofstraße, »und dann haben sie ihn auf einer Trage rausgebracht, aber ganz langsam, gell, ohne Eile, weil es war ja eh schon zu spät.«

»Und ich sag euch was.« Einige Meter weiter beugte sich die Elwetritsch verschwörerisch zu ihren Klatschbasen vor. »Da steckt das blonde Ding dahinter! Habt ihr gesehen, wie scheinheilig sie geheult und geschluchzt hat, als der Krankenwagen wieder weggefahren ist? 100-prozentig hat die da ihre Finger im Spiel, ich hab's von Anfang an gewusst!«

»Ach, Elvira, komm«, wandte eine der Umstehenden ein, »die Uelverkamp war doch den ganzen Tag mit dem Doktor weg in der Stadt, und dem Alten ging's doch noch gut, die Elke war ja den ganzen Nachmittag bei ihm. Und dann kam der Doktor rein, und da lag er tot an der Treppe. Wie hätt' sie das denn machen sollen? Kann die am End zaubern wie der Harry Potter?« Gedämpftes Lachen kam aus dem Kreis der Klatschweiber.

Maja entfernte sich und drehte weiter ihre Runden auf dem Dorfplatz. Eben hatte sie ein weiteres interessantes Detail erfahren: Doktor Gaul hatte offensichtlich *vor* Kathy den Sonnenhof betreten. Das bedeutete, dass der Doktor für eine kurze Zeit alleine im Haus gewesen war. Bevor sie aber weiter darüber nachdenken konnte, hob ihr Nachbar Tom Hagen grüßend die Hand. Er stand mit einigen Leuten zusammen und unterhielt sich. Es schien, als habe der neue Schrecken das Stigma des Außenseiters von ihm genommen, nun war er wieder in der Dorfgemeinschaft geduldet. Weiter hinten wurde Pfarrer Jungbluths große Gestalt von Dörflern umringt, die wohl pastoralen Beistand suchten. Nach den Nestors schaute Maja sich allerdings vergebens um. Seltsam. Sollte es für sie nicht ein Triumph sein, dass ihr Widersacher Falkenreck das Zeitliche gesegnet hatte? Dass Kathy nicht zu sehen war, wunderte sie nicht. Es war anzunehmen, dass sich die Gertelsheimer nun auf die junge Frau einschießen würden, egal, ob die Verdächtigungen eine logische Grundlage hatten oder nicht.

Ganz hinten stand Ortsbürgermeister Massing bei einigen rotgesichtigen Winzern. Maja stierte angestrengt auf ihre Briefe, drehte sich suchend im Kreis und trat dabei an die Gruppe heran.

»… schlimme Geschichte, gell, jetzt werden wir ja sehen, wie's weitergeht mit dem Vermögen und dem Grundbesitz vom Hof«, meinte der Bürgermeister gerade, »ob der neue Besitzer überhaupt Interesse hat, die Pachtverträge für die Wingert weiterlaufen zu lassen.«

Die Winzer nickten mit ernsten Gesichtern, einer meinte:

»Wenigstens gibt's jetzt e bissje mehr Gerechtigkeit im Dorf.«

Massing warf einen langen Blick auf den Dorfplatz zu Elke Krott.

»Ob's aber der Herr im Himmel war oder vielleicht doch eher die Leut' hier unten, das werden wir wohl nie erfahren.« Mit diesen Worten wandte er sich zum Gehen.

Maja stand wie angewurzelt und schaute dem Bürgermeister nach. Wie war das? Frau Krott – Gerechtigkeit?

Die vage Erinnerung, die ihr schon den ganzen Morgen im Kopf umherstrich, gewann an Form. Massing begrüßte einige Leute und betrat das Rathaus. Das Rathaus. Die Erinnerung wurde schärfer. Während sie versuchte, einen Zipfel des Gedankens zu erhaschen, liefen ihre Füße automatisch dem Bürgermeister nach. Majas Blick fiel auf den Glaskasten mit dem Plakat des Gemeinderats. Die Menschen. Die Namen. Da wusste sie auf einmal, was der Bürgermeister mit seiner Andeutung gemeint hatte.

»Herr Jungbluth, wo ist Angelika Nestor? Bitte, es ist wichtig.«

Pfarrer Jungbluth unterbrach sein Gespräch und blickte auf Maja, die sich gerade mit sanfter Gewalt durch die Leute gedrängt hatte. Er schwieg, als müsse er überlegen, dann antwortete er in seiner gedehnten Sprechweise mit einer Gegenfrage.

»Haben Sie gestern Abend die Stimme gehört, Frau … Rossi? Die Stimme, von der ich Ihnen unlängst … erzählt habe?« Ohne auf eine Entgegnung zu warten, drehte er sich um und widmete sich wieder den Menschen, die ihn umringten.

Maja rührte sich nicht. Was hätte sie gestern Abend hören sollen? Eine Stimme? Da waren die Sirenen des Notarztes gewesen, aber doch keine Stimme!

Natürlich! Die Stimme!

Die Gertelsheimer schauten der Postfrau nach, die mit einem Bündel Briefe in der Hand vom Dorfplatz wegrannte.

»Ei, des müsse aber eilige Briefe sein!«, schmunzelten sie, bevor sie sich wieder um die neuesten Gerüchte kümmerten.

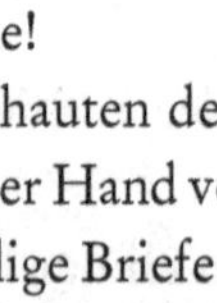

Maja betrat die Kirche, deren Innenraum im Dämmerlicht lag. Die Temperatur sank, die schwüle Hitze blieb draußen und machte trockener Luft Platz, die nach Holz, Staub, Stein und Alter roch. Sie schaute sich um. Die Kirchen oder Kathedralen, die sie kannte, waren prachtvoll und hatten riesige bunte Fenster. Der Mainzer Dom oder der in Speyer. Das Straßburger Münster. Im Gegensatz dazu war die Kirche in Gertelsheim dunkel und kahl, ihre kleinen Fenster sahen eher aus wie Schießscharten. Man sah dem Bau an, dass er sehr alt war.

Rechts neben dem Eingang gab es eine hölzerne Pforte, nicht höher als 1,50 Meter. Der eiserne Riegel klemmte beharrlich und quietschte beim Öffnen. Dahinter befanden sich in einer steinernen Kammer einige altertümliche technische Apparate, Sicherungen und Kabelstränge. Eine Holztreppe schraubte sich in Kehren nach oben. Maja betrat sie vorsichtig. Fast musste sie ihren Weg ertasten, weil die winzigen Fenster kaum Licht hereinließen. Die Treppe führte immer weiter in die Höhe, das Holz knackte unter ihren Füßen. Nach einer gefühlten Ewigkeit erreichte Maja eine Plattform. Auch hier sorgten Schlitze in den Steinwänden für dämmriges Licht. Der quadratische Raum wurde von einem mächtigen Räderwerk eingenommen, dessen Bolzen und Stricke eine große fast schwarze Glocke in der Mitte schweben ließen.

Die Kirchenglocke von Gertelsheim.

Vorsichtig trat sie an das metallene Ungetüm heran. Die Glocke glänzte matt im Schein der hereinfallenden Lichtstrahlen, die unzählige schwebende Staubkörner sichtbar machten. Maja umrundete die Glocke und fand, was sie gesucht hatte. Eine schlichte Gravur schmückte das Metall:

ZUM ANDENKEN AN PATRICK NESTOR

Gezeugt, geboren und geliebt von Angelika und Heribert Nestor.

Falsch beschuldigt von Magnus Falkenreck.

Zu Tode gebracht von Hans-Peter Gaul.

Verleugnet und vergessen von den Menschen in Gertelsheim.

IM JAHRE DES HERRN NEUNZEHNHUNDERTVIERUNDNEUNZIG

»Die Stimme im Dorf, die die Vergangenheit jeden Tag ins Gedächtnis zurückruft«, murmelte Maja und fuhr mit den Fingern über die Gravur. Das waren die Worte des Pfarrers gewesen, die er in der Kirchstraße zu ihr gesagt hatte und die ihr eben auf dem Dorfplatz wieder eingefallen waren.

»Ich habe sie erschallen lassen.«

Erschrocken fuhr Maja herum. Die Worte kamen von irgendwoher, sie konnte keine Richtung ausmachen.

»Ich habe sie erschallen lassen, diese Stimme, gestern, als das alte Scheusal endlich den Tod gefunden hatte.«

In einer Nische des Raumes, im Halbdunkel fast unsichtbar, saß Angelika Nestor auf einer Bank, hatte den Kopf schief gelegt und schaute sie verträumt an.

»Das ist mein Lieblingsplatz hier oben, Frau Rossi, wissen Sie? Hier kann ich ganz alleine sein, alleine mit meinem Sohn.«

Maja spürte ihr Herz klopfen, als die Frau sie entrückt ansah.

»Kommen Sie her, Frau Rossi, kommen Sie.« Einladend winkte Angelika Nestor ihr zu. »Na kommen Sie schon, ich will Ihnen etwas zeigen.«

Zögernd näherte Maja sich. Die Frau war ihr unheimlich, sie wusste nicht, wie weit diese Ruhe vom Wahnsinn entfernt war.

Angelika deutete mit der Hand zu einem der Schlitze, die die Mauer durchbrachen.

»Schauen Sie mal raus.«

Maja lugte durch den Spalt. Vor ihr breiteten sich die Dächer von Gertelsheim aus, die meisten rot, einige schwarz, viele mit Biberschwanz eingedeckt. Fachwerk war zu sehen, hinter den Häusern erhoben sich sonnenbeschienene Weinberge und der dunkelgrüne Streifen des Bruchwaldes. Vögel zwitscherten, ein leiser Lufthauch wehte herein.

»Schön, nicht?«

Maja nickte stumm. Von hier oben erinnerte Gertelsheim tatsächlich an eine Spielzeugstadt im Modelleisenbahnland. Malerisch, friedlich, freundlich. Keine Spur von den Geschehnissen der letzten Tage, von Zwietracht, Neid und toten Menschen. Sie begann zu verstehen, warum Angelika hier oben Zuflucht suchte, wenn die Welt unten aus den Fugen geriet.

Langsam drehte Maja sich um und setzte sich neben die Frau auf die Bank. Sie fühlte sich hilflos und fragte sich, wie sie nach Patrick und seiner Geschichte fragen sollte. Doch Angelika Nestor machte es ihr leicht.

»Am 23. Februar 1977, Mittwoch, Viertel nach vier am Nachmittag im Hildegardis in Mainz geboren. Der Arzt war Doktor Bohnbaß, die Hebamme Carola Weidmann.«

Es klang wie eine Litanei, die sie unendlich oft aufgesagt hatte.

»Unser einziges Kind. Ein, wie sagt man so schön, Sonnenschein. Normale Kindheit, normale Jugend. Bis, ja bis zum Sommer 1994, dem verdammten Sommer.«

Sie spie den Fluch förmlich aus, er klang aus ihrem Mund ausnehmend schlimm.

»17 war er da und wollte in den Sommerferien arbeiten. Für den Führerschein, wissen Sie.« Sie lächelte ein verlorenes Lächeln. »Und weil's so schön nah war, ist er zum Sonnenhof gegangen. Als Erntehelfer, als Mädchen für alles im Wingert und auf dem Hof. Da war er einer unter vielen, damals war der Hof ja noch voll in Betrieb. Mäßige Bezahlung, aber er war in fünf Minuten dort.«

Angelika schwieg einen Augenblick und hing den schmerzlichen Erinnerungen nach.

»Nach zwei Wochen ging's los. Sachen sind verschwunden oder wurden kaputtgemacht. Geld ist geklaut worden, nicht nur einmal, sondern immer wieder. Jemand hat Rattengift in die Erntefässer geschüttet, das wurde zum Glück rechtzeitig entdeckt. Lauter solche Sachen halt. Und Magnus, der hatte sich bald schon einen Schuldigen ausgeguckt, Patrick nämlich. Fragen Sie mich nicht, warum, aber für Falkenreck war das ausgemachte Sache. Vielleicht, weil Patrick, na ja, anders war als die anderen, wissen Sie, er ging aufs Gymnasium, hat nicht geraucht und nicht getrunken, war Messdiener und so. So jemand war für Falkenreck von vornherein eine Memme, einer, auf den man draufhauen konnte. Das hat er dann auch ausgiebig gemacht.« Sie schaute Maja an. »Sie kennen nur den alten Magnus, den Greis im Rollstuhl. Aber vor 20 Jahren, da war er ein eisenharter Mann, einer, der den Willen anderer gebrochen hat wie einen Strohhalm. Seine Anschuldigungen gingen im Dorf herum, und oh ja, natürlich wurden sie gerne geglaubt.«

Maja sagte nichts. Manche Dinge schienen sich in Gertelsheim seit zwei Jahrzehnten nicht geändert zu haben. Angelikas Stimme wurde nun immer leiser, bis sie nur noch ein Flüstern war.

»Heribert und ich haben nicht gemerkt, wie sehr ihn das mitgenommen hat. Wir dachten, er gibt auf die Vorwürfe von Magnus und auf das Geschwätz im Dorf genauso wenig wie wir. Wir haben darüber gelacht, aber er hat es vier Wochen in sich reingefressen, und …«, ihre Stimme kippte fast weg, »und als wir eines Tages heimgekommen sind, da hat er sich in unserem Dachstuhl aufgehängt.«

Maja starrte vor sich hin, ohne etwas zu sehen. Sie hatte keine Kinder, trotzdem konnte sie Angelikas Schmerz nachvollziehen. Das böse Gezischel der Elwetritsch fiel ihr ein, das, was die Wirtin über die Nestors geredet hatte: »Das christlichste Ehepaar von ganz Gertelsheim, so christlich, dass es vom Dachbalken in ihrem Haus gebaumelt ist.«

»Er war aber noch am Leben, als wir ihn gefunden und losgemacht haben. Ich hab ihn in meinen Armen festgehalten, er hat nach Luft gerungen und mich mit den Augen angefleht, ihn nicht sterben zu lassen.« Schweres Schweigen, nur die zwitschernden Vögel waren zu hören. »Nach ein paar Minuten war Doktor Gaul da, endlich, und ich – ich dachte, jetzt wird alles gut.« Nun tropften Tränen auf den Holzboden. Fahrig kramte Angelika nach einem Taschentusch und wischte sich über die Augen.

»Aber der Doktor hat meinen Sohn endgültig umgebracht. Seine Frau und die Kinder waren ihm weggerannt einige Zeit vorher, er hatte angefangen, Medikamente zu nehmen, Beruhigungsmittel. Bei Patrick hat er – seltsame Sachen gemacht, irgendwelche komischen Handgriffe, hat ihm irgendwas gespritzt, ständig in seiner Tasche gewühlt, vor sich hin gebrabbelt, aber alles war – falsch, es war falsch!«

Die Tränen liefen nun in Strömen, ihre Stimme brach.

»Dann kam der Notarzt. Er und die Sanitäter konnten nur noch … es war zu spät, er war – er war …« Sie konnte das Wort nicht aussprechen.

Maja saß auf der Bank, trotz der Sommerhitze war ihr eiskalt. Kein Wunder, dass die Nestors Magnus Falkenreck und Doktor Gaul mit unbarmherzigem Hass verfolgten. Die beiden Männer waren verantwortlich für den sinnlosen Tod ihres einzigen Kindes.

Mit einem Ruck richtete sich Angelika auf. Sie wischte sich nochmals über die Augen, diesmal eher trotzig. Ihre Stimme wurde fest.

»Ein paar Wochen später kam Geld auf unser Konto. Viel Geld, 25.000 Mark. Vom Sonnenhof, kommentarlos. Wir haben im Dorf gehört, dass Falkenreck den wahren Schuldigen gefunden hatte für all die Sachen, die auf dem Hof passiert sind. Ein Knecht, der ihm eins auswischen wollte. Das Scheusal hat versucht, uns zu kaufen … das Leben unseres Sohnes gegen 25.000 Mark.«

Sie stand auf, ging zu der riesigen Glocke und klopfte mit den Fingerknöcheln dagegen. Ein leiser, voller Klang füllte den Raum.

»Die haben Heribert und ich gießen lassen von dem Geld, das uns der alte Widerling überwiesen hat. Wir wollten keinen Pfennig behalten, und auf diese Weise«, sie musste wieder schlucken, »auf diese Weise war unser Sohn immer bei uns, jeden Tag, jede Nacht, zu jeder Stunde. Seine Stimme ist es, die durch den Ort klingt.«

Maja war ihr mit Blicken gefolgt.

»Warum – ich meine, warum ist nichts passiert nach diesem, hm, Vorfall? Da muss es doch eine Untersuchung gegeben haben – Polizei, Ärztekammer, was weiß ich?«

Angelika sah verloren aus neben der großen Glocke.

»Nein, keine Untersuchung, keine Folgen. Die Sache wurde im Dorf unter den Teppich gekehrt. Die Polizei hat auf dem Sonnenhof ein paar Fragen gestellt und einen Aktenvermerk gemacht, aber letztlich war's für sie der Selbstmord eines Jugendlichen, tragisch, aber nichts weiter. Gertelsheim hat Patrick Nestor komplett aus dem Gedächtnis gestrichen. Ein sinnloser Tod, der niemals, niemals Gerechtigkeit erfahren hat.«

Sie machte eine Pause.

»Wissen Sie, zum einen hatten die Leute Angst, den Dorfarzt zu verlieren. In einem so kleinen Ort ist eine eigene Arztpraxis sehr bequem, und diesen Luxus wollte man nicht durch eine Untersuchung infrage gestellt sehen. Zum anderen bekommt der Ort eine Menge Geld vom Sonnenhof, Spenden, Sachgüter, Zuschüsse, günstige Kredite für die Winzer, das wollte erst recht keiner aufs Spiel setzen. Also hat sich der Gemeinderat dazu entschlossen, nichts von alledem zu melden und die Sache totzuschweigen – jahrelang, jahrzehntelang, bis heute.« Bitter setzte sie hinzu: »Darin hat der Massing ja eh Übung – in Heimlichkeiten.«

Wieder ließ sie die Glocke leise ertönen. Maja fühlte sich entsetzlich, als sie endlich die Wahrheit über diesen Vorfall kannte. Sie konnte sich die jahrelangen Qualen der Nestors vorstellen, jeden Tag in die gleichgültigen Gesichter der Menschen im Ort zu blicken und zusehen zu müssen, wie andere Kinder aufwuchsen, zu Erwachsenen wurden und ihren Weg machten. Und dazu das Wissen, dass die beiden Verursacher nach wie vor ihren Platz im Dorfgefüge hatten.

Erst nach ein paar Sekunden realisierte sie den letzten Satz, den Angelika gesagt hatte. Massing – Übung in Heimlichkeiten?

»Wie ... eh, wie haben Sie denn das mit dem Bürgermeister gemeint?«

»Wissen Sie's nicht?« Angelika lachte freudlos. »Das halbe Dorf weiß es doch schon, eigentlich alle außer seiner Frau. Er hat was am Laufen. Ein junges Ding aus dem Nachbarort, aus Mommenheim. Halb so alt wie er. Pikanterweise die Tochter vom dortigen Bürgermeister, vom Kollegen sozusagen. Die ist er nachmittags immer besuchen gegangen, wenn er allen weismachen wollte, er würde in der Hütte ein Nickerchen machen. An der Rückwand die Bretter rausgestemmt und ab durch den Bruch.«

Maja war perplex. Das gab's ja wohl nicht! Alfred Massing ging fremd, während seine Frau Sieglinde zu Hause hockte und sich vor lauter Hitze nicht aus ihren vier Wänden traute! Kein Wunder, dass der Bürgermeister bei seiner Rückkehr von der Polizei auf dem Dorfplatz nicht recht mit der Sprache rausrücken wollte. Und die geradezu theatralische Überraschung der Leute, als Sieglinde den Vorhang der Gartenhütte zurückzog und das Häuschen leer auffand. *Ja so was aber auch! De Bürgermeister is ja gar nit drin in seiner Hütt'! Ja sag emol!* Eine solche Geheimniskrämerei passte zu Gertelsheim und seinen Bewohnern – ebenso wie das vertuschte Schicksal von Patrick Nestor.

Sie trat neben Angelika an die Glocke und ließ das Metall leise erklingen.

»Der zusammengeschlagene Wagen von Doktor Gaul?«, fragte sie sanft. »Der brennende Stall auf dem Sonnenhof?«

Die Frau schwieg eine Weile und zuckte dann mit den Schultern.

»Heribert hält es nicht mehr aus. Seine Wut ist in den letzten Wochen grenzenlos geworden, die Hitze bringt ihn zum Explodieren. Er hat mir von alldem nichts erzählt, aber ich habe es gemerkt an seinen Reaktionen, an seinem Blick.«

Maja nickte unmerklich. Die neuen Informationen tanzten in ihrem Kopf wie unruhige Schmetterlinge und nahmen nach und nach ihre Plätze ein. Sie konzentrierte sich und wechselte das Thema.

»Sie sind mit Elke Krott verwandt?«

Angelika schaute verwundert auf.

»Ja. Sie ist meine Cousine. Woher wissen Sie das denn?«

»Ich bin durch Zufall über ein Plakat gestolpert, mit dem Gemeinderat darauf, und da habe ich gesehen, dass Ihr Mädchenname Krott ist. Stehen Sie sich nah, Elke und Sie?«

Die Frau nickte. Maja war nicht überrascht. Sie erinnerte sich, wie Elke Krott ihre Cousine während des Eklats auf dem Dorffest in den Arm genommen hatte.

»Als Zugehfrau war sie nicht sehr glücklich auf dem Hof, oder?«

»Sie hat es gehasst. Magnus Falkenreck hatte ein durch und durch schwarzes Herz, er hat sie aus reiner Bosheit gequält. Ich weiß nicht, wie oft sie sich danach bei mir ausgeheult hat.«

Maja ließ ihre Augen durch die Turmkammer wandern. Sie hatte eine dieser Szenen mitgekommen, als sie das Paket an Kathy ausgeliefert hatte. Dann wechselte sie erneut das Thema.

»Frau Nestor, was haben Sie gestern auf dem Sonnenhof gemacht?«

Angelika antwortete eine Winzigkeit zu schnell.

»Ich war gestern nicht auf dem Hof. Warum hätte ich dort sein sollen?«

»Ich habe Sie gesehen. Nachmittags.«

»Nein.« Störrisch schüttelte sie den Kopf.

Maja schwieg und wartete. Nach einer Weile presste Angelika die Lippen zusammen, Angst flackerte in ihrem Blick.

»Das … das kann ich nicht sagen.«

Maja schaute sie weiterhin an.

»Okay, aber bitte, Frau Rossi, verraten Sie's nicht im Dorf, sonst kriegen wir Schwierigkeiten, die Elke und ich. Vor allem die Elke.« Sie fuhr sich mit der Zunge über die Lippen. »Also, der Heribert und ich, wir sind beide, na ja, arbeitsunfähig geworden durch diese Sache. Das Haus gehört uns, aber alles andere ist seitdem natürlich knapp. Und die Elke verwaltet seit Jahren die Vorräte im Herrenhaus, sie kocht, bestellt, lässt liefern und so. Da hat keiner den rechten Überblick außer ihr, die Frau Uelverkamp interessiert sich nicht für diese Haushaltssachen. Elke hat angefangen, Kleinigkeiten abzuzweigen für uns, also für Heribert und mich. Das hat uns geholfen, wenn das Geld mal wieder hinten und vorne nicht gereicht hat, und im Sonnenhof ist es nicht weiter aufgefallen. Über die Jahre ist es immer mehr geworden, und irgendwann habe ich mir angewöhnt, mit dem Auto hinzufahren, wenn die Frau Uelverkamp mal nicht da war. Dann haben Elke und ich den Kofferraum vollgepackt, also, auch mal mit anderen Sachen, mit Gebrauchsgegenständen oder so. Und genau so war's gestern. Wir wussten, dass außer Falkenreck niemand im Haus sein würde, und deshalb bin ich hingefahren und mit vollem Auto wieder zurück.«

»Schildern Sie ganz genau, was Sie gesehen haben gestern Nachmittag.«

»Also, Elke hat mich durch den Hintereingang reingelassen wie immer. Wir konnten uns ziemlich frei bewegen, weil der Fernseher laut lief und alles übertönt hat. Ich bin dann ein paar Mal hin und hergelaufen mit den Vorräten, mit Konserven und Brot und Getränkekisten und so.«

»Und Magnus?«

Sie zuckte die Achseln.

»Saß im Wohnzimmer vor dem Fernseher. Ich habe sogar mal einen schnellen Blick reingeworfen, er sitzt ja immer mit dem Rücken zur Tür, also konnte er mich nicht sehen. Und da hat er gehockt, hat den Rollstuhl hin- und hergerückt, gebrummt und gehustet und die Programme weitergeschaltet und so.«

»Wann waren Sie dort?«

»Von eins bis zwei ungefähr.«

»Und danach?«

Sie zuckte erneut die Schultern. »Dann war ich daheim, Elke ist dort geblieben, das hatte sie ja der Uelverkamp versprochen.«

Maja schwieg und ließ die Glocke nochmals leise klingen. Ein schlimmer Verdacht breitete sich in ihr aus wie ein Geschwür.

Drei Mädchen sitzen zusammen und erzählen sich Gespenstergeschichten von toten Frauen und verrückten Ehemännern. Eines der Mädchen hat den Kopf der erwachsenen Jule auf den Schultern. Plötzlich taucht im Hintergrund Opa Kurrweiler auf und schwankt mit ausgestreckten Händen auf die Mädchen zu. Der Strick baumelt noch von seinem Hals, sein Kopf ist violett und grauenhaft aufgebläht. Die Kinder sind in ihre Geschichte vertieft und merken es nicht. Maja will sie warnen, doch sie steckt fest wie in Sirup, kann sich nur in Zeitlupe bewegen und auch nicht rufen. Ohnmächtig muss sie mit ansehen, wie der Opa immer näherkommt und den Mund öffnet. Ein Schwarm Schmeißfliegen quillt heraus, ihre grün schillernden Leiber besetzen jeden freien Platz und krabbeln in jede Ritze. Die Mädchen schlagen um sich und stoßen hohe unnatürliche Schreie aus, dann kriechen die Fliegen auch in Majas Mund und drohen, sie zu ersticken. Die Luft bleibt ihr weg, von irgendwoher hört sie Jules Anrufbeantworter, der ihr vorgaukelt, ihre Freundin wäre am Telefon und würde mit ihr reden.

Schweißgebadet wachte Maja auf, die schwüle Nacht umfing sie wie ein lebendiges Wesen. Sie brauchte einen Augenblick, um sich zu orientieren und ihre Angst zu beherrschen, so real waren die Bilder gewesen.

Ihre Erinnerungen wirbelten durcheinander, etwas versuchte, mit Macht an die Oberfläche zu gelangen. Maja wusste genau, dass ihr Unterbewusstsein ihr gerade die Lösung des Falles präsentiert hatte.

Sie konnte die Bilder nur noch nicht richtig zuordnen.

SONNTAG, 19. JULI 2015
DER ROTE HAHN KOMMT IN FÜNF STUNDEN.

Maja kauerte mutlos an ihrem Tisch in der Villa Wammel, um sie herum war eine Flut an Zetteln und Papieren verteilt. Sie verbrachte ihren Sonntag damit, alle Details aufzuschreiben, die sie in den letzten Tagen gesammelt hatte. Nicks Riesenfernseher lief und beschallte das Zimmer, doch ihre Gedanken waren weit weg.

Die Papiere verschwammen vor ihren Augen. In Fernsehkrimis war es so, dass sich die Fülle der Informationsschnipsel irgendwann auf geradezu magische Art zu einem Gesamtbild zusammenfügte. In Wirklichkeit funktionierte das leider ganz und gar nicht. Egal, wie sie die Papiere kombinierte, mit Pfeilen verband oder in zeitlicher Reihenfolge ordnete, es wollte partout kein stimmiges Bild entstehen.

Besonders der nächtliche Albtraum machte ihr zu schaffen. Sie wusste, dass sie schon die ganze Zeit eine Kleinigkeit übersah. Der Opa. Jule und ihre Gespenstergeschichte mit der gestorbenen Frau. Der Anrufbeantworter. Aber so sehr sie auch grübelte, es wollte ihr nicht einfallen.

Dazu kam die Schwüle, die sich heute nochmals gesteigert hatte und die Luft zäh wie Kleister machte. Der Himmel hatte sich im Lauf des Vormittags mit Wolken zugezogen. Sollte das lange angekündigte Gewitter ausgerechnet heute zuschlagen, wäre das Pech für die Grundschule, in der heute das Schulfest gefeiert wurde. Maja glaubte aber nicht wirklich an einen Wetterumschwung – alle Gewitterwarnungen der letzten Wochen waren im wahrsten Sinne des Wortes nur heiße Luft gewesen.

Um den Kopf freizubekommen und die klebrige Hitze des Zimmers hinter sich zu lassen, entschloss sich Maja, einen Spaziergang zu machen. Denn eine Sache war ihr beim Aufschreiben wieder eingefallen: Die Elwetritsch hatte erwähnt, dass Wern allerlei Erinnerungen im Dorf hinterlassen habe, man würde förmlich über seine Hinterlassenschaften stolpern. Wikipedia hatte Maja verraten, dass es neben dem bereits bekannten Viehtränken-Kunstwerk weitere Skulpturen gab, nämlich zwei Ortseingangssteine und die Nachbildung eines fränkischen Grabsteins. Es stand allerdings nicht im Artikel, ob sie ebenfalls aus Werns Werkstatt stammten, und genau das wollte sie herausfinden. Anschließend plante sie, dem Schulfest einen Besuch abzustatten und zu schauen, ob sie ein paar bekannte Gesichter sah.

Maja schlüpfte durch die Pforte an der Hinterseite ihres Gartens, die über einen Trampelpfad zur Schwabsburger Straße führte, und stand nach ein paar Minuten vor dem westlichen Ortseingangsstein.

Dieser war rund zwei Meter hoch und hatte die Form einer grauen Säule. In der oberen Hälfte waren der Kirchturm und die markante Silhouette des Sonnenhofes eingemeißelt. Darunter kam der Schriftzug GERTELSHEIM, dann wie ein Sprung im Stein der Verlauf der Schwabsburger Straße, darunter wieder Text: SEIT 816.

Auf der Rückseite des Eingangssteins wurde Maja fündig. Hier war die bereits bekannte Zickzacklinie eingemeißelt, die wohl so etwas wie Werns Signatur sein musste. Daneben glänzte, ähnlich wie bei der Brunnenskulptur, eine Bronzeplakette.

Gestiftet 2010 von Magnus Hieronymus Falkenreck.

Derselbe Stein, das wusste Maja, stand an der östlichen Ortsausfahrt Richtung Schwabsburg. Den nachgebildeten Grabstein entdeckte sie auf einem kleinen Platz zwischen der Bruchgasse und dem Wehr. Sie war bestimmt schon hundertmal daran vorbeigelaufen, ohne ihn zur Kenntnis zu nehmen. Wikipedia wusste, dass der weißliche Stein 1922 im Bett des Flügelbaches gefunden worden war und sich das Original im Römisch-Germanischen Zentralmuseum in Mainz befand. Er zeigte zwei Menschen, eine größere und eine kleinere Figur, vielleicht ein Kind. Bei der größeren Gestalt fehlte der Kopf, die kleinere hielt einen runden Gegenstand oder ein Tier in der Hand.

Maja lugte auf die Rückseite des Grabsteins. Es überraschte sie nicht, eine Zickzacklinie und eine Bronzeplakette zu sehen.

Angefertigt 2008 im Auftrag des Sonnenhofes. Ein Geschenk für die Bürgerinnen und Bürger von Gertelsheim.

Soso, noch ein Geschenk des Hofes, 2008 diesmal. Und die Viehtränke? Maja machte sich auf den Weg zum Dorfplatz. Unterwegs kämpfte sie mit einem Niesanfall, die Augen tränten dermaßen, dass ihre Brillengläser auf der Innenseite beschlugen. Jetzt war sie auch noch privat zu Fuß im Dorf unterwegs, als würde sie nicht schon genügend dienstliche Märsche in pollengesättigter Luft unternehmen! Zwei Minuten später stand sie auf dem menschenleeren Platz und wusste Bescheid: Das Viehtränkenmonstrum war 2007 vom Sonnenhof gestiftet worden.

Nachdenklich schlenderte sie die Mommenheimer Straße

hoch in Richtung Grundschule. Sie versuchte, die spendablen Gesten des Hofes einzuordnen in all die Einzelheiten der Dorfgeschichte, die ihr im Kopf schwirrten. Die Wolken am Himmel hatten sich in der letzten Stunde zusammengeballt und schienen mit ihren Bäuchen fast am Kirchturm zu kratzen. Die Sonne glomm durch die dunklen Schwaden und sah aus wie ein Loch im Firmament. Unwillkürlich musste sie an ihren Vampir-Alptraum mit der schwarzen Sonne denken und war froh, als sie in der Schulstraße von Musik und Kinderlachen empfangen wurde.

Sowohl die Schule als auch der Bürgermeister hatten die Werbetrommel für diesen Tag gerührt, er sollte wohl für das verdorbene Dorffest entschädigen und den Einwohnern nach den schlimmen Wochen zumindest ein kleines bisschen Normalität zurückbringen.

Der Schulhof war voll, Kinder mit ihren Eltern im Schlepptau waren unterwegs, es duftete nach Waffeln und Bratwürsten. Stände waren aufgebaut, die AGs der Schule stellten ihre Ergebnisse vor, Fototafeln zeigten Eindrücke der vergangenen Ausflüge. Mütter hatten Selbstgebackenes drapiert, die Väter bemühten sich am Bierfass, holten Weingläser vom Schankwagen und fachsimpelten am Schwenkgrill. Weiter hinten war eine Bühne mit stilisiertem Waldhintergrund aufgebaut, auf der Vorführungen stattfanden. Direkt daneben standen Lautsprecherboxen, an denen Tom Hagen schraubte. Aha, DJ TomTom war wohl bei sämtlichen Festivitäten des Dorfes für den guten Sound verantwortlich.

Unter einem Zelt entdeckte Maja die Heilige Dreifaltigkeit. Die Nestors hantierten mit Luftballons, Pfarrer Jungbluth stand neben Postern, auf denen Kinder in weißen Gewändern für den Dienst als Messdiener Werbung machten. Die Kirche im Dorf hatte wohl Nachwuchssorgen. Majas Blick schweifte über den Eingangsbereich der Schule, sie erinnerte sich, hier ebenfalls etwas über eine Spende des Sonnenhofes gelesen zu haben. Richtig, bei ihrer allerersten Posttour mit Jule war ihr eine Bronzetafel aufgefallen.

Die Grundschule der Gemeinde Gertelsheim dankt Herrn Magnus Hieronymus Falkenreck vom Sonnenhof für seine großzügige Spende, mit der für alle Klassenräume neue Tische und Bänke angeschafft werden konnten.

Gertelsheim, im Jahre 2006.

Sie trat näher und entdeckte in der rechten unteren Ecke die altbekannte Zickzacklinie. Hatte Wern auch diese Bronzetafel gestaltet? Dann musste er ja tatsächlich so etwas wie der Haus- und Hofkünstler des Sonnenhofes gewesen sein.

»Hier, für Ihre Schwester.«

Erschrocken fuhr sie herum. Frau Gennes-Schultz stand hinter ihr und hielt ein Prospekt in der Hand.

»Bitte?«

»Für Ihre Schwester, wegen der Anmeldung. Das ist unsere Broschüre, sie findet darin alle Infos über die Schule und die Anmeldung, und auch das Kollegium ist abgebildet.«

Es war Maja peinlich, an ihre Lügengeschichte mit der schulsuchenden Nichte erinnert zu werden. Mit geheucheltem Interesse sah sie sich das Faltblatt an. Alle möglichen AGs und Förderkurse wurden angekündigt, Basteln, Töpfern, die »Weltenbummler«, dazu kamen Termine und Sprechstunden. Auf der Rückseite gab es ein Foto des Kollegiums. Sechs Frauen, drei Männer. Die dicke Sekretärin. Frau Gennes-Schultz hinten in der Mitte. Wern stand am

Rand und sah nicht sehr glücklich aus. Die Übrigen kannte Maja nicht. Unter dem Bild waren die Namen aufgeführt, sie entdeckte eine Astrid Bebel, eine blasse junge Frau. Sie stutzte. Astrid. Der Name war irgendwo erwähnt worden – richtig, Kathy hatte da etwas erzählt. Astrid war die Aushilfslehrerin, die Wern um seinen Job beneidet hatte. Eine Erkenntnis flammte in ihrem Gehirn auf, aber bevor sie zupacken konnte, tippte die Direktorin auf Wern Ossfahl und senkte die Stimme ein wenig.

»Leider ist das Foto jetzt nicht mehr ganz aktuell. Wir werden für die 2016er-Broschüre ein neues machen müssen.«

Maja spürte, wie die aufgeflammte Erkenntnis versickerte. Sie deutete auf die Bronzetafel.

»Hat Herr Ossfahl das hier gemacht? Ich glaube, diese Zickzacklinie, das ist doch seine Unterschrift oder sein Zeichen oder so.«

»Ja, die Tafel kam damals zusammen mit der Spende vom Sonnenhof. Hat Herr Falkenreck machen lassen. Und dieser Zickzack ist tatsächlich das Zeichen von Herrn Ossfahl, damit hat er alle Werke signiert. Ineinander geschriebene Buchstaben, ein W und ein M. Wern Munz, der Mädchenname seiner Mutter. Er hat mir einmal erzählt, dass sich diese Kombination sehr viel besser zum Signieren eignen würde als ein W und ein O.«

Die Direktorin stockte, als sie Majas Gesicht sah.

»Frau Rossi, was … was ist denn los? Ist Ihnen nicht gut?« Erschrocken stupste sie die Postfrau an, die blass geworden war und ins Nichts starrte.

Maja spürte, wie ihre Gedanken abhoben und in der Zeit zurückrasten. Wie in einem komprimierten Kinofilm huschten die letzten Wochen vorbei, jedes Detail fügte sich mit grausamer Genauigkeit an seinen Platz. Die Giftzettel.

Der Mord an Wern Ossfahl. Die seltsamen Bewegungen, mit denen der sterbende Mann Blätter auf seine Schultern legte. Der Selbstmord von Opa Kurrweiler. Der Tod von Magnus Falkenreck. Die alte Geschichte von Patrick Nestor. Ihr Albtraum. Die Aushilfslehrerin Astrid. Die Zickzacklinie.

Mit einem Mal lag das Puzzle als komplettes Bild vor ihr. Sie wusste endlich, was in Gertelsheim geschah, sie erkannte einen teuflischen Plan, der wie ein gut geschmiertes Räderwerk ablief. Und ihr war klar, dass dieser Plan kurz vor der Vollendung stand.

Auf der Rheinhessenstraße zwischen Hechtsheim und Ebersheim fuhr ein silberner Opel Insignia, ihm folgte ein Polizeiwagen. Beide waren mit überhöhter Geschwindigkeit unterwegs. Im hinteren Wagen saßen zwei uniformierte Beamte der Schutzpolizei, das vordere Auto wurde von Kriminalhauptkommissarin Jesper gesteuert. Normalerweise saß sie lieber auf dem Beifahrersitz, dort konnte sie in Ruhe ihre Gedanken kreisen lassen, anstatt sich auf den Verkehr konzentrieren zu müssen. Aber heute war sie dermaßen kribbelig, dass sie selbst das Steuer übernommen hatte und geflissentlich sämtliche 70er-Schilder übersah. Ihr glatzköpfiger Kollege, Kommissar Peters, saß auf dem Beifahrersitz und blätterte in Unterlagen. Das Ergebnis der gerichtsmedizinischen Obduktion des Magnus Falkenreck, durch Jespers Dringlichkeitsanforderung übers Wochenende erstellt, war vor 15 Minuten eingetroffen. Der zweite Bericht, eine Personenrecherche, hatte Überraschendes ans Tageslicht gebracht. Das dritte Papier war der abgetippte Wortlaut eines anonymen Anrufs, der gestern bei der Polizei in Mainz eingegangen war.

Christoph Peters senkte die Blätter. Er wusste nun, warum seine Vorgesetzte mit einem solchen Tempo über die Rheinhessenstraße nach Gertelsheim raste.

Maja rannte wie von Furien gehetzt in die Villa Wammel und warf ihre Aufzeichnungen auf den Tisch. Sie blätterte darin, um die einzelnen Details zu vergleichen. Hier und dort kritzelte sie ein Wort dazu oder unterstrich einen Zusammenhang. Dann knallte sie den Papierstapel aus dem Büro des Bürgermeisters darauf und begann, ihn zu durchforsten. Ihr Finger blieb bei einem unauffälligen Eintrag hängen.

Volltreffer.

Nun blätterte sie die alten Fotos des Sonnenhofes durch, bis sie die Aufnahme fand, die Magnus neben seinem Cabrio zeigte. Ihre Augen zuckten über ihre bunt gemischte Fotosammlung an der Wohnzimmerwand. Sie nahm ein Bild von der Wand und hielt es neben die Aufnahme von Magnus.

Der zweite Volltreffer.

Als Nächstes waren die alten Flurkarten an der Reihe. Schon nach einem Blick wusste sie auch hier, dass ihr Verdacht richtig war. Sie nagte Fingernägel, während ihr Notebook hochfuhr, dann googelte sie die ärztliche Vorgehensweise bei einem Todesfall. Notarzt. Verdacht auf nichtnatürliche Todesursache. Obduktion.

Wieder ins Schwarze.

Anschließend rannte sie ins Schlafzimmer und fischte aus einer noch unausgepackten Umzugskiste ihre alte abgegriffene Adresskladde. Das Büchlein stammte aus ihren Ausbildungsjahren, aus einer Zeit, in der man Kontakte noch fein säuberlich aufschrieb, anstatt sie ins Smartphone zu tippen und bei jedem Gerätewechsel Gefahr lief, sämtliche Daten zu verlieren. Sie blätterte und fand den Namen, den sie suchte. Ein einziger Telefonanruf war jetzt noch nötig, um ihr letzte Sicherheit zu geben.

Nach diesem Telefonat blieb Maja ein paar Sekunden bewegungslos sitzen. Ihr Verdacht hatte sich bestätigt, sie wusste, dass sie rasch handeln musste, um weitere Fehler zu verhindern. Eilig fing sie an, Unterlagen und Fotos zusammenzupacken.

Vor der Haustür traf sie ein Windstoß, der die Hecken rauschen ließ und Blätter durch die Luft wirbelte. Der Himmel sah unheimlich aus, bleigrau und schwer. Mit eingezogenem Kopf hastete Maja die Backesgasse entlang.

Vor einem etwas heruntergekommenen Hof in der Enggasse parkten der Opel und der Polizeiwagen, Jesper, Peters und die beiden Kollegen in Uniform standen neben dem Tor. Auch nach dem dritten Klingeln am Namensschild *Krott* passierte nichts, die Kommissarin pochte schließlich mit der Faust an das Holz.

»Hallo? Hallo, ist jemand zu Hause?« Der auffrischende Wind riss ihr die Worte von den Lippen.

Ein altes Mütterchen schob ihren Rollator vorbei.

»Da is keiner da. Die sin all beim Schulfest!«, ließ sie die Beamten wissen und humpelte weiter. Die vier schauten sich kurz an und stiegen in die Wagen.

Maja fummelte im Laufen ihr Mobiltelefon heraus. Zum Glück zeigte die Batterie noch einen schwachen Balken. Sie nutzte das Gerät so selten, dass es oft leerlief, ohne dass sie es merkte. Von einer Visitenkarte tippte sie eine Handynummer ab und wartete ungeduldig auf das Freizeichen, während sie vom Georg-Steinbrueck-Ring in die Schulstraße einbog.

Jesper lenkte den Wagen von der Mommenheimer Straße in die Schulstraße, ihr Handy klingelte. Sie kannte die Nummer nicht und meldete sich unwirsch. Dann hörte sie eine halbe Minute zu, bevor sie kurz angebunden erwiderte:

»Ihre Erkenntnisse sind sicherlich spannend, Frau Rossi, aber meine Kollegen und ich sind jetzt dienstlich unterwegs. Vielleicht kommen Sie morgen einfach aufs Präsidium. Wiederhören.«

Maja steckte das Handy weg und war sauer. Da hatte sie endlich die Lösung für all die Geschehnisse in Gertelsheim, und die Polizei wollte nicht mal zuhören! Zu ihrer Verblüffung sah sie ein Polizeiauto und einen silbernen Kombi vor der Grundschule einparken, aus denen Jesper mit ihrem glatzköpfigen Kollegen und zwei uniformierten Polizisten ausstieg. Sofort war Maja klar, weshalb sie hier waren. Ein weiterer Teil des teuflischen Plans war aufgegangen.

»Stopp! Stopp, Frau Jesper, warten Sie noch eine Minute!«

Die Kommissarin drehte sich herum und stieß entnervt die Luft aus, als die Postfrau im Laufschritt auf sie zu gerannt kam. Beiläufig registrierte Maja, dass der obligatorische Schal heute rot leuchtete. Jesper legte den Kopf schief, das Gesicht war eine Faltenlandschaft. Ihre Stimme hatte einen messerscharfen Beiklang,

»Frau Rossi, Ihr Ermittlungseifer in allen Ehren, und, ja! – Sie haben uns beim Mordfall Ossfahl einen entscheidenden Hinweis geben können. Aber inzwischen sind weitere Fakten dazugekommen. Wir werden jetzt da hineingehen und einige Leute aufgrund schwerwiegender Verdachtsmomente festnehmen, und das ist Polizeiarbeit, da haben Sie nichts dabei zu suchen, verstanden?«

Maja schüttelte wild den Kopf und legte ihr die Hand auf den Arm.

»Nein, Sie sind auf dem falschen Dampfer! Hören Sie, ich habe …«

Jesper riss ihren Arm unter Majas Hand heraus und hob drohend der Finger. Ihr Tonfall war kalt wie ein Gletscher.

»Schluss, Frau Rossi! Wir gehen jetzt hier rein und machen unsere Arbeit, und Sie kommen bitte ganz normal aufs Präsidium und geben eine Aussage zu Protokoll! Wir sind doch hier nicht in einem Rheinhessenkrimi!«

Langsam ließ Maja die Hand sinken, die vier Beamten wandten sich zum Gehen.

»Frau Jesper, glauben Sie mir: Sie machen gerade einen gewaltigen Fehler!«

Die Kommissarin reagierte nicht. Eine Windböe fuhr durch den Schulhof und riss Luftballons und Plakate mit sich. Im Inneren des Wolkenbergs, der über dem Dorf hing, zuckten Wetterleuchten.

Maja blieb auf der Straße stehen und schaute mutlos in

die Menge. Einige Familien verließen angesichts des Windes und der dunklen Wolken das Gelände, doch das tat dem Fest keinen Abbruch. Auf der Bühne fand gerade ein Schauspiel statt, mehrere Kinder in Räuber- und Jägerkostümen rannten zu klimpernder Musik hin und her. Die Zuschauer lachten und klatschten. Menschen standen vor dem Grill und vor dem Ausschank, die Direktorin erklärte interessierten Eltern die Ausstellungen der verschiedenen AGs. In der Menschenmenge entdeckte Maja die dicke Elwetritsch und ihren Vermieter Jörg Wammel, der an einer Bratwurst kaute. Elke Krott half beim Ministrantenstand und war umringt von vier, fünf Kindern, wahrscheinlich von ihren Enkeln. Jasmin rannte zum Grill, dort standen Kathy und Doktor Gaul mit einer Tüte Pommes in der Schlange. In der Nähe der Bühne warf Alfred Massing einen Blick in den verhangenen Himmel und machte eine Handbewegung, als wolle er die Wolken höchstpersönlich verscheuchen.

Widerstrebende Gefühle kämpften in Maja. Auf der einen Seite gab es die kleine, schüchterne Maja, die zweimal versucht hatte, mit der Kommissarin zu reden und zweimal abgeblitzt war. Das reichte ihr, sie hatte es versucht, und nun war es Zeit, heimzugehen und sich um ihren eigenen Kram zu kümmern. Auf der anderen Seite war da aber eine neue Maja, eine, die nicht kleinbeigeben wollte und sich nicht fortschlich wie ein geprügelter Hund. Nein, sie hatte etwas zu sagen und sie wollte, verdammt noch mal, dass man ihr zuhörte!

Entschlossen mischte sie sich unter die Menschen und folgte den Polizisten. Diese steuerten zielstrebig auf den Bürgermeister zu. Ein neuer Windstoß fuhr durch den Schulhof, stärker als der erste. Kinder schrien, Erwachsene sprangen zur Seite, als die Fototafeln umknallten und die Bilder vom Wind fortgerissen wurden wie Konfetti. Donner rollte, einige der

Kleinen fingen an zu weinen. Das Schauspiel auf der Bühne brach ab, viele der Zuschauer eilten davon, die Eltern nahmen ihre Kinder bei der Hand. Die Wolken waren nun fast zum Greifen nah.

Jesper und Peters hatten sich inzwischen getrennt, jeder hatte einen der Polizisten mitgenommen. Während der kahlköpfige Kommissar durch die Menge streifte und offensichtlich jemanden suchte, ging Jesper auf den Bürgermeister zu. Maja sah, wie sie ein paar Worte zu ihm sagte, das breite Lächeln rutschte aus Massings Gesicht. Der Uniformierte packte ihn am Oberarm und machte eine Kopfbewegung zum Ausgang, zum Polizeiwagen. Massing fuhr zurück und riss sich los, woraufhin der Beamte fester zupackte und in Angriffshaltung ging. Auch Jesper straffte ihren Körper. Der bullige Bürgermeister und die große dickliche Kommissarin sahen aus wie zwei Catcher, die gleich einen Kampf austragen würden.

Gleichzeitig entstand auf der anderen Seite des Hofes ein Tumult, Peters drängte sich rücksichtslos durch die Menge und erreichte mit großen Schritten den Ministrantenstand. Behutsam, aber eindeutig fasste er Elke Krott an den Schultern und drehte sie zum Ausgang, sein Kollege machte das Gleiche mit Angelika Nestor. Heribert ging dazwischen und musste vom Pfarrer zurückgehalten werden.

Maja hätte am liebsten laut aufgeschrien. Es passierte genau das, was sie befürchtet hatte!

In diesem Augenblick ertönten merkwürdige knallende Geräusche überall auf dem Schulhof. Maja spürte eine unbehagliche Berührung auf ihrem Kopf. Eine Sekunde später wusste sie, was es war: Regen begann zu fallen, große platzende Tropfen, die sich nach wenigen Sekunden in einen undurchdringlichen Vorhang verwandelten. Die Geräusche schwollen zu einem Rauschen an, so laut, dass man die erschrockenen Rufe der Besucher kaum hören konnte. Die Menschen rannten los, einige versuchten, unter den Buden Schutz zu finden, andere spannten ihre Regenschirme auf. Doch der Wind fuhr mit solcher Gewalt dazwischen, dass die Schirme nach hinten klappten wie Spielzeug. Papierfetzen, Plakate und Servietten wirbelten durch die Luft, Kinder suchten weinend ihre Eltern, Väter brüllten, über alledem brandete der Gewitterregen herunter wie eine Maschinengewehrsalve.

Maja duckte sich unter dem Wolkenbruch, die Tropfen taten weh auf der Haut und dem Kopf. Während einige Familien aus dem Hof hinaus in Richtung der geparkten Autos rannten, hasteten die allermeisten auf das Schulgebäude zu. Frau Gennes-Schultz und ein weiterer Lehrer klappten geistesgegenwärtig die Doppeltür auf und winkten die Menschen herbei. Männer umfassten ihre Frauen und Kinder, um sie durch Wind und Regen zum Eingang zu führen. Auch Maja rannte hin. Vor ihr sah sie Jesper in das Gebäude hasten. Nass bis auf die Knochen hetzte sie als eine der Letzten hinein und half, die Tür gegen den Wind zuzudrücken.

Im Inneren des Gebäudes sah es aus wie nach einer Naturkatastrophe. Erschöpfte Menschen ließen sich auf den Boden sinken, der Wind hatte Papierfetzen und nasse Plakate in den Flur geweht, der Gewitterwind heulte um die Mauern und brachte die Tür zum Beben.

Majas Ohren pfiffen, matt nahm sie ihre Brille ab und suchte ein Stück trockenen Stoffes an ihrer Kleidung, um sie abzuwischen. Als sie wieder klar sehen konnte, stellte sie fest, dass längst nicht so viele Leute hier waren wie befürchtet. Die meisten Besucher hatten wohl noch rechtzeitig den Heimweg angetreten. Hier im Haus waren 25, vielleicht 30 Menschen, darunter ein Dutzend Kinder. Die Kleinen wimmerten und kuschelten sich an ihre Eltern. Eine Lehrerin holte Decken und Kissen, eine andere sprang in die Schulküche und setzte Kakao auf. Während sich die Erwachsenen umsahen oder unsicher lächelten, fingen einige der Kinder bereits wieder an, mit den Decken Faxen zu machen und Mumien zu spielen.

Die meisten Eltern rappelten sich nach und nach auf und spähten durch die verglaste Tür. Sie hofften auf einen günstigen Zeitpunkt, um gemeinsam mit ihren Kindern nach Hause zu eilen. Doch nach wie vor rauschte der Regen wie ein Wasserfall zu Boden, der Hof hatte sich in eine riesige Pfütze verwandelt. Blitze zuckten, Donner grollte, und obwohl es erst auf vier Uhr nachmittags zuging, war die Welt wie in schwarze Tinte getaucht.

Maja tastete ihre Hosentasche ab. Glücklicherweise hatte sie die Unterlagen, die sie von daheim mitgebracht hatte, in eine Dokumentenfolie gesteckt, sodass sie trocken geblieben waren. Sie ließ ihren Blick durch den Flur schweifen und entdeckte einige Eltern, die sie vom Postaustragen kannte. Jörg Wammel war da, Jasmin wurde von Kathy und Doktor Gaul fest im Arm gehalten. Die Elwetritsch erinnerte an eine Malerpalette, nachdem der Regen die Schminke in ihrem Gesicht zu Schlieren verwischt hatte. Ausnahmsweise stand ihr Mundwerk still. Tom Hagen unterhielt sich leise mit einer jungen Mutter, im Hintergrund huschten Lehrerinnen umher und flüsterten mit Frau Gennes-Schultz.

Vor der Tür zum Sekretariat standen die vier Polizisten, neben ihnen Alfred Massing, Elke Krott und Angelika Nestor. Der Bürgermeister machte den Eindruck eines gebrochenen Mannes, alle Selbstsicherheit war aus ihm verschwunden. Über Frau Krotts Gesicht liefen Tropfen aus ihren Haaren und Tränen aus ihren Augen, lautloses Schluchzen schüttelte ihren Körper. Heribert stand neben seiner Frau und hielt ihre

Hand, der Pfarrer daneben sah in seiner nassen Soutane aus wie eine Fledermaus. Jesper und Peters schauten sich ratlos an. Der Wolkenbruch hatte ihre Pläne durchkreuzt.

Frau Gennes-Schultz übernahm das Kommando. Sie verkündete den Kindern, dass diese nun gemeinsam mit den Lehrern in den Musiksaal gehen und auf dem Boden ein Deckenlager ausbreiten würden. Dort wollten die Lehrer passend zum gruseligen Wetter Gespenstergeschichten vorlesen. Großer Jubel brach los, für die Kinder entwickelte sich der Nachmittag mehr und mehr zum Abenteuer. Die Erwachsenen bat sie ins Lehrerzimmer, wo Kaffee bereitstand und im Kühlschrank noch einige der Schulfestkuchen warteten.

Die Atmosphäre im Lehrerzimmer war gereizt. Die meisten machten sich Sorgen um die Daheimgebliebenen, sprachen leise in ihre Handys und versicherten sich, dass zu Hause alles in Ordnung war. Die Anwesenheit der Polizisten sorgte für zusätzliche Anspannung. Noch immer standen die vier Beamten eng zusammen mit der schluchzenden Frau Krott, Angelika Nestor und dem versteinerten Bürgermeister. Der Regen rauschte gegen die Scheiben, Böen umtosten das Gebäude wie heulende Sturmgeister. Etwas Metallenes wurde draußen umgeweht und rollte scheppernd über den Boden. Jesper trat zum Fenster, warf einen abschätzenden Blick hinaus und besprach sich im Flüsterton mit ihren Kollegen. Alle nickten zustimmend. Sie machten Anstalten, den Raum zu verlassen, und schoben die drei Gertelsheimer vor sich her. Anscheinend wollten die Polizisten trotz des Gewittersturms den Weg zu ihren Autos wagen.

Maja saß auf einem Stuhl, verknotete die Hände und fühlte sich, als würde sie in einem Ameisenhaufen sitzen. Alle Chancen waren vertan, mit Jesper unter vier Augen zu reden und ihr von ihren Ergebnissen zu berichten. Aber sie konnte nicht zulassen, dass die Dinge weiter auf die falsche Bahn gerieten! Erneut kämpften die alte schüchterne Maja und die neue kämpferische gegeneinander. Das kribbelnde Gefühl in ihrem Bauch machte ihr klar, dass sie nun endlich etwas unternehmen musste, dass die Zeit des Zuschauens und Beobachtens vorbei war. Hier gab es keine Kamera, die ihr Schutz und Schild war, kein Sucher, hinter dem sie sich vor der Welt verstecken konnte. Jetzt lag es an ihr, die Dinge ins rechte Licht zu rücken. Sie musste aufstehen und vor die Leute treten.

Leise zählte Maja von zehn zurück auf null, trickste sich aber selbst aus, indem sie schon bei drei den Stuhl nach hinten schob. Alle schauten zu ihr, als das scharrende Geräusch ertönte. Von nun an gab es kein zurück. Mit pochendem Herzen trat sie nach vorne und stellte sich den Beamten in den Weg.

»Frau Jesper, ich weiß, warum Sie hier sind, und ich weiß, was Sie Frau Krott, Frau Nestor und Herrn Massing vorwerfen. Und ich sage es Ihnen noch mal: Sie machen einen Fehler!«

Das Gesicht der Kommissarin wurde, wenngleich es kaum möglich schien, noch missmutiger. Ihre tiefe Stimme klang gepresst.

»Frau Rossi, zum allerletzten Mal: Das hier ist eine polizeiliche Ermittlung. Halten Sie sich raus, oder Sie bekommen eine Anzeige wegen Behinderung von Ermittlungen.«

Maja zog unwillkürlich den Kopf ein und hoffte, dass sie als Einzige das Zittern in ihrer Stimme hörte.

»Nein, ich halte mich nicht raus. Sie wollten mir ja nicht zuhören, aber ich lasse nicht zu, dass die Dinge noch weiter aus dem Ruder laufen. Es gibt ein paar Geheimnisse hier in Gertelsheim, und jetzt ist es an der Zeit, sie zu lüften.«

Ohne auf eine Erwiderung der Kommissarin zu warten, wandte sie sich Elke Krott zu und redete in einem Atemzug weiter.

»Frau Krott, wann haben Sie den Sonnenhof verlassen an dem Tag, an dem Magnus Falkenreck verstorben ist?«

Die alte Frau blinzelte und wischte sich die Tränen aus den Augen.

»Ei, um … um Viertel nach fünf, eine Viertelstunde später, als ich eigentlich wollte.« Obwohl sie flüsterte, hörte sie doch jeder im Raum. Die Menschen waren mucksmäuschenstill und beobachteten das seltsame Schauspiel.

»Und da ging es dem alten Mann noch gut?«

Elke Krott nickte unsicher.

»Jaja, er hat im Rollstuhl gesessen und ferngeschaut. Und hat ab und zu was gebrummt.«

Nun drehte Maja sich um. Doktor Gaul und Kathy Uelverkamp saßen nebeneinander.

»Kathy, wann seid ihr beide zurückgekommen?«

Die blonde Frau schaute überrascht auf, Doktor Gaul antwortete an ihrer Stelle.

»Auch um Viertel nach fünf. Wir haben die Elke noch kurz gesehen und ein paar Worte gewechselt. Dann sind wir ins Haus und – ja, da lag er unten an der Kellertreppe.«

Maja bremste ihre rasenden Gedanken und zwang sich zur Ruhe. Keine Panik! Niemand brüllte sie an, niemand warf sie hinaus. Sie atmete noch einmal durch und sagte mehr zu sich selbst:

»Also hat Magnus Falkenreck versucht, mithilfe seiner Krücken in den Keller zu gelangen, und zwar in den paar Minuten zwischen dem Weggang von Elke Krott und der Ankunft von Kathy und Doktor Gaul. Dabei ist er gestürzt und hat sich tödliche Verletzungen zugefügt.«

Die Leute murmelten zustimmend. Maja hob den Kopf.

»Es ist aber noch jemand auf dem Sonnenhof gewesen an diesem Nachmittag, Angelika Nestor nämlich.«

Alle drehten sich zu der Frau um, die neben der Kommissarin zart und zerbrechlich aussah. Jespers Mundwinkel zeigten senkrecht nach unten, doch sie hielt sich noch zurück.

»Frau Nestor«, fuhr Maja fort, »wann sind Sie gekommen und gegangen?«

Die Frau schluckte, Heribert rückte beschützend an sie heran.

»Gegen … gegen eins. Gegangen um zwei.« Ihre Stimme klang wie das Zwitschern eines Vogels.

Maja wandte sich zu Jesper um. Sie merkte, dass sie ein klitzekleines bisschen an Selbstsicherheit gewann.

»Frau Jesper, ich nehme an, Sie wissen darüber Bescheid. Sicherlich einer der Gründe, weshalb Sie hier sind. Wie haben Sie von Angelikas Anwesenheit erfahren? Ein anonymer Anruf? Ein anonymer Brief?«

Die eisige Miene der Kommissarin zeigte Maja, dass eine ihrer Vermutungen ins Schwarze getroffen hatte. Doch nun hatte Jesper genug. Sie trat vor, ihr Westerwälder Dialekt ließ die t-Laute knallen.

»So, das ist's gewesen, Frau Rossi. Danke für Ihre Show, wir haben sie alle genossen, und jetzt ist Schluss. Sie kommen morgen aufs Präsidium nach Mainz, ich habe mit Ihnen zu reden.« Ihr Tonfall ließ keinen Zweifel darüber, dass dieses »reden« nicht sehr entspannt sein würde. Resolut drehte sie sich um und gab ihren Kollegen unmissverständliche Zeichen. Doch Maja dachte gar nicht daran, aufzugeben. Gerade fingen ihre Gedanken an, sich zu Worten und Sätzen zu formen, soeben merkte sie, dass sie im Mittelpunkt stehen konnte, ohne zu stottern und rot zu werden.

»Nein, stopp! Frau Jesper, hören Sie mir zu! Ich … ich kann …«

»Sind Sie bekloppt, Frau Rossi?«, fuhr die Kommissarin grob dazwischen. »Ich denke nicht im Traum daran, mit Ihnen über irgendwelche polizeilichen Ermittlungen zu diskutieren. Damit Sie den Leuten hier Flausen in den Kopf setzen und sich danach wilde Gerüchte verbreiten, oder wie stellen Sie sich das vor?«

Maja schüttelte eigensinnig den Kopf und fragte sich, wo sie eigentlich den Mut hernahm, mit der Kommissarin so zu reden.

»Nein, Frau Jesper, nein. Ich bitte Sie um eine einzige Sache: Geben Sie mir fünf Minuten, danach können Sie selbst entscheiden, ob Sie mir glauben oder nicht. Aber ich verspreche Ihnen, dass Sie dabei Sachen erfahren, die die Geschehnisse in Gertelsheim in einem komplett anderen Licht erscheinen lassen.« Sie machte eine Pause und versuchte, im Gesicht der Kommissarin zu lesen. Es war wie aus Stein gemeißelt.

»Bitte«, fügte sie leise hinzu.

Sie hatte das Gefühl, von der großen Frau genauso seziert zu werden, wie sie selbst andere Menschen mithilfe ihrer Nikon sezierte. Jesper ließ die Sekunden zäh wie Honig verstreichen, während sie die neugierige und lästige Briefträgerin durch die Linsen ihrer blassen Augen beobachtete. Schließlich rang sich die Kommissarin zu einer Entscheidung durch.

»Fünf Minuten«, beschied sie knorrig. »Und das auch nur, weil Sie uns bei unserer Arbeit ein gutes Stück weitergebracht haben. Keine Sekunde länger. Zeit läuft.«

In kritischer Haltung baute sie sich an der Tür auf und verschränkte die Arme.

Maja beeilte sich, mit ihrer Schilderung fortzufahren.

»Nachdem Sie also per anonymem Hinweis erfahren hatten, dass Angelika Nestor ebenfalls auf dem Sonnenhof war, haben Sie tiefer in der Vergangenheit gegraben. Und natürlich sind Sie auf die traurige Geschichte von damals gestoßen – das einzige Kind, von Falkenreck in den Tod getrieben. Das ist wohl etwas, das in Ihrer Sprache ein ›begründeter Verdacht‹ genannt wird, stimmt's? Also haben Sie eine Obduktion an der Leiche von Falkenreck durchführen lassen.«

Jesper rührte keinen Muskel.

»Was wird dabei gemacht? Ich habe mich vorhin eingelesen: Bei der sogenannten Leichenschau wird der Körper geöffnet und untersucht, um die Todesursache zu ermittelt. Wenn ein Notarzt im Einsatz war, werden auch dessen Protokolle dazugeholt. Darin ist die Körpertemperatur des Toten vermerkt, und die war besonders interessant. Warum? Weil sie beweist, dass der Todeszeitpunkt nicht mit den Aussagen der Beteiligten übereinstimmt. Magnus Falkenreck ist nicht am späten Nachmittag gestorben, sondern bereits um die Mittagszeit.«

Ein Raunen ging durch den Raum, die Menschen schauten sich überrascht an. Blankes Entsetzen lag in den Augen von Frau Krott und Angelika Nestor.

Maja holte tief Luft und wandte sich um.

»Frau Nestor, Sie wussten, dass Ihre Cousine den ganzen Tag mit Magnus Falkenreck alleine sein würde. Da haben Sie endlich eine Gelegenheit gesehen, Gerechtigkeit zu üben für das Jahrzehnte alte Unrecht, das Falkenreck Ihnen angetan hatte. Bei Ihrem Mann liegen ja schon wochenlang die Nerven blank, und jetzt ist auch bei Ihnen das Maß voll, die Geduld am Ende. Sie fahren nachmittags hin, Frau Krott macht Ihnen heimlich die Tür auf. Ihre Cousine ist genauso wie Sie voller Hass auf den alten Mann, der ihr schon seit Jahren das Leben zur Hölle macht. Gemeinsam packen Sie Magnus Falkenreck, zerren ihn zur Kellertreppe und werfen ihn hinunter. Sie schauen beide zu, wie das Leben aus ihm weicht. Danach verlassen Sie den Hof wieder heimlich, still und leise. Und Ihre Cousine wartet, bis es draußen hupt und Kathy und der Doktor zurück sind. Keine besonderen Vorkommnisse, nein, alles in Ordnung.«

Sie machte eine Pause und fuhr leise fort.

»Im Dorf wird diese Version natürlich gerne geglaubt. Keiner mag den alten Falkenreck, keiner fragt weiter nach. Ein rascher Totenschein vom Notarzt, das war's. Ein später Triumph, Frau Nestor. Derjenige, der das Unglück über Ihren Sohn und Ihre Familie gebracht hat, ist durch Ihre Hand gestorben. Gerechtigkeit nach so vielen Jahren.«

Sie schaute die beiden Frauen an, die wie erstarrt neben den Polizisten standen.

»Und ohne den anonymen Hinweis an die Polizei wäre der Plan tatsächlich aufgegangen. Niemand hätte die Leiche genauer in Augenschein genommen, niemand den Todeszeitpunkt näher bestimmt, niemand Verdacht geschöpft. Ein perfekter Mord.«

Elke Krott krümmte sich und begann krampfhaft zu weinen. Angelika Nestor schüttelte immer und immer wieder den Kopf, als würde ein Tremor sie beuteln.

»Nein, nein, nein, so war es nicht, das war ich nicht, nein, ich schwör's, nein.«

Behutsam führte Christoph Peters die beiden an einen Tisch und half ihnen sich zu setzen. Heribert kniete sich nieder, umarmte seine Frau und flüsterte auf sie ein. Die übrigen Leute im Lehrerzimmer tuschelten aufgeregt. Ein Mord! Ein weiterer Mord in Gertelsheim!

Maja schwieg und ordnete ihre Gedanken. Es tat gut, endlich all die Details aneinanderzufügen und laut auszusprechen. Aus den Augenwinkeln sah sie Jesper mit Donnerwettergesicht an der Tür stehen. Sie rechnete es der

Kommissarin hoch an, dass diese sich tatsächlich an die Fünf-Minuten-Abmachung hielt, obwohl Maja gut gehütete Ermittlungsergebnisse ans Tageslicht zerrte.

»Noch drei Minuten«, knurrte Jesper, als hätte sie Majas Gedanken gelesen.

Maja wandte sich dem Bürgermeister zu. Alfred Massing ließ die Schultern hängen und schien das Geschehen im Raum nur halb mitzubekommen.

»Herr Massing, Sie erinnern sich doch noch an den Tag, als Wern Ossfahl ermordet wurde. Wo waren Sie an diesem Mittag?«

Er schaute noch einige Sekunden ins Nichts, dann antwortete er tonlos:

»In meinem Schrebergarten. Hinten am Zaun. Was reparieren.«

Maja wartete, ob er noch etwas hinzufügen würde, dann ermahnte sie ihn wie einen Schuljungen.

»Herr Massing, wir wissen beide, dass das nicht stimmt. Die Polizei weiß es auch, und die meisten hier im Raum sowieso, also machen Sie kein Hehl aus der Sache.«

Im Lehrerzimmer herrschte atemlose Stille. Das Leben kehrte in Alfred Massing zurück, er streckte seinen Körper und warf einen finsteren Blick in die Runde.

»Es ist, wie ich gesagt habe. Ich war hinten am Zaun und basta.«

Angelika Nestor fuhr von ihrem Stuhl auf und ließ alle zusammenzucken.

»Red keinen Scheiß, du warst bei deiner Freundin, Alfred, bei deiner Geliebten! Jetzt ist Schluss mit der Lügerei, du kommst nicht immer durch mit deinen Märchengeschichten und deiner … deiner Ignoranz!«

Die Landung eines UFOs hätte im Lehrerzimmer nicht

mehr Erstaunen hervorrufen können. Der Bürgermeister – eine Affäre? Gleichzeitig gingen alle Mundwerke an, Geschnatter setzte ein, einige hauten vor Überraschung auf den Tisch. Aus den Augenwinkeln sah Maja, dass mehrere Leute im Raum sich wissend ansahen. Aha, da wussten tatsächlich einige bereits Bescheid, genau, wie Angelika es auf dem Kirchturm gesagt hatte.

Massing schoss in die Höhe und trat einen Schritt auf Frau Nestor zu.

»Red kein Scheißdreck, Angelika, sonst sorg ich dafür, dass …«

Blitzschnell trat Christoph Peters heran, seine Hände schlossen sich wie Eisenklammern um den Arm des Bürgermeisters. Dieser klappte den Mund zu und funkelte die Frau an. Sie starrte angriffslustig zurück.

Maja schaltete sich ein.

»Frau Nestor, wer ist die Freundin vom Bürgermeister?«

Die Antwort kam wie aus der Pistole geschossen:

»Die Tochter vom Mommenheimer Bürgermeister.«

Massing schrie etwas von Verleumdung, aber Peters' Druck am Oberarm ließ ihn leiser werden. Der Rest seiner Tirade ging im allgemeinen Stimmengewirr unter.

Maja drehte sich zu Kathy um.

»Kathy, du hattest mir da mal ein wichtiges Detail erzählt über die Situation von Wern Ossfahl an der Schule. Jemand hat ihm den Job streitig gemacht oder so?«

Kathy schaute sich halb um, wie um sicherzugehen, dass tatsächlich sie gemeint sei.

»Ja, das hat er mal erzählt. Astrid, die Daueraushilfe, die hätte wohl gerne seine Stelle gehabt, weil, na ja, weil er eben Quereinsteiger war, also keine richtige Lehrerausbildung hatte.«

Nun richtete Maja ihren Blick auf die Schulleiterin, die wie eine strenge graue Aufpasserin in einer Ecke stand.

»Frau Gennes-Schultz, wie heißt Ihre Aushilfslehrerin mit vollem Namen?«

Die Direktorin fuhr sich mit der Zunge über die Lippen.

»Astrid Bebel.«

Maja hörte dem Klang des Namens hinterher.

»Astrid Bebel. So steht's im Faltblatt der Schule, das Sie mir gerade vorhin auf dem Fest gegeben haben. Themenwechsel: Ich hatte letztens ein Einschreiben auszuhändigen, es ging an Herrn Massing und kam vom Mommenheimer Bürgermeister. Frau Elweritsch, Sie wissen doch bestimmt, wie der heißt, oder?«

Die Wirtin zuckte zusammen, als sie angesprochen wurde.

»Ei, des is de Bebel. De Bebel Horst.«

»Ist Astrid Bebel seine Tochter?«

Sie nickte stumm, ihr Doppelkinn kam in Wallung.

»Danke. Astrid Bebel also, Honorarkraft an der Grundschule und gleichzeitig die Affäre von Alfred Massing. Damit kommen wir wieder ein Stück weiter.« Maja fand sich zu ihrem eigenen Erstaunen immer besser in ihrer Rolle als Moderatorin zurecht. Sie fühlte sich ein klein wenig wie ein Romandetektiv, der einen verzwickten Fall aufklärt.

»Folgende Situation: Herr Massing beginnt eine Affäre mit der Tochter des Mommenheimer Bürgermeisters. Wann? Letztes Jahr? Vor zwei Jahren?« Sie schaute Massing mit hochgezogenen Augenbrauen an.

»Für Ihre Lügenmärchen kriege ich Sie dran, Frau Rossi«, presste er hervor.

»Ist ja auch egal, wann die Sache losging. Ziemlich schnell finden Sie eine Möglichkeit, sich mit ihr zu treffen, ohne Verdacht zu erregen. Das selten genutzte Schrebergartengrundstück wird zu Ihrer zweiten Heimat, Sie sägen und streichen wie ein Heimwerkerkönig. Dabei – ganz wichtig! – müssen Sie sich nicht vor einem überraschenden Besuch Ihrer Frau fürchten. Denn sie verlässt selten das Haus und hat eine Abneigung gegen Sonne und Hitze. Also wird eifrig gewerkelt, und dann ziehen Sie sich vor den Augen aller Nachbarn in die Hütte zurück. Hinten sind die Bretter locker, ritsch-ratsch, eine Öffnung ist da.«

Der Bürgermeister schwieg und starrte sie vernichtend an.

»Statt eines Nickerchens machen Sie also einen Ausflug ins Unterholz und von dort zu einem Treffpunkt oder nach Mommenheim. Nach ein paar Stunden dann dasselbe Spiel umgekehrt: heimlich zurück, heimlich in die Hütte und mit großem Trara wieder auftauchen. Gähnen. Strecken. Ein perfekter Auftritt.«

Einige Leute im Lehrerzimmer wisperten. Das war ja unglaublich!

»Dann kommen Sie aber auf eine Idee, die Sie nicht mehr loslässt, Herr Massing. Ihre Freundin beklagt sich immer wieder über die Situation an der Schule, über die Tatsache, dass Wern Ossfahl ohne Lehrerausbildung eine volle Stelle hat und sie nur auf Stundenbasis angestellt ist. Was wäre nun, denken Sie sich, wenn Ossfahl gehen würde? Wenn die volle Stelle plötzlich zur Verfügung stünde? Als bekanntes Gesicht in der Schule wäre Astrid die erste Kandidatin dafür. Und alles, was Sie tun müssen, ist, Ossfahl das Leben im Dorf gründlich zu vermiesen. So sehr, dass er irgendwann seine Sachen packt und abhaut.«

Sie ließ ihre Worte wirken und beobachtete, dass die Menschen begannen, ihre eigenen Schlussfolgerungen zu ziehen.

»Aber Sie dürfen nicht allzu offensichtlich vorgehen. Denn irgendwie hat Wern Ossfahl Ihr kleines Geheimnis herausgekriegt, stimmt's? Das war es nämlich, was er Ihnen auf dem Dorffest zugebrüllt hat, von wegen ›ich habe etwas, um dir das Maul zu stopfen‹.«

Massings empörtes Gehabe sah nicht mehr allzu echt aus. Gehetzt schaute er sich im Raum um, als suche er nach Verbündeten.

»Also haben Sie über den Gemeinderat Druck in der Schule gemacht. Frau Gennes-Schultz, da gab es eine regelrechte Front gegen Wern, richtig? Und das, obwohl sein Unterricht bei Licht betrachtet sogar interessant und abwechslungsreich war.«

Die Direktorin machte eine Handbewegung, die alles oder nichts heißen konnte.

»Also Beschwerden bei der Schulleiterin über Ossfahls Unterrichtsmethoden, ein paar dezente Hinweise an den Elternbeirat, vielleicht sogar Gespräche mit den anderen Lehrern. Aber es hat nicht geklappt, oder, Herr Massing? Ossfahl wollte einfach nicht gehen. Da haben Sie noch eins draufgesetzt, einen Stein in sein Fenster geworfen und den Spruch an seine Mauer gesprüht. *Hau ab, Arschloch, wir wollen dich hier nicht haben.*«

Massing biss Zähne zusammen, sein Kopf wurde puterrot.

»So einen Scheiß hör ich mir nicht länger an!«

»Aber Ihr wirkliches Meisterstück ist längst schon geplant. Denn als Bürgermeister haben Sie die richtigen Kontakte zu den Behörden, um in der Vergangenheit von Wern Ossfahl zu schnüffeln. Und siehe da, Sie entdecken einen Vorfall vor vielen Jahren, eine Anzeige wegen des Missbrauchs von Schutzbefohlenen. Da war zwar nichts dran, die Sache ist wegen erwiesener Unschuld eingestellt worden, aber egal. Um einen Ruf zu ruinieren, reicht es völlig aus.«

Der Bürgermeister wurde wild.

»Ein Quatsch ist das!« Speicheltröpfchen flogen aus seinem Mund. »Das stimmt nicht, das ist nicht wahr! Das habe ich niemals gemacht!«

Eine gemurmelte Zurechtweisung von Cosima Jesper brachte ihn zum Schweigen.

Maja nickte ihr zu.

»Sie haben mir da unwissentlich einen Hinweis gegeben, Frau Jesper. Als wir auf dem Dorfplatz standen und uns über diese alte Anzeige gegen Ossfahl unterhielten, da sagten Sie: ›Es gibt kaum etwas, womit man jemanden schlechter machen kann als mit dem Vorwurf des Kindesmissbrauchs.‹«

Die Miene der Kommissarin war nach wie vor aus Stein.

»Noch einsdreißig.« Ihre Lippen bewegten sich kaum.

Maja wandte sich Massing zu.

»Und genau das wollten Sie sich zunutze machen. Ihr Plan war simpel: Ein paar Dutzend anonymer Zettel sollte die angebliche Missetat von Wern Ossfahl publik machen. Sie kennen Gertelsheim, Sie kennen die Bewohner, und Ihnen ist klar, dass Ossfahl keine Chance mehr haben würde hier im Dorf. Mit dem Makel des Kindesmissbrauchs würde ihm nichts anderes übrig bleiben, als zu gehen. Sein Posten in der Schule würde endlich zur Verfügung stehen. Für Ihre Freundin nämlich.«

Massing war merkwürdig ruhig geworden und holte tief Luft. Die Spannung im Raum war fast mit Händen zu greifen.

»Na gut, Frau Rossi, ich will nicht um den heißen Brei herumreden – der Stein im Fenster und der Spruch an der Mühlenmauer, das war ich, das geb ich zu. Aber«, seine Stimme schwoll an, »mit den Briefen hab ich nichts zu tun, bei allen Heiligen, das war ich nicht!«

Maja sprach weiter, als hätte er nichts gesagt:

»Dann läuft die Sache aus dem Ruder. Sie haben nicht damit gerechnet, dass die Leute dermaßen darauf anspringen. Die Hitzewelle macht die Menschen aber unberechenbar, und plötzlich sammelt sich ein Mob vor Ossfahls Haus und schlägt alles kurz und klein. Das Schlimmste aber war, dass Sie die Reaktion von Wolfram Kurrweiler nicht vorhersehen konnten.«

Maja machte eine Pause und blickte zu Tom Hagen, dessen Gesichtszüge mühsam beherrscht blieben.

»Wie auch, der alte Mann ist ja immer unauffällig gewesen, die schlimmen Vorfälle in seiner Vergangenheit, der Missbrauch und der Tod seiner kleinen Tochter, liegen schon viele Jahrzehnte zurück. Aber Kurrweiler steht unter Dampf. Die knallheißen Temperaturen machen ihn aggressiv, seit Wochen schon bricht er Streit vom Zaun, wegen jeder Kleinigkeit fährt er aus der Haut. Dann der anonyme Zettel. Ein Kinderschänder im Dorf, hier, vor seiner eigenen Haustür. Alles kocht hoch. Kurrweiler geht im Wald spazieren, vielleicht, um sich zu beruhigen, um alleine zu sein. Wern Ossfahl flieht vor dem Pöbel ausgerechnet dorthin und trifft seinen Henker. Die berühmt-berüchtigte Verkettung unglücklicher Umstände. Kurrweiler sieht rot, erschlägt ihn mit seinem Stock und stopft ihm den Giftzettel in den Mund.«

Die Menschen schwiegen betroffen, als sie die Geschichte so plastisch beschrieben bekamen. Maja richtete ihren Blick auf Jörg Wammel.

»Sie sind auch dort gewesen, Herr Wammel. Sie hatten mit Wern ja auch noch ein Hühnchen zu rupfen, schließlich war er derjenige, der damals das Jugendamt über die Verwahrlosung Ihrer Tochter informiert hat. Verprügeln wollten Sie ihn, ihm einen ordentlichen Denkzettel verpassen, von wegen ›Jugendamt anrufen, aber selbst Kinder missbrauchen‹.«

Zum ersten Mal zeigte Jesper eine Reaktion, sie schaute auf und heftete ihre Augen auf Wammel. Dieser Teil der Geschichte war ihr neu. Der kleine dicke Mann schluckte.

»Also, ich, eh, ich wollt ja nur …«

»Aber Sie sind zu spät«, unterbrach Maja ihn. »Jemand war schneller, Ossfahl liegt tot im Unterholz. Da bekommen Sie Panik, rennen zum Dorf und berichten von dem Toten im Wald. Und jetzt kommt's.« Sie deutete auf Massing, der sie nach wie vor anfunkelte. »Jemand hat die Idee, den Bürgermeister zu informieren. Aber der ist nicht zu Hause und – Überraschung! – auch nicht in seinem Gartenhaus, wie alle dachten. Sie sind gerade auf dem Rückweg von Mommenheim, Herr Massing, von Weitem sehen Sie schon die Menschen an Ihrer Laube stehen. Schnell lassen Sie sich die Ausrede mit dem Gartenzaun einfallen. Aber richtige Panik kriegen Sie, als Sie erfahren, um was es geht: Ossfahl liegt tot im Wald, keiner glaubt Ihnen die Geschichte mit dem Gartenzaun, und auf dem Dorffest hatten Sie offenen Streit mit ihm. Genau aus diesen Gründen nimmt die Polizei Sie mit zum Verhör. Am nächsten Tag sind Sie aber wieder da. Warum? Im Dorf erzählen Sie, dass die Polizei Ihnen das Gartenzaunmärchen schließlich doch geglaubt hat. Das stimmt aber nicht. Sie haben Frau Jesper schlicht und einfach die Wahrheit gesagt, dass Sie nämlich zur Tatzeit in Mommenheim bei Astrid Bebel waren, und Ihre Freundin hat das Alibi bestätigt.«

Der schnelle Blick, den Massing und Jesper wechselten, genügte Maja.

»Dann forschen Sie aber weiter, Frau Jesper, und auf einmal erkennen Sie den Zusammenhang zwischen der Freundin des Bürgermeisters und der anonymen Verleumdung von Wern Ossfahl. Immerhin ist aus dem Giftzettel blutiger Ernst geworden.«

Die Kommissarin trug bereits wieder ihre steinerne Miene zur Schau. Mit einer winzigen Kopfbewegung deutete sie einen Blick auf ihre Armbanduhr an. Maja gab Gas.

»Also setzen Sie sich ins Auto und kommen hierher. Im Gepäck haben Sie die Lösung beider Fälle: die gerichtsmedizinische Untersuchung, die zeigt, dass Magnus Falkenreck bereits mittags gestorben ist und somit ermordet wurde. Und die Wahrheit über die anonymen Zettel, die Stein des Anstoßes geworden sind für so viele schlimme Ereignisse. Sie fahren hierher, um Herrn Massing, Frau Krott und Frau Nestor zur Befragung mitzunehmen. Das Unwetter setzt uns alle hier fest. Und da sind wir. Punkt.«

Maja schwieg einen Augenblick, dann stieß sie pfeifend die Luft aus und ließ sich auf den nächstbesten Stuhl plumpsen.

Stille herrschte im Raum. Jeder der Anwesenden war mit seinen eigenen Gedanken beschäftigt, um die Fülle der Informationen zu verdauen, die in den letzten Minuten ans Tageslicht gekommen war.

Jesper trat einen Schritt nach vorne. Ihre Stimme schnarrte missbilligend, doch Maja glaubte, ein klitzekleines bisschen Bewunderung mitschwingen zu hören.

»Frau Rossi, ich bin zwar nach wie vor der Meinung, dass all diese Einzelheiten, seien sie nun polizeilich oder, tja, postfrauentechnisch ermittelt, hier in der Öffentlichkeit nichts zu suchen haben. Und ich kann in diesem Rahmen natürlich auch keine Ihrer Aussagen bestätigen. Trotzdem würde ich jetzt gerne mit meinen Kollegen und mit den drei Damen und Herren«, sie deutete auf Massing, Krott und Nestor, »nach Mainz ins Präsidium fahren. Dort wird sich alles Weitere klären.«

Die Gruppe schickte sich an, das Lehrerzimmer zu verlassen. Die Übrigen begannen zu debattieren und fuchtelten mit den Händen.

Jesper war schon fast aus der Tür, als sie sich nochmals umdrehte.

»Frau Rossi, warum sind Sie mir eigentlich die ganze Zeit auf die Nerven gegangen und haben mich davor gewarnt, einen Fehler zu machen? Schließlich passt unsere Vorgehensweise ganz genau zu dem, was Sie gerade ausgeführt haben.« Ihr Tonfall bekam eine leicht spöttische Note. »Und um ehrlich zu sein – die versprochenen Neuigkeiten, die die Vorfälle in einem ganz anderen Licht erscheinen lassen, habe ich ebenfalls vermisst.«

Maja knipste ihr freundlichstes Lächeln an und machte eine einladende Handbewegung.

»Na endlich, Frau Jesper, ich dachte schon, Sie fragen nie. Vielleicht wollen Sie mir noch mal fünf Minuten schenken, dann erzähle ich Ihnen eine weitere Geschichte. Es gibt nämlich eine zweite Wahrheit hier in Gertelsheim, eine Wahrheit, die sehr gut hinter einem Gespinst aus Lügen versteckt ist.«

Das Lächeln verschwand aus ihrem Gesicht.

»Und diese Wahrheit trägt die Handschrift des Teufels.«

In der letzten halben Stunde waren mehr als 40 Anrufe bei der Bereitschaftspolizei und beim Feuerwehrnotruf eingegangen. Während die Polizisten in Mainz die Uniklinik informierten und dort zwei Krankenwagen mit jaulenden Sirenen in die Langenbeckstraße einbogen, rannten die Feuerwehrleute in Oppenheim zu ihrem Geräteraum und verpackten Äxte, Stromaggregate, Scheinwerfer und Pumpen. Der Einsatzleiter Jochen Dernsdörfer, ein vierschrötiger Endvierziger mit Aknenarben im Gesicht, konnte sich inzwischen ein Bild von der Lage in Gertelsheim machen. So, wie die Situation sich darstellte, ging dort gerade ein Starkregen nieder. Der seit Wochen ausgetrocknete Boden rings um das Dorf konnte die Wassermassen nicht aufnehmen, sodass Schlammbäche über die Feldwege in den Ort hineinströmten. Zahlreiche Keller standen unter Wasser, einige Häuser hatten keinen Strom mehr.

Dernsdörfer brüllte Anweisungen und schaute zu, wie schweres Gerät in die Feuerwehrautos geladen wurde. Die ersten Motoren sprangen an, die Blaulichter zuckten in nervösem Stakkato über die Gesichter der Männer.

Im Lehrerzimmer der Schule hatte eine unterschwellige Spannung für Ruhe gesorgt. Die Kleider der Menschen fingen an zu trocknen und sättigten die Luft mit Feuchtigkeit. Das über Wochen aufgeheizte Gebäude ließ eine regelrechte Saunaatmosphäre entstehen, die Leute hatten Schweißtropfen auf der Stirn. Christoph Peters saß mit dem Bürgermeister und den zwei Frauen an einem separaten Tisch, die beiden Uniformierten standen an der Tür. Cosima Jesper setzte sich zu Maja und schaute sie skeptisch an.

»Na denn, Frau Rossi, Ihre zweiten fünf Minuten laufen. Legen Sie los mit Ihrer Geschichte. Ihre Wahrheit, die hinter Lügen versteckt sein soll.«

Maja überlegte einen Augenblick, wo sie beginnen sollte.

»Wern Ossfahl kommt 2006 nach Gertelsheim. Als freischaffender Künstler schwimmt er nicht gerade in Geld. Aber passenderweise bietet ihm die Grundschule eine volle Stelle an, und das, obwohl er kein Lehramtsstudium vorzuweisen hat. Im selben Jahr bekommt die Schule eine Spende vom Sonnenhof, durch die neue Tische und Bänke angeschafft werden können. Ein merkwürdiger Zufall, oder, Frau Gennes-Schultz?«

Die Direktorin hatte sich ebenfalls einen Sitzplatz gesucht. Sie zuckte nichtssagend mit den Schultern, die Frage war ihr offensichtlich nicht sehr angenehm. Maja fuhr fort:

»In den folgenden vier Jahren wird Wern Ossfahl immer wieder beauftragt, Skulpturen für das Dorf herzustellen. Der Viehtränkenbrunnen 2007. Die Nachbildung des Grabsteins 2008. Die beiden Eingangssteine 2010. Große Arbeiten, teure Arbeiten. Der großzügige Spender: immer wieder der Sonnenhof. Das Dorf hat kein Mitspracherecht. Dieses Viehtränkenmonster gefällt keinem, aber es gibt keine Diskussion. Richtig, Herr Massing?«

Der Bürgermeister nickte unwirsch.

»Falkenreck wollte das so und Punktum.«

»Während all der Jahre wohnt und arbeitet Wern in einem stattlichen Gebäude, in der alten Mühle. Er hat sie gemietet, aber woher nimmt er das Geld dafür?«

Maja wandte sich an die Elwetritsch.

»Das haben Sie sich gefragt, Frau Elweritsch, und sicher auch viele andere. Die Antwort findet sich in einer alten Flurkarte von Gertelsheim, die ich von Bürgermeister Massing bekommen habe.«

Sie zog die Dokumentenfolie aus ihrer Hosentasche und faltete eines der Blätter auseinander.

»Diese Flurkarte ist aus dem Jahr 1947, sie zeigt den Grundbesitz der einzelnen Höfe.«

Die Menschen im Lehrerzimmer beugten sich vor, um die Zeichen auf der Karte entziffern zu können.

»Der Sonnenhof hatte schon damals mit Abstand die größten Ländereien, aber nicht nur an landwirtschaftlicher Fläche, sondern auch an Grundstücken innerhalb des Dorfes. Die alte Mühle gehörte damals dazu. Und ›damals‹ ist gleichbedeutend mit ›heute‹. Meine Freundin Jule Schwamb hat mir nämlich bei unserer gemeinsamen Tour durchs Dorf erklärt, dass der Sonnenhof seit dem Zweiten Weltkrieg niemals auch nur ein einziges Stück Land oder Grundstück verkauft hat.«

Sie drehte sich wieder zur Elwetritsch um.

»Damit löst sich das Geheimnis der Mühle: Sie gehört dem Sonnenhof und ich liege sicher nicht falsch, wenn ich vermute, dass Wern Ossfahl eine verschwindend geringe Miete bezahlt hat.«

Maja hob ihre Hand und zählte an den Fingern ab.

»Der Job in der Schule … die Kunstwerke und Skulpturen … das Wohnrecht in der Mühle. Warum hilft der Sonnenhof einem unbekannten Neubürger auf diese Art und Weise?«

Sie schaute reihum in fragende Gesichter.

»Um dieses Rätsel zu lösen, müssen wir weiter zurückblättern in der Geschichte des Dorfes. Und das Wort ›zurückblättern‹ meine ich wörtlich, denn neben der Flurkarte habe ich von Herrn Massing einen Stapel an Papieren, Fotos und Notizen bekommen. Das Gedächtnis des Dorfes – und des Sonnenhofes.«

»Die Unterlagen vom Eisert Willi«, erklärte Alfred Massing halblaut den Übrigen. Die meisten nickten, sie kannten den verstorbenen Lokalhistoriker.

»Ich bin in diesen Unterlagen auf ein interessantes Detail gestoßen«, fuhr Maja fort, wählte ein weiteres Blatt aus und hielt es hoch. Es war eine handgeschriebene Seite.

»Die verstorbene Frau von Magnus Falkenreck war eine eifrige Tagebuchschreiberin, sie hat viele Geschehnisse festgehalten, die sich auf dem Sonnenhof zugetragen haben. Unter anderem berichtet sie von einem Vorfall aus dem Jahr 1974. Damals wurde eine 17-jährige Küchenhilfe schwanger, sie wollte aber partout nicht sagen, wer der Vater des Kindes war. Herr Jungbluth, Sie waren damals schon Pfarrer in der Gemeinde. Erinnern Sie sich?«

Der Pfarrer schaute überrascht auf. Nach ein paar Sekunden antwortete er in seiner gedehnten Sprechweise.

»Ja, ich erinnere mich. Das Mädchen war sehr verstockt und rückte nicht heraus mit der … Wahrheit.«

»Was ist weiter passiert, Herr Jungbluth?«

»Sie ist verschwunden. Von einem Tag auf den anderen.«

Maja nickte.

»In der Nacht vom 24. auf den 25. September 1974 hat die junge Frau den Hof verlassen, und keiner hat sie je wieder gesehen. Das Geheimnis der Vaterschaft hat sie mitgenommen. Interessanterweise verrät das Tagebuch auch den Namen des Mädchens.« Sie deutete mit dem Finger auf eine bestimmte Stelle auf dem Blatt. »Es hieß Renate. Renate Munz.«

»Nein!« Alle Augen richteten sich auf Frau Gennes-Schultz, die vor Schreck die Hand vor den Mund geschlagen hatte.

»Bitte wiederholen Sie das, was Sie mir vorhin an der Bronzetafel erzählt haben, Frau Gennes-Schultz«, bat Maja die Schulleiterin.

»Das … das Zeichen von Herrn Ossfahl, mit dem er alle seine Werke signiert hat«, hauchte sie. »Eine gezackte Linie. Das sind zwei zusammengefügte Buchstaben, ein W und ein M. Das W für Wern, und das M … das steht für Munz. Der Mädchenname seiner Mutter.«

»Danke. Die nächste Frage ist schnell beantwortet: Warum verlässt ein schwangeres Mädchen bei Nacht und Nebel den Sonnenhof? Sicherlich war die Gesellschaft 1974 noch nicht so entspannt wie heute, was alleinerziehende Mütter betrifft. Aber eine ungewollte Schwangerschaft war damals längst schon keine so schlimme Sünde mehr wie in den Jahrzehnten zuvor. Und die Tatsache, dass Renate Munz unter keinen Umständen den Vater benennen wollte, lässt nur einen Schluss zu: Der Mann war kein Unbekannter, nicht irgendein Erntehelfer oder Winzerbursche aus dem Dorf. Nein, der Vater war eine wichtige Persönlichkeit auf dem Hof. Der Gutsherr selbst: Magnus Falkenreck.«

Maja hörte zu, wie die Leute diese Neuigkeit ungläubig kommentierten. Sie nahm ein Foto aus der Dokumentenfolie.

»Ich zeige Ihnen noch etwas aus der Sonnenhof-Sammlung, ein Bild von Magnus in seinen besten Jahren.« Sie hielt das Foto in die Höhe, das Falkenreck neben seinem Mercedes zeigte. Er hatte den Kopf voller Besitzerstolz nach links gewandt und war im Profil gut zu erkennen.

»Da war Magnus um die 30. Dieses Bild hier«, sie hielt ein zweites Foto in die Höhe, das eine Profilansicht von Wern Ossfahl zeigte, »habe ich letzte Woche auf dem Dorffest gemacht.« Ohne weitere Worte hielt sie die beiden Bilder nebeneinander. Die Menschen schauten genau hin – tatsächlich, die Ähnlichkeit zwischen den beiden Männern war unverkennbar!

»Im Wikipedia-Artikel von Gertelsheim steht, dass Wern Ossfahl 1975 in Zürich geboren ist. Über seine Kindheit und die frühen Erwachsenenjahre können wir nur spekulieren. Tatsache ist, dass er 2006 nach Gertelsheim kommt. Warum? Er will den Vater treffen, den er nie kennenlernen durfte. Magnus Falkenreck ist sicherlich nicht erfreut über diesen Besuch, der ein schlechtes Licht auf ihn geworfen und nachträglich seiner toten Frau, wie sagt man so schön, Hörner aufgesetzt hätte.«

Sie überlegte, ob die Redewendung »Hörner aufsetzen« überhaupt für Frauen galt. Fast hätte sie darüber den Faden verloren und bekam gerade noch die Kurve.

»Eh, ja, also … Magnus entschließt sich, zumindest finanziell für seinen ungewollten Sohn zu sorgen. Mit seinem Einfluss im Dorf, seinem Besitz und seinen Geldmitteln ist es ihm ein Leichtes, dem Sprössling den Weg zu ebnen. Eine Festanstellung in der Schule – Kleinigkeit. Aufträge für Skulpturen und Kunstwerke – aus dem Ärmel geschüttelt. Eine passende Bleibe in der alten Mühle – gemacht. Auf diese Art und Weise schafft Magnus es, seinem Sohn das Leben einigermaßen zu erleichtern, ohne offiziell zu seiner Verantwortung stehen zu müssen. Stimmt's, Frau Gennes-Schultz?«

Die Direktorin ließ ihre Augen unstet im Raum umherzucken und nickte knapp.

»Die Spende für die neuen Tische und Bänke war an die Bedingung geknüpft, dass Herr Ossfahl eine Stelle bei uns bekommt.«

Die Menschen redeten durcheinander. Konnte das wahr sein? Der Künstler Wern Ossfahl – ein unehelicher Sohn vom alten Magnus? Unglaublich!

Maja wartete, bis die Stimmen leiser wurden, bevor sie fortfuhr.

»Aber dann passiert etwas, das niemand vorhersehen konnte. Der neu gefundene Sohn schafft es, das Herz des Magnus Falkenreck zu erweichen. Auf seine alten Tage wird er vielleicht ein bisschen sentimental, die Einsamkeit macht ihm zu schaffen – wie auch immer, Magnus beschließt, Wern Ossfahl in sein Testament aufzunehmen. Und nicht etwa mit einer kleinen Summe, oh nein, er soll der Haupterbe von Falkenrecks Vermögen werden.«

»So'n Quatsch!« fuhr Bürgermeister Massing auf. »Das

Geld und der Besitz gehen doch nach Bayern, zu irgendeinem Verwandten, das weiß doch jeder!« Zustimmendes Gemurmel ertönte.

»Soso, das weiß jeder?« Maja tat so, als müsse sie nachdenken und rieb sich übertrieben mit dem Finger am Kinn. »Dann frage ich doch mal, woher das jeder weiß. Na?«

Mehr und mehr Köpfe drehten sich zur Elwetritsch um. Die Wirtin plusterte sich empört auf.

»Ich? Ich habe ... also, wenn sich die Kundschaft bei mir unterhält, dann kann ich doch nichts dafür! Da hab ich eben das eine oder andere aufgeschnappt.«

Maja fixierte die Frau, die sich sichtlich unwohl fühlte.

»Und von wem haben Sie die Sache mit dem bayrischen Erben – aufgeschnappt?«

Die Elwetritsch wand sich.

»Das, ach je, das weiß ich nicht mehr. Beim besten Willen nicht.«

Unsicher schaute sie in die Gesichter, die ihr zugewandt waren. Dann zog sie die Luft ein.

»Vom Bürgermeister. Und von Frau Uelverkamp. Und von Elke Krott.«

»Aha. Danke.« Maja drehte sich zu Alfred Massing herum. »Und vom wem haben Sie's?«

Der Bürgermeister brütete dumpf vor sich hin.

»Von Frau Uelverkamp«, brummte er.

»Und Sie?« Maja schaute Elke Krott an, die noch immer vor sich hin schluchzte.

»Von ... von der Frau Uelverkamp.« Ihre Stimme war kaum zu hören.

Schweigen breitete sich im Lehrerzimmer aus. Alle Anwesenden blicken auf die blonde Frau, die ein unsicheres Lächeln versuchte.

»So hat's Magnus mir gesagt. Warum sollte ich ihm denn nicht glauben?« Doktor Gaul legte seine Hand auf ihre und drückte sie beruhigend.

Draußen heulte noch immer der Wind, Regen trommelte an die Scheiben. Maja ließ einige Sekunden verstreichen, bis die Stille im Raum unangenehm wurde.

»Und was wäre, wenn es gar keine Verwandten in Bayern gibt? Wenn es überhaupt keine Verwandten von Magnus mehr gibt? Wenn er sich vor Jahren schon entschlossen hätte, seinen Besitz an die Person zu vererben, die in seinen letzten Lebensjahren immer für ihn da war? Die zumindest ein bisschen Freude in sein leeres Haus gebracht hat? Nämlich an dich, Kathy?«

»Ja, super wäre das, haha! Dann hätte ich ausgesorgt und bräuchte mir keine Gedanken über die Zukunft zu machen. Yippie!« Kathys Ausbruch sollte ironisch klingen, geriet aber ein wenig zu schrill. Angst schwang in ihrer Stimme mit.

»Leider doch.« Maja legte den Kopf schief. »Denn dadurch, dass Wern und sein Vater sich annäherten, wurden die Karten neu gemischt. Plötzlich warst du nicht mehr die Einzige, die einen Platz in seinem Herzen hatte. Und in seinem Testament. Damit sind wir beim wirklichen Grund, warum Wern Ossfahl sterben musste: Er stand zwischen Kathy Uelverkamp und dem Reichtum des Sonnenhofes.«

Abrupt schoss Kathy in die Höhe, ihr Stuhl kippte um. Alle fuhren zusammen.

»So ein Geschwätz muss ich mir nicht anhören. Komm, Hans-Peter, wir gehen. Hier sind wohl alle übergeschnappt.« Folgsam stand Doktor Gaul auf und trottete hinter ihr zur Tür. Cosima Jesper trat ihnen in den Weg.

»Einen Moment bitte, Frau Uelverkamp, Herr Gaul. Ich denke, es ist in unser aller Interesse, wenn wir uns die Ausführungen von Frau Rossi zu Ende anhören. Setzen Sie sich bitte wieder hin.« Ihre imposante Erscheinung und die raue Stimme ließen keinen Raum für Widerspruch, Kathy und Doktor Gaul gingen auf ihre Plätze zurück. Maja nickte der Kommissarin dankend zu. In einem Winkel ihres Hirns registrierte sie, dass die fünf Minuten längst schon vorüber sein mussten, sich dieses Mal aber niemand dafür interessierte. Eine Pause entstand, während der Wind weiter um das Gebäude heulte.

»Super, Maja.« Die Stimme von Kathy klang spöttisch. »Und dann habe ich unseren Bürgermeister angerufen und ihn gebeten, ein paar Dutzend anonyme Briefe zu schreiben, damit der alte Kurrweiler meinen angeblichen Miterben im Wald totschlägt? Toller Plan.«

Bevor Maja etwas sagen konnte, fuhr Alfred Massing auf.

»Zum hundertsten Mal: Ich hab die verdammten Briefe nicht geschrieben!«

Maja schnippte mit dem Finger wie ein Zauberer.

»Richtig! Sie waren's tatsächlich nicht, Herr Massing!«

Die Menschen im Lehrerzimmer wechselten Blicke. Hatte die Postfrau nicht vorhin behauptet, der Bürgermeister habe die Giftzettel geschrieben? Und jetzt doch nicht?

»Könnten Sie das ein wenig präzisieren, Frau Rossi?« Jesper schaute sie zweifelnd an.

»Kathy Uelverkamp weiß, dass Wern Ossfahl den Löwenanteil von Falkenrecks Vermögen erben soll. Also sucht sie nach einer Möglichkeit, den Künstler loszuwerden und – wichtig! – ihn gleichzeitig bei seinem Vater anzuschwärzen. Denn nur, wenn Wern in Ungnade fällt, hat sie eine Chance, wiederum als Alleinerbin eingesetzt zu werden. Eine perfekte Möglichkeit dazu sind anonyme Briefe, die eine längst vergessene Anzeige wegen Missbrauchs von Schutzbefohlenen im Dorf bekannt machen. Diese Briefe werden allerdings nicht von

Kathy geschrieben, sondern von ihrem Komplizen. Von dem Menschen, der Wern Ossfahl schließlich auch ermordet hat.«

Cosima Jesper stutzte.

»Wolfram Kurrweiler soll die anonymen Briefe geschrieben haben? Dann hätte er sich ja quasi selbst einen Grund für die Ermordung des Herrn Ossfahl geliefert. Und … und dann hat er sich erhängt?«

Mit einem schmalen Lächeln schüttelte Maja den Kopf.

»Nein, Frau Jesper. Ich sagte: von dem Menschen, der Wern ermordet hat. Nicht von Wolfram Kurrweiler.«

Stimmen erhoben sich, Jesper und Peters schauten sich an.

»Frau Rossi, Ihr Ermittlungseifer in allen Ehren, aber wir haben den Webcam-Film. Darauf sieht man in allen Einzelheiten, wie Wolfram Kurrweiler sein Opfer erschlägt. Sie sind schließlich selbst auf die Idee gekommen, warum Ossfahl tiefer in den Wald gerannt ist, anstatt auf dem Weg zu bleiben: Er wollte uns seinen Mörder zeigen.«

»Richtig, das wollte er. Aber er wollte, dass wir zweimal hinschauen, denn nicht immer ist das Offensichtliche auch das Richtige. Es gab nämlich von Anfang an etwas, das mir beim Ablauf des Mordgeschehens seltsam vorkam, und nun weiß ich endlich, was es war. Frau Jesper, bitte beschreiben Sie ganz genau, was in dem Webcam-Film passiert.«

Im Raum herrschte Stille. Die Zuhörer hingen an den Lippen der Kommissarin, als diese nach kurzem Zögern begann.

»Also, Ossfahl kommt von links hereingehumpelt, schaut sich immer wieder um. Dann folgt, ebenfalls von links, der Täter. Er steigt vorsichtig über das Unterholz. In der rechten Hand trägt er seinen Gehstock, mit dem er anfängt, auf das Opfer einzuschlagen, und zwar mit dem metallenen Griff. Hauptsächlich auf die Beine und den Unterleib. Das Opfer schleppt sich ein paar Meter auf allen Vieren weiter.«

Eine Frau begann zu schluchzen, ihr Mann zog sie zu sich heran. Auch die Mienen der Übrigen waren entsetzt, als sie das Geschehen so detailliert nacherzählt bekamen. Jespers kratzige Stimme ließ die Schilderung doppelt drastisch klingen.

»Der Täter kommt hinterher, holt wieder aus und schlägt erneut zu, diesmal auch auf den Schulter- und Kopfbereich. Ossfahl dreht sich um und rafft sich in eine halb sitzende Position auf. Er hat starke Schmerzen, stützt sich am Boden ab und versucht, seine Schultern und den Kopf zu schützen. Dadurch gelingt es ihm zwar, die nächsten Schläge abzumildern, aber …«

»Danke erst mal, danke«, unterbrach Maja. »Was genau hat Wern gemacht, als er versucht hat, sich zu schützen?«

Eine Falte bildete sich zwischen Jespers Augenbrauen, während sie sich zu erinnern versuchte.

»Er … also er hat sich mit der einen Hand am Boden festgekrallt und die andere über die Schulter gelegt …«

»Nein.«

Alle schauten überrascht zu Christoph Peters, der seiner Vorgesetzten ins Wort gefallen war.

»Nein, er hat eine Hand am Boden und versucht, sich festzuhalten. Mit der anderen legt er sich Dreck und Blätter auf die Schulter. Und dann macht er dasselbe mit der anderen Hand. Und dann sogar noch einmal.«

Maja schaute ihn konzentriert an.

»Was genau legt er sich auf die Schulter?«

»Was ich gesagt habe. Sachen vom Boden. Blätter.«

Sie nickte und drehte sich zur Schulleiterin um.

»Frau Gennes-Schultz, in den letzten Wochen hat Herr Ossfahl mit einer seiner Klassen ein Theaterstück eingeübt. Ich habe die Klasse an meinem ersten Arbeitstag beim Proben gesehen, auf dem Schulhof. Was war das für ein Stück?«

Die Direktorin musste nicht lange nachdenken.

»Das waren die Nibelungen. Natürlich in einer vereinfachten kindgerechten Form.«

Maja wandte sich den Menschen im Lehrerzimmer zu.

»Kennt jemand von Ihnen die Nibelungensage? Zumindest in groben Zügen die Siegfried-Geschichte?«

Ein hagerer Mann im Karohemd meldete sich. Maja kannte ihn vom Postaustragen, er war, wenn sie sich recht erinnerte, Lehrer am Gymnasium in Nieder-Olm.

»Also in groben Zügen: Der Held Siegfried kommt an den Hof von König Gunther, um das Herz von Kriemhild zu gewinnen, der Schwester des Königs. Im Auftrag von Gunther stürzt er sich in allerlei Abenteuer. Dabei hilft es ihm, dass er in der Vergangenheit einen Drachen getötet hat, dessen Blut macht ihn nämlich fast unverwundbar. Dann wird er aber doch erstochen, nämlich durch Verrat. Danach ist Kriemhild …«

»Danke, danke, das genügt. Wie stirbt Siegfried genau?«

»Beim Bad im Drachenblut ist eine kleine Stelle an seiner Schulter trocken geblieben. Und genau dort trifft ihn sein Widersacher.«

»Warum ist die kleine Stelle trocken geblieben?«

»Weil …« Der Lehrer klappte erschrocken den Mund zu und schaute zu Christoph Peters hinüber. »Weil auf seiner Schulter ein Blatt lag. Ein Blatt von einem Baum.«

Majas Stimme war kaum zu hören.

»Und wie hieß Siegfrieds Mörder?«

Es war so still, dass man den Mann trocken schlucken hörte. Schließlich hauchte er nur ein Wort.

»Hagen.«

Noch immer regnete es in Strömen, Blaulichter zuckten über die aufgewühlten Wasserpfützen. Der Dorfplatz von Gertelsheim war von Schlamm überflutet. Abgerissene Äste hatten sich in den von Dach zu Dach gespannten Stromleitungen verfangen und Kurzschlüsse ausgelöst. Ein halbes Dutzend Feuerwehrautos, zwei Lkws des Technischen Hilfswerks, zwei Krankenwagen und ein Mannschaftsbus der Polizei parkten auf dem Platz. Die Männer in ihren unterschiedlichen Uniformen standen geduckt im Regen und berieten sich, Funkgeräte krächzten. Die Feuerwehrleute entluden unter Aufsicht von Jochen Dernsdörfer ihre Wagen.

Der Einsatzleiter hatte vier Wehren unter sich, die Oppenheimer, die Niersteiner und die beiden Freiwilligen Feuerwehren von Gertelsheim und Mommenheim. Die Männer kannten sich zum Teil untereinander nicht, das machte die Koordination schwierig. Trotzdem schaffte Dernsdörfer es, dass innerhalb von zehn Minuten die ersten Geräte einsatzbereit waren. Ein Generator erwachte stotternd zum Leben, eine Winde begann zu jaulen.

Alle Augen waren auf Tom Hagen gerichtet, der lässig auf seinem Stuhl saß und die Arme verschränkt hatte.

»Also, Frau Rossi, Sie müssen mir unbedingt verraten, was Sie so rauchen oder einwerfen. Das muss ja ein tolles Zeug sein, wenn man solche Fantasien davon bekommt.« Seine Stimme klang amüsiert.

»Jetzt mal ehrlich, Frau Rossi, irgendwo ist Schluss.« Bürgermeister Massing polterte los, sein Walrossbart zitterte.

»Wollen Sie jetzt jeden Einzelnen hier verdächtigen, Dreck am Stecken zu haben, nur wegen irgendwelcher Zuckungen, die einer gemacht hat, der gerade totgeschlagen wird? Und außerdem haben wir alle hier im Dorf mitgekriegt, dass der alte Kurrweiler ausgetickt ist, langsam aber sicher. Dem ist die Hitz' zu Kopf gestiegen.«

Die Menschen raunten zustimmend. Viele hatten die aggressiven Auftritte des alten Mannes erlebt.

Maja wartete stumm, bis Ruhe eingekehrt war.

»Ja, Wolfram Kurrweiler war ganz schön auf hundertachtzig in den letzten Wochen. Dabei kannte man ihn doch gar nicht so, oder, Frau Elweritsch?«

Die Wirtin schaute erschrocken auf.

»Eh, nein, also normalerweise war er ein sehr netter alter Herr, sehr freundlich. Aber die Hitz', gell, wie der Alfred schon sagt.«

Maja nickte. »Jaja, die Hitz'.« Sie machte eine Kunstpause. »Und was ist, wenn ich Ihnen sage, dass keiner von Ihnen Wolfram Kurrweiler in den letzten Wochen lebend gesehen hat?«

Nach einer Sekunde wurde es laut im Lehrerzimmer, die Menschen winkten ab.

»Ich würd' sage, dass Sie emol zum Idiotenarzt gehe sollte!«, fasste ein stiernackiger Vater die allgemeine Meinung zusammen.

Maja erhob ihre Stimme, um gegen das Gerede anzukommen.

»Angenommen, jemand bräuchte einen bösen, einen hitzköpfigen Opa Kurrweiler. Einen, dem man sogar einen Totschlag zutraut. Der echte Kurrweiler ist aber viel zu nett, kein Mensch käme auf den Gedanken, dass er zu einem Mord fähig wäre. Also wird der Opa ausgetauscht. Ausgetauscht gegen jemanden, der aggressiv auftritt, der wochenlang Streit vom Zaun bricht und Unruhe stiftet. Der so ausfallend wird, dass man ihm am Ende sogar einen Mord abnimmt.«

Die Menschen im Lehrerzimmer waren still geworden.

»Und … wie soll des gehe, bitteschön?« Jörg Wammel stand der Zweifel ins Gesicht geschrieben.

»Maskenbildner«, sagte Maja schlicht.

»Hä?« Alfred Massing schaute sie mit halb geöffnetem Mund an. Cosima Jesper hingegen richtete sich auf, ihre Augen waren konzentriert. Sie schien Majas Gedankengänge analytisch zu verfolgen.

»Maskenbildner«, wiederholte Maja und deutete auf Tom Hagen. »Er hat eine Maskenbildner-Ausbildung in Köln und bis auf die Abschlussprüfung auch zu Ende gemacht. Und Wolfram Kurrweiler war sowieso ein Eigenbrötler ohne großen Freundeskreis. Also war es ohne Weiteres möglich, mit Make-up, einer Perücke, seinen original Klamotten und etwas Übung an Gang und Stimme eine Kurrweiler-Kopie zu erschaffen. Einen bösartigen, streitsüchtigen Kurrweiler allerdings.«

Die Anwesenden brauchten einige Sekunden, bis sie diese Möglichkeit verdaut hatten. Erste kritische Blicke trafen Tom Hagen, der noch immer selbstsicher grinste.

»Des is doch Kappes.« Der Bürgermeister schüttelte unwillig den Kopf. »Ich bin in den letzten Wochen ein paar Mal beim Hagen im Hof gewesen, um was zu besprechen wegen den Lautsprechern beim Dorffest, und da war der Opa da.«

»Wo?«, hakte Maja nach.

»Ei, oben im Haus, halt. Der Fernseher lief, und dann hat er runtergebrüllt, der Hagen soll mal hochkommen und so.«

»Aha.« Maja hatte dieselbe Szene bei der Paketlieferung an Tom Hagen erlebt. »Aber wirklich gesehen haben Sie den Opa Kurrweiler nicht, oder?«

Massing dachte nach. »Nein, gesehen nicht«, gab er schließlich zu. »Aber wie soll …«

»Meine Freundin Jule Schwamb hat mir unabsichtlich geholfen, diesen Trick zu durchschauen«, unterbrach Maja den Bürgermeister. »Ich habe nämlich vor ein paar Tagen bei ihr in Aachen angerufen, und ihr Mann hat sich gemeldet, Benno. Ich habe ihm Hallo gesagt und war gerade mitten im Satz, als er auf einmal losgelacht hat.«

Die Menschen im Lehrerzimmer schauten sie fragend an.

»Ich bin auf den Anrufbeantworter reingefallen. Ich habe tatsächlich geglaubt, da wäre ein Mensch am anderen Ende der Leitung. Es war aber nur eine Maschine.«

Sie konnte zusehen, wie die Erkenntnis in die Köpfe der Leute einsickerte. Eine Maschine. Lautsprecher. DJ Tom-Tom. Eine aufgenommene Stimme, die bei Bedarf über den Hof schallte. Maskenbildner. Ein falscher Großvater, der bei jeder Gelegenheit Streit sucht.

Die Elwetritsch schüttelte den Kopf.

»Und wo, bittschön, is dann der echte Kurrweiler gewesen? Hat er sich in Luft aufgelöst oder was?«

»Nein, nicht in Luft aufgelöst, denn der echte Opa wurde ja noch gebraucht. Aber wo war er in all den Wochen? Die Antwort auf diese Frage spukte mir ewig im Kopf hin und her, ohne dass ich sie zu fassen bekam.« Maja drehte ihre Hand hin und her, dann packte sie einen imaginären Gedanken.

»Aber heute Nacht ist es mir endlich klar geworden. Und schon wieder war Jule Schwamb hilfreich. Sie hatte mir nämlich an meinem ersten Tag im Dorf von einer Gespenstergeschichte erzählt, von einem Mann, der in dem Haus in der

Backesgasse seine Frau umgebracht hat und die Tote neben sich im Bett liegen ließ, wochen- und monatelang.«

Doktor Gaul winkte ab.

»Ach Quatsch, das sind doch nur Ammenmärchen. Die Frau ist nachts an einer Hirnblutung gestorben, und am nächsten Morgen hat der Mann …«

»Jaja, Herr Doktor, darauf will ich ja gar nicht heraus. Aber Jule hatte in einem Nebensatz etwas viel Interessanteres erwähnt.«

Maja drehte sich zu Jesper um.

»Frau Jesper, was geschah, als wir das Webcam-Video entdeckt hatten und die Identität des Mörders bekannt war?«

Die Kommissarin legte ihren Kopf schief und versuchte, den Themenwechsel nachzuvollziehen.

»Eh, wir … ich habe ein Sondereinsatzkommando angefordert, und die haben das Haus von Herrn Hagen und Herrn Kurrweiler durchsucht.«

»Genau so war's! Ich bin ja dabei gewesen, direkt hinter Ihnen, wissen Sie noch? Die Einsatzkräfte haben alles durchstöbert, und Tom Hagen hat ihnen gesagt, wo welche Räume sind. Dachgeschoss, erster Stock, Erdgeschoss, der Keller unterm Haus und zum Schluss die Werkstatt im Hof, in der er seine Boxen aufbewahrt. Alles wurde durchsucht, aber nichts gefunden. Kein Opa. Der Mörder, so schien es, war längst schon auf der Flucht.«

Maja hob einen Zeigefinger. »Und jetzt komme ich wieder zu der Geschichte zurück, die ich von Jule gehört habe. Sie hat nämlich geschildert, wie sie und ihre Freundinnen damals im Keller saßen und sich vor dieser alten Gespensterstory gegruselt haben. Aber die Mädchen saßen nicht im Keller unter dem Haus, hat Jule erzählt, sondern im Keller unter der Werkstatt!« Triumphierend schaute sie Jesper an, deren Augen groß wurden. Die Kommissarin hatte verstanden.

»Ja und? Ich kapier's immer noch nicht.« Alfred Massing schüttelte den Kopf.

»Ist das nicht sonnenklar?« Maja beugte sich aufgeregt vor. »Tom Hagen hat bei der Durchsuchung des Hauses den Keller unter seiner Werkstatt verheimlicht. Dieser Keller wurde vom Einsatzkommando nicht unter die Lupe genommen. Warum?«

Erkenntnis dämmerte im Antlitz des Bürgermeisters auf.

»Weil darin der echte Opa Kurrweiler gehockt hat.«

»Richtig. Im Keller unter der Werkstatt ist Wolfram Kurrweiler eingesperrt, damit sein Neffe die Rolle des aggressiven Opas im Dorf spielen kann. Dann teilt Hagen in einer Nacht- und Nebelaktion die anonymen Zettel aus. Wiederum in Opa-Verkleidung bringt er Wern Ossfahl um. Zu Hause im Keller zwingt er anschließend den echten Opa, den Abschiedsbrief mitsamt Schuldgeständnis zu schreiben. In der darauf folgenden Nacht schleppt er den Opa in den Wald, wahrscheinlich durch das kleine Gartentor, das hinten zur Schwabsburger Straße führt, denn vor dem Haus schiebt ja die Polizei Wache. Im Wald erhängt er schließlich seinen eigenen Großvater und lässt den Abschiedsbrief zu dessen Füßen zurück. Dann kommt er wieder ins Dorf zurück und spielt weiter den besorgen Enkel, der die Welt nicht mehr versteht, weil sein Opa urplötzlich zum Mörder geworden ist.«

Maja wandte sich herausfordernd an Tom Hagen, dem das Lächeln im Gesicht gefroren war.

»Damit ist die Sache perfekt in Szene gesetzt: Die anonymen Briefe haben Wern Ossfahl bei Falkenreck in Ungnade fallen lassen, der Künstler ist tot und damit als Erbe ausgeschieden, und sein angeblicher Mörder hat sich selbst gerichtet. Alles in Butter für Sie und Kathy Uelverkamp.« Sie machte eine Pause und fügte leise hinzu: »Bis auf eine Kleinigkeit.«

Cosima Jesper nickte langsam. »Magnus Falkenreck«, sagte sie schlicht.

Vier Feuerwehrleute stapften in Gummistiefeln die Tränkgasse entlang. Hinter ihnen tuckerten einer der THW-Laster und ein Krankenwagen. Der Regen war inzwischen zwar nicht mehr so stark, hielt aber dennoch an. Die Stiefel der Männer platschten durch Wasser und Schlamm. Obwohl es gerade einmal 18 Uhr war, hatten die dunklen Wolken die Sonne bereits geschluckt und tauchten die Straßen in Dämmerlicht. Jochen Dernsdörfer ließ seine Blicke umherschweifen, ob eine Gefahr drohte oder jemand in Not war. Die Hilfskräfte hatten eine Handvoll Verletzte versorgt, einer der Krankenwagen war auf dem Weg zurück in die Uniklinik: Einem Winzer war ein Ast auf den Kopf gedonnert, als er versucht hatte, einen Pavillon in seinem Garten in Sicherheit zu bringen.

Nach rechts zweigte eine Straße ab, die Backesgasse. Im Gegensatz zu den Häusern in der Tränkgasse waren hier die Häuser dunkel. Ein Fenster klappte auf, eine Frau beugte sich heraus.

»Mir habbe kein Strom mehr!«, rief sie klagend und deutete mit dem Finger irgendwo ins Nichts – dahin, wo ihrer Meinung nach der Strom herkommen müsse.

Dernsdörfer nickte. Einige Straßen in Gertelsheim waren tatsächlich vom Stromnetz abgeschnitten, die oberirdischen

Leitungen waren für losgerissene Äste ein hervorragendes Ziel gewesen.

»Wir kommen! Bleiben Sie im Haus!«

Im Hinterkopf machte er sich einen Vermerk, nach der Begehung ein paar Männer in die Backesgasse zu schicken.

Im Lehrerzimmer herrschte Grabesstille. Die Menschen vermieden den Augenkontakt untereinander, als würde jeder offene Blick auch sie selbst verdächtig machen.

»Richtig, Magnus Falkenreck war ein Problem.« Maja machte eine Kopfbewegung in Richtung des Sonnenhofes. »Wenn er herausbekommen sollte, dass Werns Kindesmissbrauchs-Anklage nur eine Farce war und wegen erwiesener Unschuld eingestellt wurde, wäre seine Reaktion nicht einzuschätzen. Wer weiß, vielleicht käme er aus Trauer über seinen verlorenen, unschuldig umgebrachten Sohn auf dumme Gedanken und würde sein Vermögen spenden? Einer Organisation für Verbrechensopfer etwa? Das war ein Risiko, dass Kathy Uelverkamp und Tom Hagen unmöglich eingehen konnten. Also blieb nur eine Möglichkeit: Magnus musste sterben.«

»Und wie soll das Ihrer Meinung nach geschehen sein?«

Der Tonfall von Cosima Jesper war geschäftsmäßig, als würde sie im Verhörraum sitzen. Nichts erinnerte mehr an die genervte Frau, die vor einer Viertelstunde aufbruchsbereit an der Tür gestanden war.

Anstelle einer Antwort wandte Maja sich an Elke Krott. Deren Tränen waren längst versiegt, gebannt lauschte sie den Ausführungen.

»Frau Krott, waren Sie am Todestag von Magnus Falkenreck auch mal außerhalb des Hauses? Irgendwo in einem Nebengebäude oder so?«

»Ei freilich. Ich muss ja immer mal wieder in die Waschküche, die ist hinter dem großen Haus.«

»Auch mittags?«

Sie nickte stumm.

Maja drehte sich zu Angelika Nestor um.

»Frau Nestor, als Sie auf dem Hof waren, was war da mit Magnus Falkenreck los? Sie sagten es vorhin schon einmal.«

»Ja also, er saß im Rollstuhl und hat ferngesehen. Und gebrummt und so.«

»Wie saß er da?«

»Wie immer halt. Stocksteif, mit dem Rücken zur Tür, dem Fernseher zugewandt. Ist ein bisschen hin und her gerollt, hat das Programm weitergeschaltet, den Kopf geschüttelt.«

»Die ganze Zeit?«

»Solange ich da war, schon.«

»Und danach, Frau Krott? Hat er sich anders verhalten?«

»N... nein. Er hat den restlichen Nachmittag vor dem Fernseher gehockt, das macht er meistens, wenn die Frau Uelverkamp nicht da ist. Mit mir redet er ja kaum.«

»Hat er sich von Ihnen verabschiedet, als Sie gegangen sind? Sich umgedreht oder so?«

Die alte Frau schüttelte den Kopf.

»Er hat nur abgewinkt, ganz genervt, als es gehupt hat und ich gesagt habe, dass ich gehe. Und dann bin ich eben gegangen.«

Maja ging einen Schritt auf die Kommissarin zu.

»Da haben Sie Ihre Antwort, Frau Jesper.«

Jesper sah nicht erhellt aus. Mit einer Handbewegung forderte sie Maja zum Weiterreden auf. Es war förmlich zu spüren, wie die Kommissarin sich nach einer Zigarette sehnte, um die neuen Erkenntnisse in ihre bisherigen Ermittlungen einzubinden.

»Der Plan ist geradezu genial. Ziel des Ganzen ist es, Magnus umzubringen, den Verdacht aber auf Frau Krott und Frau Nestor zu lenken. Denn Motive gibt es, oh ja: das jahrelange Martyrium von Elke Krott unter dem herrischen Falkenreck und natürlich das nie gesühnte Schicksal von Patrick Nestor. Aber die beiden müssen einer offensichtlichen Lüge überführt werden. Welcher? Ganz klar: Sie behaupten beide steif und fest, Falkenreck habe den Nachmittag bei bester Gesundheit im Haus verbracht, obwohl er in Wirklichkeit schon seit Stunden tot war. Eine Indizienkette wie aus dem Bilderbuch.«

Maja senkte die Stimme und schaute Tom Hagen unverwandt in die Augen.

»Dabei sind wir alle auf ein weiteres Schauspiel hereingefallen, auf einen neuen Trick von Kathy Uelverkamp und Ihnen, Herr Hagen. Kathy besorgt sich ein sicheres Alibi, indem sie mit Doktor Gaul den lieben langen Tag in Mainz unterwegs ist. Derweilen schleichen Sie sich in den Sonnenhof, den Schlüssel hat Ihnen Kathy längst schon nachmachen lassen. Ihr Outfit ist bemerkenswert: Sie tragen einen von Falkenrecks schwarzen Anzügen und ein weißes Hemd, auf dem Kopf haben Sie eine passende Perücke. Die Hände haben Sie altern lassen, eine Kleinigkeit für einen Maskenbildner. Sie warten, bis Frau Krott aus dem Haus nach hinten in die Waschküche geht. Dann packen Sie Falkenreck, werfen ihn die Kellertreppe hinunter und die Krücken hinterher.«

Sie näherte sich seinem Gesicht.

»Wie war's, Herr Hagen, war er gleich tot? Oder haben Sie mit einem Schlag ins Genick nachhelfen müssen?«

Tom Hagen sah sie eiskalt an, er rührte keinen Muskel.

»Dann setzen Sie sich in seinen Rollstuhl und spielen den kompletten Nachmittag eine perfekte Rolle: Der brummige Gutsherr hockt vor dem Fernseher, keiner wagt, ihn zu stören, jeder ist dankbar, dass er Ruhe gibt und niemanden schikaniert. Körpergröße und Figur passen ja einigermaßen, Falkenreck war vielleicht ein bisschen größer als Sie, aber das fällt im Sitzen nicht weiter auf. Sie warten geduldig, bis Kathy wie verabredet auf die Hupe drückt und Frau Krott aus dem Haus geht, dann verschwinden Sie durch den Hintereingang.«

Maja wandte ihre Aufmerksamkeit Kathy Uelverkamp und Doktor Gaul zu.

»Und dann sind die Ausflügler auch schon wieder daheim. Herr Gaul, war es Ihre Idee, in den Keller des Sonnenhofes zu gehen?«

Doktor Gaul brauchte einige Augenblicke, um sich zu konzentrieren.

»Hm, ich weiß nicht, ich glaube, Kathy hat mich gebeten, den Wein runterzubringen.« Er drehte sich zu der blonden Frau um. »Stimmt doch, oder?« Sanft versuchte er, ihre Hand zu nehmen. Sie zuckte zurück und funkelte ihn an.

»Natürlich hat Kathy Sie gebeten, in den Keller zu gehen«, fuhr Maja fort. »Denn es war wichtig, dass die Leiche von Ihnen entdeckt wird und nicht von Kathy – in diesem misstrauischen Dorf hätte man ihr sonst noch zugetraut, den alten Mann in der Sekunde ihrer Rückkehr die Treppe hinuntergeschmissen zu haben. Aber so war die Sache völlig klar: Der Doktor ist Zeuge, dass Kathy den ganzen Tag in Mainz und keine Sekunde alleine im Haus war. Der Sturz des alten Falkenreck – ein tragischer Unfall.«

Maja machte eine Pause und fixierte die Elwetritsch.

»Aber es gibt keine Ruhe im Dorf. Immer wieder hört man Verdächtigungen gegen Kathy, man munkelt, sie würde hinter dem Tod des Alten stecken. Also werden die nächsten beiden Bauernopfer ins Spiel gebracht. Ein anonymer Hinweis informiert die Polizei über die Anwesenheit von Frau Nestor auf dem Sonnenhof. Die Maschinerie läuft an, und mit vorhersehbarer Genauigkeit kommt das Schicksal des Patrick Nestor ans Tageslicht. Grund genug für eine Obduktion von Falkenreck. Das Ergebnis kennen wir, Todeszeitpunkt und Aussagen von Krott und Nestor stimmen nicht überein. Spätestens jetzt ist klar: Es ist eine lächerliche Schutzbehauptung, der alte Mann habe den ganzen Nachmittag im Rollstuhl vor dem Fernseher gesessen. Stattdessen: Mord um der Gerechtigkeit willen.«

Maja deutete auf die zwei Frauen.

»Dabei sagen die beiden aus ihrer Sicht die Wahrheit. Denn in ihren Augen saß Magnus tatsächlich die ganze Zeit im Rollstuhl. Nur – er war es nicht. Es war Tom Hagen mit schwarzer Kleidung und weißer Perücke. Der echte Magnus lag längst schon am Fuß der Treppe. Tot.«

Das letzte Wort hing wie ein Misston im Raum. Der Wind rüttelte am Fenster, als würden die bösen Geister Einlass begehren, die Maja gerufen hatte. Niemand sagte etwas. Schließlich holte Cosima Jesper hörbar Luft und suchte nach Worten.

»Tja, also, Herr Hagen, Frau Uelverkamp, ich möchte die Ausführungen von Frau Rossi im Augenblick nicht kommentieren, aber ich muss Sie beide bitten, uns nach Mainz ins Präsidium zu begleiten.« Sie trat einen Schritt auf Hagen zu, der mit bleichem Gesicht auf seinem Stuhl saß.

»Herr Hagen, bitte stehen Sie ...«

Mit einer Schnelligkeit, die seine augenscheinliche Erschöpfung Lügen strafte, fuhr Hagen hoch. Aus seinem Hosenbund riss er eine kleine Pistole hervor, so flink, dass sie fast wie hingezaubert in seiner Hand erschien. Die Menschen im Lehrerzimmer schrien vor Entsetzen auf und versuchten, sich unter den Bänken in Sicherheit zu bringen.

»Keiner rührt sich!«, brüllte Hagen über den Lärm hinweg und richtete seine Waffe auf die beiden uniformierten Polizisten, deren Hände reflexartig an ihre Pistolenholster gegriffen hatten.

»Ein Zentimeter mehr und ihr seid tot.«

Die beiden ließen ihre Hände im Zeitlupentempo sinken. Hagen wandte sich zu Kathy um.

»Los!«

Rasch huschte sie hinter dem dicklichen Doktor hindurch und trat an Hagen heran.

»Kathy!« Doktor Gaul streckte seine Arme nach ihr aus. »Was ... was soll denn das? Lass dich doch nicht von solchen Lügen ins Bockshorn jagen! Wir können ...«

»Halt's Maul, du Fettsack!« Kathys hübsches Gesicht war zu einer Fratze des Hasses geworden. »Hast du es immer noch nicht kapiert, du ... du Schwabbelmonster?«

Der Doktor schaute sie verzweifelt an, seine Unterlippe begann zu zittern.

»Aber ... aber Kathy ...« Seine Stimme brach weg.

»Sehr gut, Frau Rossi, sehr, sehr gut.« Hagens Stimme war scharf wie Stahl. »Ich wusste gar nicht, dass es unter all den Inzest-Idioten hier im Dorf ein so schlaues Köpfchen gibt.«

Maja hatte sich in der letzten halben Minute wie in Watte gepackt gefühlt, ganz so, als würden die Geschehnisse im Raum nicht an sie heranreichen. Jetzt erwachte sie aus ihrer Starre und rang nach Atem.

»Also habe ich recht?«, flüsterte sie tonlos.

Hagen nickte mit gespielter Ehrfurcht.

»100 Prozent. Volltreffer.«

Jesper trat mit halb erhobenen Händen einen Schritt nach vorne.

»Herr Hagen, was wollen Sie damit erreichen? Sie haben keine Chance, in ein paar Minuten …«

»Halt die Fresse, Bullenweib!« Die Waffe fuhr herum, Hagens Stimme wurde scharf. »Ich hab hier alles unter Kontrolle. Kathy und ich, wir lassen uns das Spiel nicht von ein paar Landbullen und einer fetten Briefträgerin verderben.«

Maja starrte ihn an wie ein Kaninchen die Schlange.

»Sie und Kathy sind ein Paar, oder?«

Hagen legte seinen freien Arm um Kathys Hüfte, sie schmiegte sich an ihn. Die Augen von Doktor Gaul quollen fast aus ihren Höhlen. Kathy schaute Maja herausfordernd an.

»Seit zwei Jahren. Immer schön geheim gehalten hier im Kaff, damit keiner eine Verbindung finden konnte zwischen uns.«

»Und … und die Erbschaft? Das stimmt auch?«

Kathy lachte bitter.

»Der alte Sack wusste ja nicht, wohin mit seiner Kohle. Ich hab immer so getan, als würden mich das Geld und der Besitz gar nicht interessieren, als ginge es mir nur um ihn und seine Gesundheit.« Ekel verzerrte ihr Gesicht. »Diese stinkende Mumie! Und ich musste ihn immer wieder ausziehen und waschen. Gott, war das widerlich! Aber irgendwann hatte ich ihn soweit, dass er mich zu seiner Erbin machen wollte. Weil ich doch wie eine Tochter wäre und so. Super, dachte ich, das ist gelaufen. Aber dann kam dieser scheiß Künstler an und war auf einmal der neue Sohn, und auf einmal hieß es, er erbt.

Klar, der Alte dachte ja, Geld wäre mir nicht so wichtig. Ich würde aber auch was kriegen, 100.000 Euro und Wohnrecht im Pförtnerhaus. Fuck it!« Angewidert spuckte sie auf den Boden.

Maja war entsetzt, wie viel Hass in der Frau wohnte – und wie gut sie ihn bis jetzt versteckt hatte. Sie fing einen Blick von Cosima Jesper auf. Am Reden halten!

»Und … und die Änderung des Testaments ging dann so schnell?«

»Zwei Tage nach den anonymen Briefen kam der Notar auf den Hof, und ich war wieder an erster Stelle.« Kathy deutete auf Frau Krott. »Sie hier hat ihn doch kommen sehen.«

»Der Mann mit dem schwarzen Benz«, flüsterte die alte Frau. Sie sah aus, als würde sie jeden Moment zusammenbrechen.

»Woher wusstest du, dass Angelika Nestor zum Sonnenhof kommen würde, als du mit dem Doktor weggefahren bist?«, bohrte Maja weiter. Am Reden halten!

»Die einfachste Sache der Welt. Die alte Krott dachte die ganze Zeit, das Klauen in der Vorratskammer wäre ihr süßes Geheimnis. Ich wusste es aber schon seit Langem, ich hatte irgendwann gemerkt, dass Sachen fehlten, und dann heimlich Buch geführt. Das war für unseren Plan natürlich fabelhaft – alle beiden Weiber, die einen Hass auf den Alten haben, gemeinsam auf dem Hof, und ich in weiter Ferne.«

Erschüttert von so viel Boshaftigkeit wandte Maja sich an Tom Hagen.

»Warum waren Sie als Opa verkleidet, als Sie Ossfahl erschlagen hatten? Wussten Sie von der Webcam im Wald?«

»Klar wusste ich Bescheid, Ossfahl hatte mit Kathy mal einen Spaziergang im Wald gemacht und ihr die Webcam gezeigt – natürlich unter dem Siegel der Verschwiegenheit.«

»Wie kam es, dass Ossfahl zu der Waldhütte gelaufen kam, als der Mob vor der Mühle stand?«

Kathy antwortete. »Ich habe ihn angerufen. Nachdem die anonymen Zettel draußen waren und die Hatz im Dorf losging, habe ich mit ihm telefoniert und ihm gesagt, dass ich mich mit ihm treffen will. Über alles reden und so. Blabla, aber er ist darauf reingefallen. Als Treffpunkt habe ich ihm die Waldhütte genannt.«

Maja spielte ihr Glücksspiel noch ein wenig weiter, obwohl ihre Nerven flatterten. Am Reden halten!

»Herr Hagen, was hätten Sie gemacht, wenn Ossfahl nach den ersten Schlägen nicht zur Kamera gelaufen wäre, sondern woanders hin?«

»Ich hätte ihn hingeprügelt.« Hagens Stimme war frei von Mitgefühl. »Ich hätte ihm zur Not alle Knochen gebrochen und ihn an den Haaren hingeschleift, Hauptsache, er wäre dort krepiert. Ein mörderischer Opa ohne Zeugen hätte ja keinen Sinn gemacht.«

»Wie hat Ossfahl Sie erkannt? Immerhin hat er es ja geschafft, uns durch seine letzten Bewegungen den Hinweis zu geben, dass Hagen der Mörder ist – wie bei den Nibelungen eben.«

Er verzog das Gesicht.

»Eine Dummheit von mir. Ich hatte Spaß daran, in der letzten Sekunde die Bombe platzen zu lassen und mit meiner echten Stimme zu sprechen. Sein Gesicht war herrlich, als er kapiert hat, wer da in Wirklichkeit auf ihn einprügelt. Aber er war schlau genug, diese Nibelungen-Sache zu machen, und ich hab's nicht mal gemerkt.«

»Ihre echte Stimme – und wie hört sich dann die andere Stimme an?«

»Na ja, wie mein Opa halt.« Die Menschen im Raum

bekamen große Augen – Hagen klang mit einem Mal wie ein alter Mann, hoch und ein wenig rau. »Das habe ich eine Weile geübt, und dann ging es ganz gut. Mein Opa war ja eh nicht so als großer Redner bekannt.«

»Wieso hat niemand dem toten Opa angesehen, dass er vorher wochenlang eingesperrt war?«

Mit seiner normalen Stimme fuhr Hagen fort.

»Ich habe ihn anständig mit Lebensmitteln und Wasser versorgt, am Ende sogar mit richtig gutem Essen, er sollte ja nicht abmagern. Die Handschellen sind mit Stoff umwickelt gewesen, sodass es keine Druckstellen gegeben hat. Und in den letzten Tagen war eine UV-Lampe im Keller, damit Gesicht und Hände nicht unnatürlich bleich aussehen. Hat ja auch funktioniert, ist niemandem aufgefallen.«

Maja schauderte, als sie Hagen so gefühllos über seinen eigenen Großvater reden hörte. Der Mann war ein Psychopath ohne jedes Mitleid. Kathy schmiegte sich an ihn.

»Los, lass uns endlich abhauen. Ich muss noch schnell rüber, Jasmin holen, und dann sind wir hier weg.«

Jesper schaltete sich wieder ein.

»Hören Sie, Herr Hagen, das hat doch keinen Sinn. Sie können nicht zu dritt mit einem Kind eine solche Flucht durchziehen, seien Sie doch vernünftig.«

Hagen kniff die Augen zusammen.

»Soll ich dir was sagen, Bullenweib? Das habe ich auch gar nicht vor.«

Mit einer raschen Bewegung packte er Kathy, die erschrocken aufschrie, und schleuderte sie auf die Tische zu. Die Menschen im Lehrerzimmer suchten Deckung, als die blonde Frau im Fallen einen Tisch umriss und mit ihm zu Boden krachte. Schreie ertönten, jemand brüllte schmerzerfüllt, Jesper, Peters und ihre Kollegen sprangen vor. In derselben Sekunde hatte Hagen bereits eines der Fenster aufgerissen und hechtete hinaus in das Unwetter. Der Sturm fegte in das Lehrerzimmer und wirbelte umherliegendes Schreibpapier in die Höhe. Die Polizisten waren ein paar Augenblicke später an der Fensterfront, doch das Halbdunkel des Regens hatte Hagens Gestalt bereits verschluckt.

Jesper zerbiss einen Fluch und griff nach ihrem Handy, während sich die beiden Uniformierten über die Fensterbrüstung schwangen und in das Gewitter hinausliefen. Peters bückte sich und packte Kathy Uelverkamp mit eisenhartem Griff. Sie hatte eine Platzwunde an der Stirn, ihr blutiges Gesicht war starr vor Entsetzen. Der Verrat ihres Geliebten hatte sie aller Energie beraubt, Peters musste sie stützen.

Maja hatte sich vom ersten Schrecken erholt, sie trat an Kathy heran.

»Drei Tote, Kathy, und so viel Leid. Warum?«, fragte sie leise.

Kathy hob die Augen, ihr Blick war verschleiert. Wie ein Monster aus einem Horrorfilm bleckte sie die Zähne und begann zu lachen, leise erst, dann immer lauter, bis ihr manisches Gelächter durch den Raum hallte und alle, die es hörten, mit Grauen erfüllte.

Die nächste halbe Stunde nahm Maja kaum wahr, so erschöpft war sie von ihrem Vortrag und dem Auftritt des bewaffneten Mannes. Wie in Trance hockte sie auf einem Stuhl und stierte vor sich hin, um sie herum herrschte helle Aufregung. Jesper hatte Verstärkung angefordert, und da bereits wegen des Unwetters ein Mannschaftswagen in Gertelsheim war, stapften bald schon Einsatzkräfte durch die Schule. Peters nahm Kathy Uelverkamp mit nach Mainz, die heulende Jasmin wurde von einer Beamtin in Obhut genommen. Die Polizisten hatten Tom Hagen nicht finden können, obwohl er nur wenige Sekunden Vorsprung gehabt hatte. Durch den Starkregen waren sämtliche Fußspuren weggewaschen, sodass auch eine erneute Suche erfolglos blieb.

Maja nickte nur geistesabwesend, als Jesper anbot, sie nach Hause zu fahren. Ohne es wirklich wahrzunehmen, sah sie unterwegs Menschen in den Gärten stehen, die Schäden betrachten und sich mit den Nachbarn beraten. Der Regen hatte endlich aufgehört. Hier und dort waren Feuerwehrmänner und Mitarbeiter des THW unterwegs, sie zersägten abgerissene Äste und pumpten mit tragbaren Generatoren braune Brühe aus den Kellern.

Erst als beide in der Diele der Villa Wammel im Halbdunkel standen und Maja mit dämlichem Gesichtsausdruck den Lichtschalter hin und her klickte, kehrten ihre Lebensgeister zurück.

»Oh – die Birne ist wohl kaputt.«

Jesper schüttelte den Kopf.

»Haben Sie's nicht gesehen? Die ganze Straße ist dunkel. Stromausfall, wohl durch das Unwetter.«

Die breite Gestalt der Kommissarin füllte den Flur. Maja nickte lahm und spähte ins dämmerige Wohnzimmer. Die tiefen Wolken schluckten die Abendsonne und tauchten den Garten und das Haus ins Zwielicht. Vor der gläsernen Terrassentür waren zwei behelmte Feuerwehrmänner damit beschäftigt, einen großen Ast zu zerhacken.

Jesper trat an ihr vorbei und schaute nach draußen.

»Sieht sogar so aus, als wären Sie der Grund für den Stromausfall in der Straße.«

Maja kam hinterher. Tatsächlich: Die Stromleitung, die von der Schwabsburger Straße auf Majas Dach und von dort zu den übrigen Häusern der Backesgasse lief, war von dem herabfallenden Ast durchtrennt worden.

Da durchfuhr sie heißer Schreck: Im Dämmerlicht erkannte sie schmutzige Fußspuren, die quer durch das Wohnzimmer führten! Ein zweiter Blick zeigte ihr, dass die Terrassentür nur angelehnt war, obwohl sie sie beim Verlassen des Hauses ganz sicher zugemacht hatte. Mit dem Gefühl, keine Luft mehr zu bekommen, packte sie die Kommissarin am Arm und zeigte auf den Boden. Sie spürte, wie sich Jespers Körper anspannte.

Es polterte auf der Terrasse. Die Männer im Garten hatten wohl die Bewegungen im Inneren des Hauses wahrgenommen, einer der Feuerwehrleute hob die Hand und trat heran. Die Tür knarrte, als er sie aufdrückte.

»Entschuldische Sie die Umständ', abber mir habbe die Tür uffbreche müsse, damit der Mann von de EWR an de Sicherungskaste kimmt.«

Der Mann war ein wahrer Hüne, dick, bestimmt 100 Kilo schwer und so groß, dass er sich unter der Terrassentür bücken musste. Er nahm seine Schutzbrille ab und deutete erklärend in Richtung des Daches.

»Brandgefahr, die Hausleitung hat ebbes abbekomme. Die EWR is grad obbe bei Ihne unn dreht die Hauptsicherung eraus. Habbe Sie Hausrat? Melde Sie's dene, dann krische Sie die Tür repariert.«

Er nickte freundlich und zog die Tür wieder zu, die mit vernehmlichem Knarzen einrastete, aber schief in den Angeln hängen blieb. Im oberen Stockwerk rumpelte etwas. Maja ging zur Treppe und schaute hoch. Tatsächlich, im Halbdunkel kauerte ein Mann mit Warnweste, er hatte eine Kladde bei sich und hantierte an der Stromeinspeisung. Ihr Vermieter Wammel hatte ihr bei seiner unsäglich ausführlichen Hausbegehung das Rohr gezeigt, durch das die Elektrizität vom Dach nach unten führte.

Maja atmete auf, auch Jesper entspannte sich merklich.

»Unruhiger Tag heute«, brummte die Kommissarin mit ihrer Reibeisenstimme.

»Oh ja. Und ich kann Ihnen noch nicht einmal einen Kaffee anbieten, so ganz ohne Strom.«

»Mir wäre auch, ehrlich gesagt, mehr nach einem Mojito. Und zwar nach einem, der den Strohhalm wegätzt. Sie haben sich übrigens einen doppelten verdient, nachdem Sie diese Sache im Alleingang aufgerollt haben.« Die Kommissarin lächelte ihr Vampirlächeln. Nach dem griesgrämigen Ausdruck, den sie die ganze Zeit im Gesicht getragen hatte, wirkte es geradezu strahlend.

Maja freute sich über das Kompliment. Mojito – das passte definitiv zu Cosima Jesper!

»Da wäre ich glatt dabei, glauben Sie mir. Heute auch gerne einen vierfachen.«

»Dann sollten wir das bei Gelegenheit nachholen. Natürlich auf meine Kappe.«

Beide schwiegen und hingen ihren Gedanken nach. Der Elektrofachmann im oberen Stockwerk ließ metallische Geräusche ertönen, die Feuerwehrleute hackten draußen den Ast langsam, aber sicher in Stücke. Maja befürchtete, dass ihm die Rote Armee ebenso zum Opfer gefallen war wie die Stromleitung. Ade, Zwergenvolk.

»Was passiert mit der Kleinen?«, fragte sie schließlich und dachte an die weinende Jasmin zurück.

Jesper zuckte mit den Achseln.

»Erst mal bleibt sie bei der Mutter, es gibt eine spezielle Eltern-Kind-Unterbringung in der U-Haft. Dann wird die Verwandtschaft abgeklappert. Ich weiß aus der Akte, dass die Uelverkamp eine Schwester hat mit zwei Kindern. Vielleicht freut sie sich ja über ein drittes.« Erneut hob sie die Schultern. »Es ist immer großer Mist, wenn Kinder bei einer solchen Sache die Leidtragenden sind.«

»Und was ist mit Hagen?«

»Der kommt nicht weit.« Die Stimme der Kommissarin sank um eine halbe Oktave. »Die Kollegen waren schon in seinem Haus, sein Auto ist noch da, die Fahndung ist rausgegeben. Wahrscheinlich versucht er, sich nach Mainz durchzuschlagen, zum Bahnhof oder so. Heute Nacht, spätestens morgen früh haben wir ihn.«

Maja schüttelte sich.

»Was für ein Teufel. Und ich bin so lange auf ihn reingefallen, auf den netten Nachbarn von nebenan, der sich um seinen Opa sorgt, dem Dorf seine Lautsprecher leiht und in der Grundschule die Kinder schminkt. Genauso Kathy, sie war so … ja so unkompliziert und lebenslustig.«

Jesper lachte freudlos.

»Tja, das ist mein täglich Brot. Der nette Familienvater, der sein Kind halb totschlägt. Die freundliche Frau, die ihrem Mann Gift ins Essen mischt. Die harmlosen Teenager, die einem Obdachlosen das Gesicht zerschneiden. Leider, Frau Rossi, sehen die wirklichen Spitzbuben selten aus wie Spitzbuben.«

Die Kommissarin streckte ihre Glieder und gähnte ausgiebig, aber wohlerzogen hinter vorgehaltener Hand.

»Nichts für ungut, ich bin hundemüde, und in Mainz wartet noch ein Riesenstapel Papierkram auf mich.« Sie wandte sich zum Gehen. »Kommen Sie morgen aufs Präsidium, um Ihre Aussage zu Protokoll zu geben?«

Maja nickte. Sie fühlte sich ebenfalls erschlagen und sehnte sich nach ihrem Bett. Jesper drückte ihr fest die Hand.

»Und danke noch mal, dass Sie sich durchgesetzt haben vorhin in der Schule. Ihre Erkenntnisse haben uns vor einem bösen Fehler bewahrt.«

Maja lachte.

»Sie wissen doch, Frau Jesper: Auf die Post ist Verlass.«

Die Kommissarin verließ die Villa Wammel, Maja trat ins Wohnzimmer. Ihre Gedanken waren wie ein Wirbelwind, so viel war in den letzten Stunden passiert. Noch immer kamen ihr die Ereignisse wie ein Traum vor, etwas, das man in einem Krimi liest, ihn anschließend zur Seite legt und wieder in der Wirklichkeit zu Hause ist. Das Einzige, was sich erschreckend real in ihre Erinnerung gebrannt hatte, war das Gesicht von Tom Hagen. Sie spürte eine unterschwellige Angst – der Dreifachmörder war entkommen, er streifte irgendwo durch die Gegend.

Maja schüttelte unwillkürlich den Kopf und versuchte sich klarzumachen, dass Jesper recht hatte und Hagen längst aus Gertelsheim verschwunden war. Trotzdem blieb die Furcht wie ein Widerhaken in ihrem Kopf hängen. Urplötzlich wurde sie von dem Bedürfnis befallen, alleine zu sein, die Welt auszusperren und sich in den hintersten Winkel des Hauses zurückzuziehen. Weg, nur weg von all dem Gräuel und den Toten und der Gewalt! Sie merkte, dass ihr die Anwesenheit des EWR-Mitarbeiters im oberen Stockwerk Unbehagen bereitete. Ein Fremdkörper in ihrer kleinen Welt. Ob er noch lange brauchen würde? Leise trat sie in den Flur und schielte nach oben. Der Mann kauerte noch immer vor dem Einspeisungsrohr und fabrizierte technische Geräusche.

Eine unerklärliche Anspannung nahm von Maja Besitz. Dieser Mann – was machte er eigentlich genau? Konnte es so lange dauern, den Hauptstrom abzuklemmen? Sie strengte ihre Augen an, doch die Gestalt im halbdunklen Obergeschoss blieb schemenhaft. Schmal, nicht allzu groß, die hochgehobene Kladde verdeckte sein Gesicht. Die Ränder der Warnweste reflektierten das Licht. Eine Warnweste. Konnte man in jedem Kofferraum finden.

Sie versuchte sich zu beruhigen. Der dicke Feuerwehrmann hatte ihr und der Kommissarin von dem EWR-Arbeiter berichtet, sicherlich kannten sich die beiden, nichts war verdächtig. Gleichzeitig war ihr klar, dass in Gertelsheim ein regelrechtes Einsatzkräfte-Wirrwarr herrschen musste. Unmöglich, dass jeder jeden kannte.

Ihre Anspannung verwandelte sich in Angst. Etwas war hier nicht in Ordnung, das spürte sie. Sie musste daran denken, mit welcher Kaltschnäuzigkeit Tom Hagen das gesamte Dorf an der Nase herumgeführt hatte. Was wäre, wenn er tatsächlich … Sie traute sich nicht, den Gedanken zu Ende zu denken. Was tun? Hilfe holen! Sie brauchte Hilfe!

Bebend schlich sie zur Terrassentür, vor der die Feuerwehrmänner gerade die letzten Reste des Astes zersägten. Sie drückte behutsam auf die Klinke und schickte ein Stoßgebet zum Himmel, dass sich die aufgebrochene und wieder ins Schloss gezogene Tür anstandslos öffnen ließe. Vergebens, die Scharniere rührten sich keinen Millimeter. Verflixt!

Leise rüttelte Maja an der Klinke, es ertönte aber lediglich ein Knarzen. Sie traute sich nicht, an die Scheibe zu klopfen. Wenn die Feuerwehrleute doch nur einmal in ihre Richtung schauen würden, dann könnte sie ihnen Zeichen geben! Doch die beiden waren damit beschäftigt, Teile des zersägten Astes zur Seite poltern zu lassen, dabei lachten sie über irgendeinen Scherz. Mit feuchten Fingern tastete sie nach ihrem Handy. Jespers Nummer musste in der Wahlwiederholung gespeichert sein, schließlich hatte sie die Kommissarin zu Beginn des Schulfests angerufen …

… da hörte Maja Schritte – direkt hinter sich! Der Mann musste heruntergekommen sein, ohne dass sie es gemerkt hatte! Panisch wirbelte sie herum, zückte das Handy wie eine Waffe und trat gleichzeitig mit voller Wucht hinter sich an die Tür, um die Feuerwehrleute auf sich aufmerksam zu machen.

Einen Augenblick lang schien die Zeit stillzustehen, dann realisierte Maja, dass sie in das Gesicht eines wildfremden Mannes blickte. Der Elektrofachmann, ein stoppelbärtiger Endfünfziger mit Lachfalten um den Mund und verschmitzten Augen, zwinkerte ihr zu.

»Ei, Mädche, nit so stürmisch! Mir habbe die Tür uffstemme müsse, da hilft kää Gewalt, da brauchste Gefühl.«

Er langte an ihr vorbei und zog mit einem herzhaften Ruck an der Klinke. Knarzend öffnete sich die Tür.

Mit pochendem Herzen stand Maja da, als hätte man ihr einen Eimer Eiswasser übergeschüttet. Der Mann – er war harmlos. Sie war so erleichtert, dass ihr die Worte fehlten. Er hielt ihr seine Kladde und einen Stift unter die Nase.

»So, jetzt hier noch Ihr'n Karl-Otto, bitte. Morsche komme die Kollege und legen e neu Hauptzuleitung. Heut Nacht habbe Sie leider kein Strom. Am beste, Sie nehme Ihr Schätzche unn zünde e Kerzche an wie früher die Oma unn de Opa!«

Er gluckste und schaute zufrieden zu, als Maja wie ferngesteuert das Formblatt unterschrieb. Dann trat er nach draußen, zog die Tür zu und begrüßte den dicken Feuerwehrmann.

Maja starrte ihm nach. Ohne es wirklich wahrzunehmen, sah sie, wie die beiden Männer plaudernd durch die Gartenpforte auf die Backesgasse traten. Harmlos. Er war …

In diesem Augenblick gab es einen Schlag, etwas Schwarzes sauste auf sie zu, die Welt explodierte in ihrem Kopf. Mit einem Schrei stolperte sie nach hinten und riss die Hände hoch, sie spürte, wie Blut aus ihrer Nase schoss. Die Tür war aufgerissen worden und hatte sie ins Gesicht getroffen, wie ein böser Schatten trat eine Gestalt herein – der zweite Feuerwehrmann! Mit einer groben Bewegung schlug er ihre Hände vom Gesicht, ihre Brille wurde mitgerissen und flog davon. Innerhalb eines Wimpernschlags verwandelte sich die Welt in eine verschwommene Masse aus hellen und dunklen Flächen, doch das dreckverschmierte Gesicht erkannte sie trotz Helm und Schutzbrille.

Der zweite Feuerwehrmann war Tom Hagen.

»Na, Postschlampe, erfreut über das Wiedersehen?«, zischte er und rammte die Faust in ihren Leib. Maja hatte das Gefühl, ihre Innereien würden platzen, sie klappte zusammen und stürzte zu Boden. Keuchend rang sie nach Luft.

»Da hast du mir doch fast die Suppe versalzen, Miststück.« Hagen holte aus und trat ihr in die Seite. Über der Woge des Schmerzes hörte und spürte Maja, wie eine ihrer Rippen brach. Vor Entsetzen konnte sie keinen klaren Gedanken fassen. Tom Hagen! Das Ungeheuer war in ihr Haus eingedrungen! Ihre Lippen bebten, sie versuchte, etwas zu sagen.

»Halt die Klappe, Postschlampe.« Hagen ging zwei Schritte in Richtung Küche, packte den Tisch und schob ihn an die Terrassentür heran. Diese war nun fest verschlossen und ließ seine Stimme nur noch gedämpft nach draußen klingen.

»Na, hast du gerade etwas gelernt? Der beste aller Maskenbildner-Tricks: Das Offensichtliche wird am ehesten übersehen. Die Bullen suchen nach einem Typen, der durch Gärten robbt und über Zäune klettert. Aber kein Mensch interessiert sich für einen Feuerwehrmann, der hier im Dorf seine Arbeit macht.«

Er ließ ein Lachen hören, dem jeder Humor fehlte.

»In einem der Löschwagen lag eine komplette Uniform, und einer hatte seinen Helm samt Brille im Auto liegen lassen. Und weißt du was? Hier sind vier verschiedene Feuerwehren im Einsatz, die Jungs kennen sich manchmal gar nicht untereinander! Ich war eine halbe Stunde hier in deinem Garten mit irgend so einem anderen Idioten, und er hat nichts gemerkt!«

Maja ignorierte das Brennen in ihrem Leib und holte Luft.

»Warum … hierher?«

Hagen ging in die Knie und packte grob ihr Kinn.

»Um mich bei dir für deine tolle Ermittlungsarbeit zu bedanken!« In seinem Blick loderte Hass. »Wegen dir kann ich nämlich den Sonnenhof vergessen. Hast du eine Ahnung, wie viel alleine das Grundstück wert ist? Ein paar Kilometer vom Golfplatz Mommenheim entfernt? Millionen!«

Er stieß ihren Kopf zurück und stand auf, Maja sackte zusammen. Verzweifelt versuchte sie, einen Plan zu schmieden, aber die Schmerzen füllten ihre Wahrnehmung aus. Sie blinzelte und versuchte verzweifelt, die Schemen vor ihren Augen scharf zu sehen.

»Zum Glück ist das geerbte Geld schon auf ein neues Konto überwiesen, und da verschwindet es auch gleich wieder. Das reicht für ein sorgenfreies Leben, wenn ich dieses scheiß Kaff erst mal hinter mir gelassen hab.«

In diesem Augenblick wusste Maja, dass sie sterben würde. Hagens Anwesenheit in der Villa Wammel war gleichsam ihr Todesurteil. Mit schierer Willensanstrengung erhob sie sich, presste die Arme auf den Bauch und hastete los in Richtung Wohnzimmertür, doch schon nach drei Schritten spürte sie, wie ihr die Beine weggetreten wurden. Schwer stürzte sie zu Boden, der Schmerz schlug wie eine Woge über ihr zusammen.

»Nicht so eilig, Postschlampe, ich habe noch Pläne mit dir.«

Durch den Nebel einer drohenden Ohnmacht kämpfte Maja um ihre Konzentration. Hagen ging ziellos durch das Wohnzimmer und die Küche, öffnete hier einen Schrank, dort eine Truhe. Schließlich kam er zurück. Als er sich über sie beugte, erkannte Maja, was er in der Hand trug: die Rolle Küchengarn, mit dem sie ihre Wäscheleine gebaut hatte, eine Dose Pinselreiniger aus ihrer Bastelkiste und ein Feuerzeug. Heißer Schreck durchfuhr sie, instinktiv begann sie, rückwärts zu krabbeln.

»Jetzt lernst du den Maskenbildner-Trick Nummer 2 kennen: stets für Ablenkung sorgen.«

Er beugte sich über Maja und drehte ihr die Arme auf den Rücken. Grob verschnürte er ihre Handgelenke, dann band er die Knöchel und die Knie zusammen. Maja wand sich wie ein Aal, aber vergebens. Schließlich schob er sie an einen der Sessel und knotete ihre Arme und Beine an die hölzernen Möbelfüße.

»Herr Hagen, bitte, ich ich …«, stammelte Maja. Ihr Kopf fühlte sich dumpf an, die Todesangst wehte jeden Gedanken davon.

Hagen riss einige Kissen und eine Decke von der Couch, warf alles vor die Terrassentür und schüttete Pinselreiniger darüber. Der stechende Geruch verbreitete sich im Zimmer wie ein Pesthauch. Maja wimmerte und zerrte an ihren Fesseln, doch das Küchengarn war so fest angezogen, dass es ihr in die Haut schnitt.

»Bitte, wir …« fing sie nochmals an, doch Hagen lachte nur. Einige Kleidungsstücke, die auf einem Stuhl lagen, landeten vor der Tür zum Flur, auch hier goss er Reiniger darüber. Dann leerte er den Rest der Flüssigkeit auf Boden,

Möbel und Einrichtungsgegenstände. Maja wurde benommen vom Gestank der Lösungsmittel, sie zitterte unkontrolliert. Hagen nahm eine Weinflasche von der Küchenablage, wog sie in der Hand und trat heran.

»So, Postschlampe, das war's. Herzlichen Dank noch mal, dass du meine Pläne zerschossen hast. Schlaf schön und viel Spaß beim Grillen!« Blitzschnell holte er aus und ließ die Flasche auf Majas Hinterkopf knallen. Eine farbige Explosion füllte ihre Wahrnehmung, ihr Körper erschlaffte wie eine Marionette mit zerschnittenen Fäden.

Sie nahm nicht wahr, wie Hagen das Feuerzeug aufschnappen ließ, eine Zeitung vom Tisch nahm und sie anzündete.

Sie nahm nicht wahr, wie er in Richtung Flur ging und dabei lodernde Zeitungsseiten fallen ließ. Flammen schlugen in die Höhe.

Sie nahm nicht wahr, wie Hagen nach einem letzten zufriedenen Blick in den brennenden Raum durch die Haustür trat.

Sie nahm nicht wahr, wie der Rote Hahn seinen Feuerkopf erhob.

SONNTAG, 19. JULI 2015

DER ROTE HAHN IST DA.

»Roter Hahn« – so nannte man früher das Feuer, das ein Haus innerhalb kürzester Zeit in einen lodernden Mantel einhüllen konnte. Den Roten Hahn hatte jemand auf dem Dach, wenn die Flammen in den Himmel schlugen und die Bewohner eilends versuchten, ihre Habseligkeiten in Sicherheit zu bringen. Bis der bimmelnde Leiterwagen der örtlichen Feuerwehr ankam und die Männer anfingen, per Muskelkraft Wasser aus dem Dorfteich zu pumpen, hatte der Rote Hahn das Haus meist schon komplett eingesponnen, seine 1000 Zungen leckten an den Balken und brachten die Fenster zum Zerbersten. Die Feuerwehrmänner wischten sich unter den Pickelhauben den Ruß von der Stirn und ließen ihre Wasserfontäne auf die Nachbarhäuser rauschen, um zumindest zu verhindern, dass der Hahn von Dach zu Dach springen und sein Vernichtungswerk fortsetzen konnte.

Dasjenige Haus aber, das den Roten Hahn zuallererst eingeladen hatte, verglühte zu einem schwarzen Skelett aus Gebälk und Streben, die zum Schluss in sich zusammenbrachen und eine Aschewolke wie ein riesiges Leichentuch aufwallen ließen. Dann erst war der Hahn zufrieden und schlief ein, bis er irgendwann, irgendwo zu neuem Leben erwachte.

Heute ist der Rote Hahn in einem kleinen krummen Fachwerkhaus zu Gast. Genährt von Kleiderhaufen und Papierstücken hat er sich im Wohnzimmer eingenistet und füllt den Raum mit Hitze und Flammen, von Sekunde zu Sekunde gewinnt er an Kraft. Alles, was er sieht, gefällt ihm: trockene Balken, hölzerne Bodendielen und Decken, Polstermöbel, Läufer und Teppichvorleger, Bücher und Hefte und Zeitungen. Dutzende von Fotografien, die mit Stecknadeln an die Wände gepinnt sind, wellen sich in seinem glühenden Hauch, fangen Feuer und flattern wie sterbende Schmetterlinge zu Boden. Während sie zu Staub zerfallen, schlagen die Flammen höher. Der Hahn atmet gierig, er zieht Luft durch Türritzen und Fensterrahmen, um Energie zu sammeln für sein Vernichtungswerk.

Inmitten der wogenden Flammenzungen kommt eine weitere Bewegung dazu. Eine Gestalt fängt an, sich zu rühren, langsam erst, dann kehrt das Leben schlagartig in sie zurück. Doch ihr Bewegungsspielraum ist gleich null. Denn die Gestalt ist an Armen und Beinen gefesselt, straff gezogene Schnüre pressen sie an die Holzfüße eines Sessels. Sie reißt ihre Augen in Todesangst weit auf, sodass sich ein winzig kleines Abbild des Hahns darin spiegelt. Die brennende Hölle um sie herum lässt sie panisch werden, sie windet sich wie ein Wurm in ihren Fesseln. Ihr Mund will schreien, doch als die heiße Luft in ihre Lungen fährt, wird ein krampfartiges Husten daraus. Nochmals und nochmals versucht sie zu rufen, bringt aber nur ein schwaches Wimmern hervor.

Der Rote Hahn breitet seine Schwingen aus und umarmt die Terrassentür, das Regal und die Küchenzeile. Näher und näher rückt er an die Gestalt heran, sein glühender Atem heißt sie willkommen in seiner Welt. Warte nur, zischt er mit unzähligen Stimmen, bald gehörst du mir. Ich bin ein treuer Freund – wer den Roten Hahn einmal zu sich eingeladen hat, den hält er fest und gibt ihn nimmermehr her.

Auf dem Dorfplatz haben sich die Einsatzkräfte der Feuerwehr und des THWs versammelt. Alle sind nass bis auf die Knochen, müde und zerschlagen. Aber im Dorf herrscht wieder eine Grundordnung, die Keller sind leergepumpt, die Straßen geräumt, die abgerissenen Äste zersägt. Jochen Dernsdörfer weist seine Männer an, die Gerätschaften zurück in die Feuerwehrwagen zu packen. Den Rest würde die freiwillige Feuerwehr von Gertelsheim alleine schaffen. Um den ausgefallenen Strom wollten sich die Fachleute vom EWR kümmern, morgen würden die Versicherungsgutachter anfangen, die Schäden an den Häusern aufzunehmen.

Die Oppenheimer Feuerwehrmänner klettern in ihre Fahrzeuge. Scherze fliegen hin und her, sie sind froh, dass der Einsatz ohne Unfälle vorübergegangen ist. Dernsdörfer wischt sich über das Gesicht und schaut über das Dorf hinweg. Da stutzt er.

Nachdem Maja zwei Versuche gestartet hat, um Hilfe zu rufen, hält sie den Mund geschlossen und bemüht sich, flach zu atmen. Wie glühende Lava wallt die Luft in ihre Lungen, sie hat das Gefühl, innerlich zu verbrennen. Adrenalin schießt durch ihre Adern und dämpft den Schmerz am Hinterkopf, dort, wo die Weinflasche sie getroffen hat.

In einem Winkel ihres Gehirns weiß Maja, dass ein Fachwerkhaus wie die Villa Wammel innerhalb kürzester Zeit niederbrennt und sie keine Chance hat, von der Feuerwehr gerettet zu werden. Dazu kommt, dass sie durch ihre fehlende Brille nur Schemen sieht. Die Flammen sind für sie lebende Kreaturen, die näherkommen und in einer unverständlichen Sprache fauchen.

Sie zerrt an ihren Fesseln, doch der Sessel, an den sie gebunden ist, rückt lediglich ein paar Zentimeter zur Seite. Die Hitze wird unerträglich, Maja hörte mehr, als sie sieht, dass sich die Feuerkreaturen an den Holzbalken und den Küchenmöbeln entlang fressen. Hungrig, unersättlich. Schier übermenschliche Kräfte erwachsen ihr, sie reißt an den Sesselfüßen, so fest sie kann, gleichzeitig presst sie ein hilfloses Quietschen aus ihrer Kehle. Da knackt das Holz – sie kann ihre gefesselten Arme hinter dem Rücken wieder bewegen! Voller Todesangst tritt sie gegen den zweiten Holzfuß. Ihr Körper rollt auf dem Boden hin und her, die Beine verdrehen sich, doch endlich bricht auch das andere Holz. Der Sessel fällt um, Maja ist nicht mehr daran festgebunden. Sie ignoriert die Schmerzen im Brustkorb und robbt in die Mitte des Wohnzimmers. Der Raum erhebt sich in merkwürdiger Perspektive vor ihr, weil ihre Arme und Beine nach wie vor zusammengebunden sind und sie wie eine Made auf dem Boden kriecht. Vor der Terrassentür steht der Kissenstapel in Flammen, die Tür zum Flur ist durch die brennenden Kleider blockiert. Andere Wege gibt es nicht aus dem Zimmer.

Maja wirft sich verzweifelt hin und her. Das Feuer umwallt sie wie eine Wesenheit, ganz so, als freue es sich auf sein Opfer und würde den Genuss des Verglühens noch ein wenig hinauszögern.

Ihre Gedanken rasen. Irgendeine Kleinigkeit in ihrem Gehirn will sich einen Weg bahnen, aber sie kann die Idee nicht erhaschen. Eine Erinnerung … eine Bemerkung … etwas, das in Zusammenhang mit dem Haus steht. Mit dem Keller. Der Keller, der nicht schimmelte. Warum schimmelte er nicht? Weil …

Der Gedanke zündet in Majas Hirn wie eine Rakete. Sie sieht eine letzte Chance, der Flammenhölle zu entkommen.

Unwillkürlich muss Jochen Dernsdörfer an den Roten Hahn denken, als er das brennende Fachwerkhaus sieht. Manchmal benutzen ältere Leute diesen Ausdruck noch heute, wenn sie mit dem Einsatzleiter über seine Arbeit sprechen. Vielleicht ist es das bucklige Haus, das in Dernsdörfer die Erinnerung an den Begriff weckt, vielleicht sind es aber auch die Flammen, die wie ein gieriger roter Hahn auf dem Dach thronen und sich anschicken, Balken und Mauern zu verschlingen.

Vor ein paar Minuten hat sein geschultes Auge das Flackern und die Rauchentwicklung eines unkontrollierten Feuers entdeckt, nun parkt der Einsatzwagen der Oppenheimer Feuerwehr in der Backesgasse und lässt seine Blaulichter über die Häuser huschen. Hinter dem LKW kommen zwei weitere Feuerwehrfahrzeuge und ein Krankenwagen an. Die Männer beginnen eilig, Schläuche auszuladen, Dernsdörfer rennt nach vorne und verschafft sich einen Überblick. Der Rote Hahn ist in seinem Element, das untere Stockwerk brennt lichterloh, Feuerzungen lecken bereits an den Eichenbalken des Dachgeschosses. Etliche Nachbarn haben sich versammelt und begaffen den Brandherd.

»Ist jemand drin im Haus? Wissen Sie was?«

Allgemeines Achselzucken, keiner hat etwas gesehen. Dernsdörfer läuft zum LKW zurück und hilft einem seiner Männer beim Anlegen des Atemschutzsystems.

Endlich laufen zwei Männer in Schutzkleidung auf das

Grundstück, doch Dernsdörfer weiß, dass der Rote Hahn hier und heute triumphieren wird. Wenn tatsächlich jemand in dem brennenden Haus eingeschlossen sein sollte, kommt jede Hilfe zu spät.

Maja hat das Gefühl, ihre Zähne würden jeden Moment herausbrechen. Zwischen ihren zusammengebissenen Kiefern steckt das Stromkabel, das am Riesenfernseher ihres Exfreundes endet. Den Netzstecker hat sie mit einer ruckartigen Kopfbewegung aus der Steckdose herausbekommen, aber nun müht sie sich mit dem bleischweren TV-Gerät ab. Die Luft im Zimmer glüht, ihre Augen tränen, die Haut scheint Blasen zu werfen. Trotzdem robbt Maja weiter und reißt mit dem Mut der Verzweiflung an dem Kabel. Zentimeter um Zentimeter rückt der Fernseher auf der Küchenanrichte nach vorne. Ihre gefesselten Arme und Beine schlittern über den Holzboden, sie versucht verzweifelt, Halt zu finden. Wieder ein paar Zentimeter. Ihr Kopf will platzen, sie spürt, wie Blut in ihren Nacken läuft, dort, wo Hagen sie mit der Weinflasche getroffen hat.

Plötzlich gibt einer der Eichenbalken nach, die die Fachwerkkonstruktion stützt. Mit infernalischem Krachen knallt ein Teil des oberen Stockwerks herunter, Funken wallen auf. Maja schreit in Todesangst, als Zentimeter vor ihrem Kopf ein brennender Balken auf den Boden donnert und Flammen über sie hinweg schlagen. So fest sie kann, verbeißt sie sich in das Kabel und zerrt daran, als wolle sie sich den Kiefer abreißen. Da merkt sie, dass der Widerstand nachlässt. Wie in Zeitlupe neigt sich der Fernseher nach vorne, balanciert einen Augenblick auf der Kante und kippt schließlich von der Anrichte. Mit einem gewaltigen Schlag kracht das 50-Kilo-Gerät auf den Dielenboden – und durchschlägt ihn, als wären die Holzplanken aus Papier. Maja kann gerade noch rechtzeitig den Mund aufklappen, da wird das Stromkabel auch schon weggerissen und verschwindet hinter dem Fernseher im Boden. Voll wilder Hoffnung robbt sie nach vorne, während die Flammenzungen bereits an ihren Kleidern lecken. Und tatsächlich: Dort, wo das TV-Gerät heruntergeknallt ist, klafft ein schwarzes Loch im Dielenboden. Herrlich kühle Kellerluft strömt heraus, die Maja tief in ihre Lungen saugt. Sie lässt sich Füße voraus in das Loch fallen. In derselben Sekunde gibt der verbleibende Teil des Fachwerks nach, ein Inferno aus Balken, Ziegeln und Flammen zermalmt das Erdgeschoss der Villa Wammel.

Maja stürzt auf den Sandboden des Gewölbekellers direkt neben den Fernseher, heftiger Schmerz lässt sie bunte Sterne sehen, brennende Holzstücke und Stofffetzen flattern wie winzige Teufel durch das Loch nach unten. Sie kriecht in Richtung Ausgang. Die Kellerluft und der kühle Sand auf dem Boden fühlen sich wunderbar an, Maja ist ihrem Vermieter Jörg Wammel zutiefst dankbar.

Denn als sie verzweifelt nach einem Ausweg aus dem brennenden Zimmer gesucht hat, ist ihr die Hausführung eingefallen, die Wammel mit ihr veranstaltet hat. Der Garten mit den Zwergen, danach der Gewölbekeller. Da könne sie, schwadronierte Wammel, Wein und Konserven lagern, denn der Keller wäre absolut schimmelfrei. Sie sieht sein pausbäckiges Gesicht vor sich, als er auf das Loch in der Kellerdecke zeigt:

Des ist nämlich die alt' Kartoffelklapp'. Unn die ist obbe da, wo jetzt die Anrichte in de Küch' steht. Die Klapp' hab ich weggemacht, nur die Diele liegen drübber, keine Folie oder so. Und deshalb is immer en kleine Luftzug, gell?

Diese Erinnerung und der ungeliebte Fernseher, den die Umzugshelfer durch Zufall ausgerechnet auf die Küchenanrichte gestellt haben, sind heute ihre Lebensretter gewesen.

Jochen Dernsdörfer steht mit verschränkten Armen vor dem brennenden Haus. Zwar schießen inzwischen Wasserkaskaden aus zwei C-Rohren in das Inferno, doch das obere Stockwerk ist gerade eingestürzt und auf das Erdgeschoss heruntergekracht. Hier gibt es nichts mehr zu retten, das Gebäude verwandelt sich zusehends in eine Ruine. Der Rote Hahn hat einen Sieg davongetragen. Dernsdörfer hofft von ganzem Herzen, dass keine Menschenseele in dem Haus gewesen ist.

Die zwei Männer in Schutzanzügen haben es trotz Pressluftflaschen und Atemmasken nicht mehr hinein geschafft, so schnell ist das Fachwerk ein Raub der Flammen geworden. Nun stehen sie am Gartenzaun und halten Wache, damit das Nachbarhaus nicht durch Funkenflug in Gefahr gerät. Plötzlich sieht Dernsdörfer, dass sie hektisch werden und auf das brennende Haus zustürmen.

Zunächst befürchtet der Einsatzleiter, das Nachbargebäude habe tatsächlich Feuer gefangen. Doch als die Männer wieder am Zaun auftauchen, traut er seinen Augen kaum.

30 Sekunden später sind die Sanitäter zur Stelle und übernehmen die halb bewusstlose Frau, die mit angesengten Haaren, blutigem Nacken und verschnürten Gliedern aus dem Gewölbekeller gezerrt wurde. Dernsdörfer fühlt sich wie elektrisiert. Er fragt sich, warum die Frau gefesselt ist, und was um alles in der Welt sie in dem Keller zu suchen hatte. Die Sanitäter zerschneiden ihre Fesseln, legen sie auf eine Trage und stülpen ihr eine Sauerstoffmaske über Mund und Nase. Sie will sich aber nicht helfen lassen, wischt die Maske weg und versucht, etwas zu sagen. Einer der Sanitäter redet auf sie ein, doch zwischen Hustenanfällen versucht sie beharrlich, sich verständlich zu machen.

Der Einsatzleiter tritt einen Schritt heran. Vielleicht will die Frau Bescheid geben über weitere Personen, die in dem Keller sind? Er legt ihr beruhigend die Hand auf die Schulter.

»Ganz langsam jetzt, damit ich Sie verstehen kann. Also noch mal, was ist los?«

Konzentriert hört er zu, dann ziehen sich seine Augenbrauen zusammen. Als der Krankenwagen das Blaulicht einschaltet und losfährt, rennen bereits mehrere Feuerwehrleute die Straße hinunter und sprechen aufgeregt in ihre Funkgeräte.

Im Inneren des Krankenwagens bekommt Maja von diesen Entwicklungen nichts mehr mit. Ein Beruhigungsmittel hat seine Wirkung entfaltet und sie in eine tiefe Ohnmacht fallen lassen.

Der Rote Hahn hinter ihr faucht und lässt die Balken knallen. Sein unheimliches Licht zuckt über den davonfahrenden Krankenwagen hinweg, ganz so, als würde er dem Opfer zürnen, das im letzten Augenblick aus seinen Klauen geschlüpft ist.

DONNERSTAG, 23. JULI 2015

VIER TAGE NACH DEM ROTEN HAHN.

Wie verfaulte Zahnstümpfe ragen die Überreste der Villa Wammel aus dem umgebenden Gartengrün. Die Flatterbänder der Polizei hängen noch immer am Zaun, obwohl die Spurensicherung längst ihre Arbeit beendet hat.

Maja und Cosima Jesper stehen vor der Ruine. Maja trägt ihren linken Arm in einer Schlinge, ein Verband prangt an der Stirn, ihre angekokelten Haare sind mehr schlecht als recht zu einer halblangen Frisur gestutzt. Die Uniklinik in Mainz hatte eine Rauchvergiftung und Verbrennungen ersten und zweiten Grades diagnostiziert, darüber hinaus eine gebrochene Rippe, einen ausgekugelten Arm und zahlreiche Prellungen. Alles in allem waren die Ärzte aber der Meinung, sie habe die Situation in dem brennenden Haus gesundheitlich überraschend gut überstanden, und schickten sie nach zwei Tagen wieder nach Hause.

Nur – ihr Zuhause war eine Ruine, ihre Möbel nur noch Rauch und Asche. Zum Glück erfuhr Jule Schwamb über mehrere Ecken von den Geschehnissen in Gertelsheim und bot Maja an, ihre im Moment ohnehin leer stehende Wohnung in der Gaustraße zu beziehen. Leider konnte Jule nicht persönlich vorbeikommen, denn der Geburtstermin stand vor der Tür, und der Arzt ließ sie nicht mehr wegfahren. Aber Maja musste ihr am Telefon die haarsträubende Geschichte mehrfach erzählen, und Jule zitterte noch im Nachhinein um ihre Freundin.

Jesper deutet mit dem Kinn auf die traurigen Reste der Einrichtungsgegenstände in der Ruine.

»Ich hoffe, du bist versichert?«

Die vergangenen Erlebnisse haben die ›Sie‹-Distanz weggewischt, die beiden Frauen sind in stillschweigender Übereinkunft zum vertrauten ›du‹ übergegangen.

»Zum Glück ja. Ein Typ von der Hausratversicherung war schon da. Kein Problem, sagt er, kriege ich alles bezahlt.« Maja seufzt. »Ein paar Sachen sind natürlich nicht einfach so durch Geld zu ersetzen, Persönliches, Erinnerungsstücke. Meine Fotos. Aber das ist ein kleiner Preis dafür, dass ich einigermaßen unbeschadet aus dem Haus rausgekommen bin.«

Sie versucht zu lächeln, lässt es aber rasch bleiben. Die verbrannten Hautstellen schmerzen bei jedem Mienenspiel. Doch nicht nur die äußeren Verletzungen tun weh, auch nachts kriecht sie immer wieder durch das Feuer, spürt die Flammen auf der Haut und schaut zu Tom Hagens hasserfülltem Gesicht auf. Zum Glück weiß sie, dass ihre Ängste irrational sind – 20 Minuten nach ihrer Rettung hatten sich die Handschellen um Hagens Handgelenke geschlossen. Er war in einem gestohlenen Kleinbus der Feuerwehr unterwegs, doch dank Majas gestammelten Worten fand seine Flucht in der Nähe von Alzey ein Ende.

Cosima und Maja wenden sich von der Ruine ab und schlendern durch den Garten zum Nachbargrundstück. Die Kommissarin zündet sich eine Zigarette an.

»Warum warst du dir eigentlich so sicher, dass Tom Hagen hinter dieser ganzen Verkleidungsshow stecken musste? Du hattest doch nichts in der Hand außer einem vagen Verdacht.«

»Ein bisschen mehr als ein vager Verdacht war's schon. Hagen hatte mal in einem Nebensatz erwähnt, dass er eine

Ausbildung zum Maskenbildner gemacht hat, und von der Klatschtante im Ulmenhof wusste ich, dass er in Köln mit dem Gesetz in Konflikt gekommen ist. Wegen ›irgendwas mit Fernsehen oder Film‹, so drückte sie es aus. Ich habe mich an einen Professor erinnert von der Kölner Medienakademie, der hatte hier in Mainz ein paar Gastsemester, und ich war in einem seiner Kurse. Er hat uns damals seine Handynummer gegeben. Na ja, das ist mein einziger Kontakt zur Kölner Medienszene, also habe ich ihn angerufen, mehr oder weniger auf gut Glück. Und was soll ich sagen – voll ins Schwarze.«

Sie macht eine Kunstpause und sieht genüsslich zu, wie Cosimas Zigarettenhand vor Neugier auf halbem Weg zum Mund stehen bleibt.

»Hagen hatte am Ende der Ausbildung eine wichtige Prüfung versiebt und war sozusagen raus aus dem Spiel. Aber dann schaute eines Nachmittags der ältliche Dekan der Akademie im Büro vorbei und gab der Sekretärin eine Liste von Prüflingen, die nun doch bestanden hätten. Sie solle die Unterlagen fertigmachen und in die Post packen. Der Sekretärin kam die Sache aber irgendwie spanisch vor, sie hakte nach, und dann platzte die Bombe: Der angebliche Dekan war in Wirklichkeit Tom Hagen, der seine Maskenbildnerfähigkeiten eingesetzt hatte, um in diese Rolle zu schlüpfen und sich und ein paar Kumpels durch die Prüfung zu mogeln. Danach hatte er natürlich eine Anzeige am Bein und ist hochkant rausgeflogen. Die Geschichte ist heute noch ein Evergreen in der Medienakademie, der Professor am Telefon hat gemeint, er hätte niemals davor oder danach etwas Dreisteres erlebt.«

Cosima lacht ihr bellendes Lachen.

»Meine Güte, was für ein Husarenstück! Das erinnert mich an die Feuerzangenbowle, wo auf einmal der doppelte Professor Schnauz vor der Klasse steht.«

»Nur dass Hagen seine Fähigkeiten nicht als Paukerstreich eingesetzt hat, sondern um drei Morde zu begehen und die Schuld anderen in die Schuhe zu schieben.«

Inzwischen haben sie durch das hintere Gartentor das Nachbargrundstück betreten. Maja schaudert, als sie das Haus und den Schuppen sieht und sich vorstellt, dass Hagen darin wie eine böse Spinne im Netz seine Fäden gezogen hat. Cosima holt eine kleine Metallbox aus der Tasche, klappt sie auf und drückt darin ihre Zigarette zwischen geschätzten 100 weiteren Stummeln aus. Danach verschließt sie die Box wieder sorgfältig. Die Kommissarin hat offensichtlich einen Weg gefunden, selbst an Tatorten und in sensiblen Bereichen rauchen zu können.

»Komm, ich zeig dir mal was.« Sie steckt ihren mobilen Aschenbecher weg und geht voraus in den Gartenschuppen. Noch immer ist die Werkstatt vollgestellt mit Lautsprechern und Mischpulten. Cosima nimmt ein schwarzes Kästchen mit grauen Knöpfen vom Tisch und versteckt ihre Hände hinter dem Rücken.

»Aufgepasst.«

Zuerst passiert nichts, die Kommissarin schaut nur gespannt zum Wohnhaus. Da ertönt die Stimme von Opa Kurrweiler aus einem offenen Fenster im ersten Stock:

»Tom? Toooom?« Kurze Pause, dann »Komm mal hoch!«

Maja bekommt große Augen.

»Genauso war's, als ich hier ein Paket für Hagen abgegeben hatte. Genauso.«

»Eine Fernbedienung.« Cosima zieht die Hände hinter dem Rücken hervor und zeigt ihr das Gerät. »Oben im Fenster hängt der passende Empfänger. Hagen hat auf einem MP3-Player eine Auswahl an Kurrweiler-Sprüchen vorbereitet, die er je nach Situation abrufen konnte. Die Fernbedienung hatte er in der Hosentasche, dann hat er die Hände in die Taschen gesteckt, und los ging's.«

»Und der Fernseher? Der hat immer mal wieder das Programm gewechselt.«

»Automatischer Sendersuchlauf. Da läuft jedes Programm ein paar Sekunden, dann wechselt das Gerät auf den nächsten Kanal. Für Zuhörer klingt das, als würde jemand die Sender durchzappen. Und die Uelverkamp hat uns erzählt, dass Hagen öfter mal bei geöffnetem Fenster Selbstgespräche geführt hat, abwechselnd mit seiner eigenen Stimme und der des Opas. Das hat die Leute auf der Straße perfekt getäuscht.«

Maja denkt an die Szene zurück, als sie ihre Wäschestücke im Garten gesammelt hat und dabei Ohrenzeuge eines angeblichen Streits im Nachbarhaus wurde. Sie schüttelt den Kopf.

»Ich muss Hagen wider Willen bewundern. Er hat die Show perfekt inszeniert.«

Statt einer Antwort tritt Cosima nach hinten zwischen die Boxen. Ein mannshoher Lautsprecher ist zur Seite geräumt und lässt eine Holzluke im Boden sichtbar werden.

»Die Box hat den Eingang verborgen. Deshalb hat das Sondereinsatzkommando bei der Hausdurchsuchung den Keller nicht entdeckt.«

Sie stemmt die Klappe hoch und winkt Maja herbei, diese streckt den Kopf hinein. Die Luft riecht feucht und abgestanden. Im hereinfallenden Licht erkennt sie steinernen Boden, gemauerte Wände und weiter hinten einen Eisenring in der Wand. Daran sind Strick und Handschellen befestigt, ein Eimer steht daneben und ein Teller mit vertrockneten Essensresten. In der anderen Ecke entdeckt sie die UV-Lampe, mit der Hagen seinen Großvater bestrahlt hat. Erschüttert steht sie auf.

»Was für ein Teufel.«

»Allerdings. Fast vier Wochen hat er seinen Großvater darin gefangen gehalten, während er in Verkleidung im Dorf für Randale gesorgt hat.«

Cosima öffnet eine Pappschachtel, die auf einem Tisch steht.

»Hier, das hat die Spurensicherung im Haus gefunden.«

Maja sieht ein Sammelsurium an Gegenständen, Dosen, seltsame Handschuhe und eine Art weißes Gespinst. Erst als sie die einzelnen Dinge herausholt, erkennt sie deren Funktion: Die hautfarbenen Handschuhe bestehen aus Latex, sie lassen Hände und Arme alt und runzelig erscheinen. Das Gespinst ist eine Perücke. Daneben gibt es künstliche weiße Augenbrauen, Latexohren mit hängenden Ohrläppchen, mehrere Tiegel mit Make-up sowie spezielle Kajalstifte.

»Wie baue ich einen Opa – Maskenbildnerkurs für Fortgeschrittene«, meint sie zynisch, legt die Sachen zurück und verlässt den Gartenschuppen. Die Atmosphäre in dem Raum kommt ihr verpestet vor, voll mit Grausamkeit und Boshaftigkeit, die schlimmen Erinnerungen sind fast körperlich spürbar.

»Was passiert mit Hagen? Hat er Chancen, sich mit einem guten Anwalt rauszuwinden?«

Cosima schüttelt den Kopf.

»Die Beweislast ist erdrückend. Wir haben hier im Haus genug gefunden, um ihn hinter Gitter zu bringen. Außerdem spuckt die Uelverkamp Gift und Galle und haut ihn in die Pfanne, wo sie nur kann. Sie hat uns erzählt, wie sie die Informationen über das Dorf gesammelt hat. Der gute Doktor Gaul war blind vor Liebe und hat ihr die Nestor-Sache gebeichtet. Und Wern Ossfahl hat wohl auch aus dem Nähkästchen geplaudert – die Missbrauchsanzeige gegen ihn, seine Schwierigkeiten in der Schule, die Liaison des Bürgermeisters und so weiter.«

»Woher wusste Wern das mit dem Bürgermeister? Das war doch eigentlich ein gut gehütetes Dorfgeheimnis, das man nicht gerade an einen ungeliebten Neubürger weitertratscht.«

»Er hat letztes Jahr in der Schule ein Telefonat belauscht zwischen Astrid Bebel und ihrem Liebhaber, und dann hat er auf den Wahlwiederholungsknopf gedrückt und die Nummer vom Bürgermeister gesehen. So ist er den beiden auf die Schliche gekommen.«

»Na, da hat der Zufall den beiden, Kathy und Hagen, ja ganz schön in die Hände gespielt.«

Die Kommissarin bellt erneut ein Lachen heraus und zündet sich eine Zigarette an.

»Und wie! Was glaubst du, wie Hagen sich bei den Entwicklungen im Dorf die Hände gerieben hat: Die Hitze macht alle verrückt, der Bürgermeister schmiert die Mauer der alten Mühle voll, Heribert Nestor drischt den Jaguar vom Doktor zu Klump und zündet einen Stall auf dem Sonnenhof an. Damit sind seine falschen Fährten umso glaubhafter geworden.« Sie deutet auf Majas Kopf. »Allerdings bist du ihm dabei fast in die Quere gekommen. Er hat nämlich beim Brand auf dem Hof gesehen, wie du hinters Haus geschlichen bist. Seine Befürchtung war, dass du tatsächlich einen Hinweis auf den Brandstifter Nestor finden würdest. Das wäre aber zu früh gewesen, die Nestors mussten noch eine Weile als heimliche Rächer herhalten. Also hat er dir kurz entschlossen eins übergezogen und sich danach wieder unter die Leute gemischt.«

Maja reibt sich unwillkürlich den Kopf.

»Und er hat bei all diesen 1000 Einzelheiten den Überblick behalten und einen perfekten Plan durchgezogen.«

Jespers Faltengesicht verzieht sich zu ihrem irritierenden Vampirlächeln. Sie lässt das Hoftor aufschwingen, die beiden Frauen treten in die Backesgasse hinaus.

»Nicht ganz perfekt. Er hat nämlich nicht mit einer neugierigen und hartnäckigen Briefträgerin gerechnet.«

Maja lächelt zurück, obwohl ihre Haut schmerzt.

»Gell, ich habe dich ganz schön genervt.«

Die Kommissarin nickt mit gespieltem Ernst.

»Tierisch. Ich habe sogar überlegt, dich wegen Behinderung von Ermittlungen verhaften zu lassen.«

»Echt?!«

»Nö.«

Beide lachen, wenngleich Maja sofort wieder zusammenzuckt und die Muskeln entspannt. Die Schmerzen im Gesicht lassen nach, sie fasst sich ein Herz.

»Du hast mich am Anfang ziemlich doof gefunden, oder?«

Jesper schaut sie ehrlich erstaunt an.

»Überhaupt nicht! Ganz im Gegenteil – ich fand's toll, dass du bei der Hexenjagd auf Wern Ossfahl das einzig Richtige getan hast, nämlich die Polizei zu rufen. Der Rest vom Ort hat nämlich entweder mitgemacht oder die Vorhänge zugezogen, als wäre nichts gewesen.«

Maja schweigt. Sie hat den spröden Auftritt der Kommissarin im Wald wohl gründlich missverstanden. Cosima sagt ebenfalls nichts und lässt die Stille lang werden. Schließlich deutet sie auf das verbrannte Haus, vor dem sie stehen.

»Und wie geht's jetzt weiter?«

Dankbar für den Themenwechsel saugt Maja an ihrer Unterlippe.

»Erst mal bin ich krankgeschrieben, aber ich glaube nicht, dass ich in Gertelsheim bleiben will. Wenn man mal hinter die hübsche Fassade geschaut und gesehen hat, wie viel

Hass und Zwietracht die Leute hier in sich tragen, will man nur noch weg.«

Cosima wirft einen Blick auf Majas Arm in der Schlinge und berührt den Verband mit einer fast fürsorglichen Bewegung, die einen seltsamen Gegensatz zu ihrem sonstigen harschen Auftreten bildet.

»Und danach? Briefträgerin in einem anderen Dorf?«

Maja ist einen Augenblick hin und her gerissen, ob sie der Kommissarin von ihren neuen Plänen berichten soll. Doch dann gehen die Worte wie von selbst über ihre Lippen.

»Ich versuch's noch mal mit dem Fotografieren. Als ich da drin gelegen bin, mitten in diesem Feuer, da war's ja fast vorbei mit allem. Und da habe ich gemerkt, was für eine Zeitverschwendung es ist, irgendetwas anderes zu machen. Mir war klar: Das ist meine Welt. Bilder machen, Augenblicke festhalten, mit Fotos Geschichten erzählen. Aber nicht länger als Ersatz fürs echte Leben, sondern mittendrin. Ich werde jetzt auf Teufel-komm-raus Klinken putzen und Projekte anleiern, Porträts, Collagen, Kalender, Werbung, Marketing, einfach alles. Hauptsache, die Kamera und ich. Verstehst du das irgendwie?«

Cosima bleibt stumm, Maja glaubt fast, sich wieder einmal lächerlich gemacht zu haben. Dann aber nickt die Kommissarin unendlich langsam, in ihren Augen liegt eine seltsame Mischung aus Sympathie und Melancholie.

»Ja, Maja, das verstehe ich sehr gut. Wenn du einmal etwas gefunden hast, wofür es sich zu kämpfen lohnt, dann bleib dabei. Sonst ist das Leben irgendwann vorbei, und du hast das Gefühl, versagt zu haben. Finde ich toll, mach das.«

Maja spürt, wie die Zustimmung der Kommissarin sie aufbaut.

»Im Moment versuche ich, neue Kontakte zu knüpfen. Da kommt mir das alles«, sie macht eine Kopfbewegung, die den ganzen Ort einschließt, »echt gelegen. Ob du's glaubst oder nicht, ich bin eine Art lokale Berühmtheit geworden. Gestern war jemand von der AZ hier, ein dicker Typ mit Koteletten und knallroter Vespa, das SWR-Fernsehen hat angeklopft, und ein Autor aus der Region hat sich bei mir gemeldet, Helge Weichmann. Er will aus der ganzen Sache ein Buch machen, einen richtigen Krimi mit allem Drum und Dran. Sogar einen Titel hat er schon vorgeschlagen, *Schwarze Sonne Roter Hahn.*« Sie schmunzelt mit möglichst wenig Mimik. »Wäre doch gelacht, wenn bei so viel Publicity nicht ein erstes Fotoprojekt herumkäme. Einmal hab ich ja schon gekniffen, als es schwierig geworden ist, und das wird mir kein zweites Mal passieren. Ich weiß, dass ich's kann, und diesmal wird's klappen.«

Die Kommissarin legt den Kopf schief, lächelt erneut und sieht mit einem Mal fast mädchenhaft aus.

»Als Model tauge ich sicherlich nicht allzu viel, aber ich kenne in Mainz und in der Umgebung eine Menge Leute, glaub mir. Ich würde mich freuen, zur Abwechslung dir helfen zu können.«

Maja merkt auf einmal, dass sie sich tatsächlich freuen würde, diese dicke, unangepasste Frau mit ihrem Faltengesicht, dem Westerwälder Dialekt und den bunten Schals wiederzusehen.

»Außerdem«, fährt Cosima fort, »wäre deine erste Vernissage ein perfekter Zeitpunkt, meine Schulden bei dir einzulösen.«

»Schulden?«

Die Kommissarin macht ein Sphinxgesicht, in dem nichts zu lesen ist. Endlich lupft sie eine Augenbraue.

»Mojito. Doppelt, dreifach, vierfach, und zwar so lange, bis wir nicht mehr können.«

Maja muss herzlich lachen, ihre Schmerzen sind ihr ein paar Sekunden egal.

»Oh ja, einverstanden. Mädelabend im Sausalitos, mit einem knusprigen Barkeeper und Mojito bis zum Abwinken!«

Beschwingt marschieren die beiden davon und lassen die dunklen Geheimnisse von Gertelsheim hinter sich.

Abs:
der Autor

Deutsche Post

Zurück

Empfänger/Firma unter der angegebenen Anschrift nicht zu ermitteln.

Empfänger verzogen. Einwilligung zur Weitergabe der neuen Anschrift liegt nicht vor

Diese Sendung wurde zu Prüfzwecken von der Deutschen Post geöffnet

- alle Leser -
55278 Gertelsheim

Zusteller: Maja Rossi
Gemeinde/Bezirk: Gertelsheim
Datum: 03.06.2015

Liebe Leserinnen und Leser,

ich hoffe, Sie hatten viel Spass & Spannung mit dem "Roten Hahn". Frage: Was unterscheidet Maja von mir? Antwort: Sie hat den Fall alleine gelöst, ich habe für dieses Buch aber durchaus Hilfe gebraucht. Deshalb mein Dankeschön für kleine und grosse Unterstützung hinter den Kulissen:

Dass aus Buchstaben ein Buch geworden ist, hat der Gmeiner-Verlag möglich gemacht, allen voran meine Lektorin Claudia Senghaas. Die Grundidee hat Rainer Fränzen in Form gebracht, überlange Passagen und Diminutive sind dem Rotstift von Corinna Homp zum Opfer gefallen. Dagmar Weichmann und Baldur Keller haben Rechtschreibfehler gejagt, und meine Partnerin Susanne Reuber war von der ersten Idee bis zur letzten Seite mit Krimispürsinnsunterstützung dabei.

Herzliche Grüsse und vielen Dank, dass Sie mit Maja in Gertelsheim unterwegs waren!

Helge Weichmann

Neuigkeiten und Hintergründe
unter www.helgeweichmann.de

Das Neueste aus der Gmeiner-Bibliothek

Unser Lesermagazin

Bestellen Sie das kostenlose Krimi-Journal in Ihrer Buchhandlung oder unter www.gmeiner-verlag.de

Informieren Sie sich …

www … auf unserer Homepage:
www.gmeiner-verlag.de

@ … über unseren Newsletter:
Melden Sie sich für unseren Newsletter an unter www.gmeiner-verlag.de/newsletter

f … werden Sie Fan auf Facebook:
www.facebook.com/gmeiner.verlag

Mitmachen und gewinnen!

Schicken Sie uns Ihre Meinung zu unseren Büchern per Mail an gewinnspiel@gmeiner-verlag.de und nehmen Sie automatisch an unserem Jahresgewinnspiel mit »mörderisch guten« Preisen teil!